Laßt Morde sprechen

ECON **Krimi**

Im ECON Taschenbuch Verlag sind von
Jill Churchill außerdem lieferbar:

Schmutz und Sühne (TB 25088)
Oh, du fröhliche (TB 25087)
Eine Quiche vor dem Tode (TB 25065)

Zum Buch:

Shelley Nowack trommelt einige frühere Klassenkameradinnen zu
einer Krisensitzung zusammen. Nach einem Brand befindet sich
ihre ehemalige Schule in finanziellen Schwierigkeiten, und Shelley möchte ein gemeinsames Spendenprojekt auf die Beine stellen.
Da wesentlich mehr Frauen zusagen als erwartet, überredet Shelley ihre Freundin Jane Jeffry, bei der Betreuung der Gäste zu helfen. Zunächst scheint alles perfekt zu laufen, doch in der Pension,
in der die Frauen untergebracht sind, häufen sich bald seltsame Vorfälle. Als Lila ermordet in einem Schuppen aufgefunden wird, stehen alle vor einem Rätsel – denn in genau demselben Schuppen
hatte Jahre zuvor Ted Francisco, der Schwarm aller High-School-
Mädchen, angeblich aus Liebeskummer Selbstmord begangen.
Besteht ein Zusammenhang zwischen Teds und Lilas Tod? Jane Jeffry macht sich daran, diesen geheimnisvollen Fall aufzuklären ...

Zur Autorin:

Jill Churchill ist die Autorin zahlreicher historischer Romane und
Krimis. Für ihren Kriminalroman *Schmutz und Sühne* (TB 25088)
wurde sie mit dem *AGATHA* und dem *MACAVITY AWARD for best
first mystery* ausgezeichnet.

Jill Churchill

Laßt Morde sprechen

Ein Jane-Jeffry-Krimi

Aus dem Amerikanischen
von Angelika Naujokat

ECON Taschenbuch Verlag

Veröffentlicht im ECON Taschenbuch Verlag
Deutsche Erstausgabe
© 1996 by ECON Verlag GmbH, Düsseldorf
© 1994 by The Janice Young Books Trust
First published by AVON Books
Titel des amerikanischen Originals: The Class Menagerie
Aus dem Amerikanischen übersetzt von Angelika Naujokat
Umschlaggestaltung: Init GmbH, Bielefeld
Titelabbildung: Reiner Tintel
Lektorat: Gisela Klemt
Gesetzt aus der Baskerville
Satz: ECON Verlag
Druck und Bindearbeiten: Elsnerdruck, Berlin
Printed in Germany
ISBN 3-612-25167-8

Prolog

Die Frau warf noch einmal einen Blick auf die Einladung, faltete das Blatt zusammen und klopfte nachdenklich damit gegen ihre Handfläche, während sie aus dem Fenster starrte.
Ein Klassentreffen. Du liebe Güte!
Ihr erster Impuls war gewesen, das Blatt zusammenzuknüllen und in den Abfall zu werfen, ohne auch mehr als die Überschrift zu lesen. Sie lautete:

KOMM DEINER ALTEN SCHULE ZU HILFE!!!

Und auch jetzt dachte sie noch, daß es wahrscheinlich das beste sein würde, den Zettel einfach wegzuwerfen. Und dennoch ...
In gewisser Weise, rein sachlich gesehen, wäre es bestimmt interessant, zu erfahren, was aus den anderen geworden war. Hatten die Klugen ihren Verstand genutzt? Die Ambitionierten etwas aus sich gemacht? Hatten die Schönen ihr gutes Aussehen erhalten können? Und was war wohl aus den dummen Mädchen geworden und aus den schrecklich schüchternen? Bei letzteren gab es nicht viel zu rätseln. Verlierer waren nun einmal aufs Verlieren programmiert.
Aber ein bißchen Neugier reichte eigentlich nicht aus, eine Teilnahme zu riskieren. Was wäre, wenn ihre Anwesenheit die alten

Gerüchte wieder entfachte? Die anderen dazu brächte, Fragen zu stellen und Vermutungen zu äußern? Ohne daß sie es überhaupt wußten, konnten ihr alle so gefährlich werden! Es lag nicht in ihrer Macht, dies zu verhindern. Wenn sie aber hingehen würde und Zeugin wäre, wie Unterhaltungen und Vermutungen sich in die falsche Richtung bewegten, wäre sie in der Lage, den Spekulationen eine andere Richtung zu geben, das Thema zu wechseln oder ein Ablenkungsmanöver zu unternehmen – was auch immer nötig sein würde.

Sie schlug das Blatt wieder auf und las es noch einmal aufmerksam durch. Die Klubmitglieder wurden aufgefordert, früher zu kommen. Unterkunftsmöglichkeiten gab es im Haus von Shelley Nowack.

Wer zum Teufel war Shelley Nowack? Ach, ja. Dieses schüchterne graue Mäuschen.

»**Ich werde alles tun, Jane.** Alles, was du verlangst. Ich werde dir deine nächsten zehn Dauerwellen legen, ohne auch nur ein einziges Mal zu maulen. Oder in deinem Namen beim Frauenarzt einen Abstrich machen lassen. Ich könnte auch ein Jahr lang deine Fahrgemeinschaften übernehmen – wie wäre das? Du mußt mir nur deinen Preis nennen«, sagte Shelley Nowack.

Jane Jeffry starrte ihre Nachbarin über den Küchentisch hinweg an. »Shelley, du mußt mir erst sagen, um was für einen Gefallen es sich handelt, bevor ich dir meinen Preis nennen kann. Das klingt ja, als würdest du etwas Ungeheuerliches von mir wollen. Willst du etwa, daß ich deine Kinder adoptiere? Oder versuchst du gerade, mich zur Vorsitzenden der Eltern-Lehrer-Vereinigung zu machen? Wenn es darum gehen sollte, dann gibt es auf dieser Welt keinen Gefallen, den du mir dafür zur Entschädigung tun könntest.«

»Noch schlimmer!« erwiderte Shelley trübsinnig.

»Es gibt nichts Schlimmeres!« rief Jane. »Außer vielleicht, als Begleitperson bei einem Ausflug der Junior-High-School mitzufahren. Und wenn es sich darum handeln sollte, dann ist meine Antwort ein klares Nein – nicht um alles in der Welt lasse ich mich dazu überreden.«

»Es hat nichts mit Kindern zu tun.« Shelley ließ ihre Finger durch ihren kurzen, ordentlichen schwarzen Haarschopf gleiten. Hier ging es tatsächlich um etwas Ernstes! Jane hatte niemals zuvor beobachtet, daß Shelley auch nur einer winzigen Haarsträhne erlaubt hätte, einen Millimeter zu verrutschen. Überdies war Janes große, rostfarbene Katze Miau auf Shelleys Schoß gesprungen, und Shelley, die Katzen haßte, streichelte geistesabwesend ihr Fell.

»Ich sollte die Geschichte besser von Anfang an erzählen. Die Schuld liegt eigentlich nicht bei mir. Nun ja, das tut sie natürlich doch. Was ich damit sagen will –«

»Shelley, normalerweise besitzt du die disziplinierte Sachlichkeit einer altmodischen Mutter Oberin. Es erschreckt mich, dich so zu sehen. Erzähl schon weiter!«

»Ja. Ja, natürlich!« antwortete Shelley und versetzte sich offenbar im Geiste einen Tritt. »In Ordnung. Die Sache ist die: Du weißt doch von meinem Klassentreffen, das nächstes Wochenende stattfinden soll, nicht wahr?« Sie fuhr fort, Miau zu streicheln.

»Ja, dieses seltsame Treffen, das im September abgehalten wird statt im Frühling, wie bei allen anderen Leuten.«

»Das habe ich dir doch bereits erklärt. In der Schule hat es ein schreckliches Feuer gegeben, und das Treffen findet früher statt, damit wir ehemaligen Schüler die Gelegenheit haben, irgendwelche Geldbeschaffungsaktionen zu starten.«

»Hm. Und weiter.«

»Tja, es gab früher einen Mädchenklub in meiner Schule. Wir widmeten uns wohltätigen Zwecken. Meldeten uns freiwillig, um die Dekoration für die Tanzveranstaltungen der Schule zu übernehmen, sammelten für die Dritte Welt, arrangierten Telefonketten bei Hitzefrei, so etwas in der Art. Es war eine ziemliche Ehre, wenn man aufgefordert wurde, dem Klub beizutreten.«

»Warum hört sich das alles nur so harmlos und nett an?« fragte Jane.

»Ich habe mich auch davon einlullen lassen. Schau, als mir dieser alte Klub wieder einfiel, dachte ich, daß es eine gute Idee wäre, wenn sich die ehemaligen Mitglieder eher treffen würden, um den Vorsitz über das ›Projekt zur Beschaffung von Mitteln für den Wiederaufbau der Schule‹ zu übernehmen. Eigentlich doch sehr angemessen, nicht wahr?«

»Ergibt für mich alles einen Sinn – zumindest bisher«, gab Jane behutsam zu.

»Jetzt kommt der unangenehme Teil. Ich habe allen eine Einladung geschickt. Ich besitze eine alte Liste der Klubmitglieder, die ich immer wieder auf den neuesten Stand bringe ...«

»Kann ich mir denken«, sagte Jane. Sie selbst war die Hälfte der Zeit nicht einmal in der Lage, ihr gegenwärtiges Adreßbuch zu finden. Der Gedanke, irgendwelche alten Listen aufzufrischen, würde ihr nicht im Traum einfallen. Aber Shelley und sie waren aus unterschiedlichem Holz geschnitzt. Janes wies häufig kleine Macken an den Rändern auf.

»Ich habe ihnen vorgeschlagen, daß wir uns eher treffen«, fuhr Shelley fort. »Das eigentliche Klassentreffen beginnt am Freitag. Die Sache wird drei Tage dauern. Ich machte also den Vorschlag, uns bereits am Mittwoch einzufinden, bevor alle anderen ankamen –«

»Wir reden hier von Mittwoch nächster Woche, nicht wahr?«

»Genau. Tja, weißt du Jane, ich bin davon ausgegangen,

daß sich lediglich zwei oder drei von ihnen freimachen können. Bei unserem Zehnjährigen sind auch nur zwei aus der alten Clique gekommen. Deshalb«, sie atmete einmal tief durch, und dann sprudelte es aus ihr heraus, »deshalb habe ich sie eingeladen, in meinem Haus zu wohnen.«

Jane blickte sie verwirrt an. »Und?«

»Heute morgen rief ich unseren ehemaligen Klassensprecher, Curry Moffat, an, der das Treffen organisiert –«

»Euer Klassensprecher heißt ›Curry‹?«

»Sein richtiger Name ist Trey, aber wir nannten ihn immer Curry, weil er so gerne stark gewürzte Sachen aß, und der Name ist bis heute hängengeblieben. Ich habe ihn jedenfalls angerufen, um zu erfahren, wie viele Betten ich herrichten muß, und dieser Mistkerl erwähnte ganz beiläufig, daß sieben Mitglieder zugesagt hätten. Sieben, Jane! Das ist ein ganzer Schwarm von Frauen! Ich habe ihnen bloß aus reiner Höflichkeit eine Einladung geschickt und ihnen vorgeschlagen, mir nach Wunsch per Post vorab Ideen zu unterbreiten. Ist denn heutzutage niemand mehr in der Lage, eine unaufrichtig gemeinte Einladung zu erkennen, wenn er sie vor sich auf dem Tisch liegen hat? Was ist nur aus der Welt geworden?«

»Sieben? Wo willst du die denn alle unterbringen? Oh – du brauchst Platz und willst nun, daß ich ein Matratzenlager in meinem Keller aufbaue! Übrigens hast du da etwa eine Katze auf dem Schoß?«

»Ich habe was? Oh, igitt!« rief Shelley und befreite sich von Miau, als ob er von einem tödlichen Virus befallen wäre. »Nein, ich möchte nicht, daß du sie bei dir unterbringst. Das ist mir zwar auch in den Sinn gekommen, aber selbst wenn wir beide uns zusammentun würden, hätten wir nicht genug Platz, um sieben Leute aufzunehmen. Und es ist den Frauen gegenüber, die ich eingeladen

10

habe, nicht fair, wenn ich von ihnen verlange, so beengt zu wohnen. Ich habe etwas anderes arrangiert.« Sie strich sich mit hastigen Bewegungen einige rostfarbene Haare von ihrer schwarzen Hose.

»Gut. Um welchen Gefallen dreht es sich also?«

»Nun ja, es geht um folgendes – du weißt doch, wer Edgar North und Gordon Kane sind, nicht wahr?«

»Die beiden Männer, die die alte Villa von Richter Francisco gekauft haben? Ich habe sie mal kennengelernt. Edgar gab mir ein Rezept für –«

»Genau die meine ich. Sie sind dabei, aus der Villa ein Gasthaus zu machen. Sie sind dem Bauamt so lange auf die Nerven gefallen, bis es endlich zugestimmt hat, und nun ist das Ding fast fertig und wird bald seinen Betrieb aufnehmen. Stell dir vor, ich werde es mit meiner Meute eröffnen. Ich bezahle für alle, also dürfte wohl niemand irgendwelche Einwände dagegen haben.«

Jane schüttete sich noch etwas Kaffee ein und schwenkte die Kanne dann schweigend vor Shelley hin und her, die zustimmend nickte. »Shelley, meine Auffassungsgabe scheint schwer nachgelassen zu haben, denn ich sehe einfach immer noch nicht, welche Art Gefallen da am Horizont lauert. Für mich hört es sich so an, als ob du alles fest im Griff hättest – wie immer.«

»Also gut, Jane, es geht also um folgendes: Edgar und Gordon haben noch kein Personal. Sie hatten eigentlich noch nicht geplant, in den nächsten paar Wochen zu eröffnen –«

Jane riß ihre Augen auf. »Oh! Jetzt verstehe ich! Du möchtest, daß ich Dienstmädchen spiele!«

»Nur bei den Vorbereitungen zum Frühstück helfen und beim Saubermachen. Und vielleicht auch beim Bettenmachen. Hier und da etwas saugen. Weißt du, Edgar möchte nicht auf die schnelle jemanden einstellen, nur um mir einen Gefallen zu tun. Er will sich Zeit lassen, damit er genau die richtige Person für den Job bekommt. Natürlich wird Edgar den größten Teil der Arbeit in der Küche erledigen. Du sollst nur in seiner Nähe sein, um bei Bedarf einzuspringen.«

»Tja, Hausarbeit ist nicht gerade meine Lieblingsbeschäftigung, aber ich kann ein verflixt gutes Rührei zubereiten. Sicher werde ich helfen. Es sind ja nur ein paar Stunden für ein paar Tage. Ich würde sagen, zwei Dauerwellen dürfte die Sache wert sein. Shelley, was für ein Drama! Das Ganze ist nicht halb so schlimm, wie ich gedacht habe!«

»Das ist nicht der eigentliche Gefallen«, sagte Shelley.

Jane setzte ihre Kaffeetasse ab. »Ach?«

»Nein, der eigentliche Gefallen besteht darin, daß ich es gerne hätte, wenn du auch die übrige Zeit dabeibleiben würdest. Mit mir teilnehmen könntest.«

»An *deinem* Klassentreffen teilnehmen? Du mußt verrückt sein. Ich gehe nicht einmal zu meinen eigenen!«

»Ja, aber ich weiß auch, warum. Du hast mir erzählt, daß du nur sechs Monate an der Schule gewesen bist, wo du deinen Abschluß gemacht hast, und die Leute dort nie richtig kennengelernt hast …«

»Ich hasse die Art und Weise, wie du dich an Sachen erinnerst, die ich dir einmal erzählt habe. Wahrscheinlich habe ich damals folgendes weggelassen: Selbst wenn wir innigste Freunde geworden wären, hätten mich keine zehn Pferde zu den Klassentreffen gebracht. Ich hasse schon den bloßen Gedanken an solche Veranstaltungen. Alle halten wie verrrückt Diät, lassen sich das Gesicht liften und Familienfotos anfertigen, die sie dann mit stolzgeschwellter Brust herumzeigen. Ich kenne Leute, die fast das gesamte Jahr vor einem Klassentreffen damit verbracht haben, sich ein tolles Leben zu basteln, mit dem sie angeben konnten.«

»Aber du mußt für mein Treffen ja nichts ›basteln‹. Du kennst sie ja nicht einmal.«

»Warum um alles in der Welt möchtest du überhaupt, daß ich mit dir zu diesem Treffen gehe?«

»Tja, Jane, die Sache ist die – ich war in der High-School schrecklich schüchtern …«

Jane lachte. »Wirklich ein netter Versuch, aber du bist ungefähr so schüchtern wie Attila der Hunnenkönig.«

Shelleys Augenbrauen hüpften nach oben. »Du hast mich damals nicht gekannt. Ich war schrecklich schüchtern. Es war schon fast eine Phobie.«

»Shelley, das ist so, als wenn mir jemand erzählen würde, daß der Papst in Wahrheit ein Waffenhändler ist. Das zieht nicht. Du kannst nicht ernsthaft erwarten, daß ich einer Frau, die den gesamten Schulausschuß und den Stadtrat nach ihrer Pfeife tanzen läßt, so etwas abnehme.«

Shelley strich sich einmal kurz durchs Haar. »Also, nicht gerade nach meiner Pfeife!«

»Nun, selbst wenn du schüchtern warst, was hat das mit dem Treffen zu tun? Du bist doch heute kein Mauerblümchen mehr!«

Shelley nippte einmal vornehm an ihrem Kaffee, während sie im Geiste ihre Kräfte sammelte. »Jane, da du noch niemals an einem Klassentreffen teilgenommen hast, mag dir das hier vielleicht seltsam vorkommen. Hör zu, als ich zu unserem Zehnjährigen fuhr, marschierte ich mit absolutem Selbstvertrauen in den Saal hinein – und wurde plötzlich von dem Menschen überwältigt, der ich einmal gewesen bin. Es war so, als hätte irgend jemand auf einen Knopf gedrückt und ich wäre durch den Boden gefallen und in einen Zeitstrudel geraten – zehn Jahre schwanden dahin, als wären sie nie vergangen, und ich verwandelte mich wieder in dieselbe stammelnde Niete, die ich früher einmal war.«

»Du machst Witze!«

»Und ich habe Angst, daß das wieder passieren wird. Ich brauche dich, Jane, damit du mich ständig daran erinnerst, was für ein herrisches Luder ich in Wirklichkeit bin.«

»Du wolltest sagen, was für eine selbstbewußte, emanzipierte Frau.«

Shelley nickte. »Was auch immer. Wenn du schon einmal da bist, um Edgar und Gordon zu helfen, dann ist das eine perfekte Entschuldigung dafür, noch länger zu bleiben. Und du kannst auch meine Partnerin beim Picknick und bei der Tanzveranstaltung sein.«

»Warum nimmst du dir nicht Paul mit? Ehemänner sollen für solche Sachen ja ganz gut taugen.«

»Paul ist nicht in der Stadt. Genauer gesagt, nicht einmal im Land. Und ich habe die Vermutung, daß dieses blöde Klassentreffen der Grund dafür ist. Er hat mich zu unserem Zehnjährigen begleitet und fand es derartig schrecklich, daß er mir anschließend ein Saphir-Tennisarmband schenkte mit der Bedingung, ihm gegenüber nie wieder das Wort Klassentreffen zu erwähnen.«

»War es denn so schlimm?«

»Nein! Nein, eigentlich nicht, aber er hatte eine Erkältung in den Knochen und fühlte sich miserabel, und das hat seine ganze Erinnerung daran etwas vernebelt. Es war wirklich nicht so schlimm. Sein Erinnerungsvermögen ist in dieser Hinsicht von einer Wolke aus Nasenspray getrübt.«

»Sicher.«

»Ich werde dir jederzeit gerne das Armband leihen, wenn du das hier für mich tust.«

Jane winkte abwehrend mit der Hand. »Ich würde mich nicht trauen, so etwas Teures zu tragen. Warum nennt man es eigentlich Tennisarmband? Man muß doch verrückt sein, etwas so Wertvolles auf dem Tennisplatz zu tragen. Wenn man ins Schwitzen kommt, könnte es doch auch vom Arm rutschen –«

»Jane!«

»Tut mir leid. Laß mich mal sehen, was nächste Woche ansteht.« Sie erhob sich und ging zum Kalender hinüber, der über dem Küchentelefon hing. »Morgens habe ich die Fahrgemeinschaften der Grundschule, Donnerstag findet der Elternabend zum Schulanfang statt. Ich könnte die morgendlichen Fahrgemeinschaften wahrscheinlich gegen die Nachmittage eintauschen, aber es wäre ein Zwei-für-eins-Geschäft. Keiner ist auf die Morgende scharf. Aber für meine beste Freundin, die mir dafür einen sagenhaften Gefallen tun wird, über den wir uns später einigen können …«

»Wie sagenhaft?« erkundigte sich Shelley.

»Sagenhaft in direktem Verhältnis zu den Greulichkeiten, die das Treffen bereithalten wird.«

»Es wird keine Greulichkeiten geben«, entgegnete Shelley. »Es könnte vielleicht sogar lustig werden.«

»Sollen wir eine Wette machen? Also, wie nennt sich euer Klub denn?«

Shelley zierte sich ein wenig. »Das ist doch jetzt nicht wichtig.«

»Noch weitere grauenhafte Geständnisse? Komm schon. Nimm mir den Glauben an die Menschheit!«

Shelley murmelte in ihre Kaffeetasse hinein. »Die Schaflämmchen.«

»*Die Schaflämmchen?*« Jane kreischte vor Vergnügen.

»Es war nicht unsere Schuld! Das Footballteam hieß ›Die Rammböcke‹. Außerdem existierte der Klub schon zehn Jahre, bevor ich überhaupt an diese High-School gekommen bin.«

»Und ich wette, ihr hattet so entzückende Sprüche wie:

15

›Schwöre ich als Lamm feierlich, die wollenen Prinzipien aufrechtzuerhalten und zu schützen und ...‹« Jane mußte zu sehr lachen, als daß sie in der Lage gewesen wäre, den Satz zu beenden.

Shelley erhob sich. »Wohlerzogene Frauen schnaufen nicht so beim Reden, Jane.«

»Du wirst Edgar vorwarnen müssen, damit er kein Lammfleisch serviert«, sagte Jane und bekam einen neuen Lachanfall. »Ich frage mich, ob unter den Mitgliedern wohl ein paar ganz ›Lammfromme‹ sind.«

Shelley richtete einen flehenden Blick zum Himmel hinauf.

Am Dienstagnachmittag der Woche, in der das Klassentreffen beginnen sollte, fuhren Jane und Shelley zur Francisco-Villa, um letzte Dinge mit Edgar North zu besprechen. Außerdem sollte sich Jane mit den Räumlichkeiten und ihren Pflichten vertraut machen können.

Das Anwesen hatte etwas Düsteres. Das gut ein Hektar große Grundstück war von einem hohen Filigraneisenzaun umgeben, den man mit frischer schwarzer glänzender Farbe gestrichen hatte. »Es sieht aus wie eine englische Nervenheilanstalt der Jahrhundertwende«, bemerkte Jane, als sie mit Shelley durch das Tor fuhr. Die Villa war wirklich eine Villa, mit Türmchen und Türmen versehen und übertriebenen Eisengeländern, die entlang der Dachkante und den Gauben verliefen. Hohe Kiefern und Eichen, die noch die Narben erst kürzlich erfolgten kosmetischen Trimmens trugen, verdüsterten zusätzlich die über allem liegende trübsinnige Stimmung. Zudem fiel auch noch ein naßkalter Sprühregen.

»Ich habe dieses Haus bisher nur von der Straße aus gesehen, war aber noch nie drinnen«, sagte Jane. »Ich dachte, es sei nicht mehr bewohnt.«

»Die Franciscos sind in dem Jahr ausgezogen, als Ted starb, und es stand leer, bis Edgar und Gordon es letzten Januar gekauft haben«, erwiderte Shelley, die ihren Transporter auf einen Parklatz neben dem Kutschenhaus hinter dem Hauptgebäude steuerte.

»Ted starb also«, wiederholte Jane nachdenklich.

Shelley blickte sie verwirrt an und entgegnete dann: »Entschuldige, ich bin so auf das Klassentreffen fixiert, daß ich darüber völlig vergessen habe, daß du nicht immer hier gewohnt hast.«

»Wer zum Teufel ist Ted? Der Hausgeist?«

»Du liebe Güte! Ich hoffe nicht! Ich werde dir die Geschichte nachher erzählen. Da vorne steht Edgar und winkt uns.«

Sie stiegen aus dem Wagen und gingen auf die Hintertür zu. Ein pausbackiger Mann Anfang fünfzig mit dünner werdendem rotem Haar, Bauchansatz und einem breiten Lachen hielt ihnen die Sturmtür auf. »Grauenhaftes Wetter, nicht wahr? Ich hoffe, es wird sich bis zum Eintreffen Ihrer Gäste noch ein wenig aufhellen. Kommen Sie herein, meine Damen«, sagte er strahlend.

Jane betrat die Küche und blieb wie angewurzelt stehen. Es hätte keinen stärkeren Kontrast zum Äußeren des Hauses geben können. Die Küche war riesig, hellerleuchtet und schien vor Wärme und Willkommen zu summen. Glänzende Kupferpfannen, Schöpfkellen, Siebe und Körbe hingen von einer Laibung herab. Ein großer Küchentisch, der in der Nähe des Fensters stand, war mit einer Decke aus leuchtendem Baumwollstoff bedeckt, die zu den gerafften Vorhängen paßte. In weißen gekachelten Theken spiegelte sich das helle Licht, und in der Mitte des Zimmers stand ein wuchtiger gebleichter Metzgerblock. Der riesigste Kühlschrank, der Jane jemals unter die Augen gekommen war, beherrschte die gegenüberliegende Seite des Raumes, und in weißen, mit Glasfronten versehenen Schränken standen stattliche Geschirreihen und glitzernde Gläser. Der mit Quadersteinen gefliste Boden war überall dort, wo sich ein Mensch länger als ein paar Sekunden aufhielt, mit farbigen Flickenteppichen bedeckt.

»Mr. North, das ist die Küche meiner Träume!« sagte Jane ehrfürchtig. »Im Himmel muß es genau so aussehen.«

»Meine Liebe, nennen Sie mich Edgar. Mr. North ist mein Vater in Cleveland. Und ich bin froh, daß sie Ihnen gefällt. Ich bin auch ziemlich stolz darauf.«

»Sie könnten eine ganze Ernte in diesem Kühlschrank unterbringen. Und ich dachte, das hier sei eine Frühstückspension. Eigentlich …«

»Eigentlich brauche ich dies alles hier nicht, um ein paar Eier und etwas Toast zuzubereiten?« beendete Edgar den Satz für sie. »Nein, aber ich bin Küchenchef von Beruf. Ich habe schon überall gearbeitet. Und das hier ist genau die Küche, die ich mir immer gewünscht habe, wenn ich mich einmal irgendwo niederlassen sollte. Wir haben aber auch vor, Abendessen zu servieren. Allerdings nicht wie ein Restaurant, sondern nur auf Vorbestellung für größere Gesellschaften. Vielleicht werden wir auch Büffets liefern, wenn wir uns erst einmal einen Namen gemacht haben. Setzen Sie sich doch, meine Lieben, und trinken Sie einen Kaffee.«

Der »Kaffee« entpuppte sich als ein göttliches Gebräu, das so nussig und köstlich schmeckte, daß Jane sich nicht vorstellen konnte, jemals wieder zu ihrer üblichen Sorte zurückzukehren. Dazu reichte Edgar die winzigsten, delikatesten Sahnewindbeutel der Welt. Jane und Shelley überhäuften ihn zwischen den einzelnen Bissen mit Komplimenten. »Essen Sie selbst denn nichts von Ihren phantastischen Leckerbissen, die sie hier gezaubert haben?« erkundigte sich Jane und fragte sich gleichzeitig, ob Shelley ihr wohl einen Klaps auf die Hand versetzen würde, sollte sie zu einem vierten Windbeutel greifen. Sie beschloß, es zu riskieren.

»Nein, ich muß auf meine Figur achten«, erwiderte Edgar und tätschelte seinen schmucken, runden Bauch.

»BRBRBROUH!« ertönte es aus dem Nebenzimmer. Eine Sekunde später spazierte eine riesige, geschmeidige siamesische Katze in den Raum.

»Was für ein schönes Tier!« rief Jane.

Shelley warf ihr einen Blick zu, als seien ihr eine beträchtliche Anzahl Gehirnzellen abhanden gekommen.

»Das ist Hector. Und er wird seinem Namen in jeder Hinsicht gerecht«, sagte Edgar. »Eigentlich sollte er draußen sein und Jagd auf Mäuse machen, um sich seinen Unterhalt zu verdienen. Aber er haßt Regen.«

Hector kam herüber und rammte seinen Kopf gegen Janes Bein. Dann ließ er sich zu Boden sinken und rollte auf den Rücken, als ob er damit ausdrücken wollte, daß diese üppige, pelzige Fläche von einem Bauch, die er da präsentierte, gerade zufällig zum Streicheln zur Verfügung stehe. Jane folgte seiner Aufforderung.

»Haben Sie Lust, sich ein wenig umzusehen? Es tut mir leid, daß Gordon nicht hier ist, um mich beim Angeben zu unterstützen. Die gesamte Innenausstattung ist sein Werk. Ich bin nur der Koch.«

»Das ist ja wohl die Untertreibung des Jahres«, erwiderte Jane, die Puderzucker von ihren Fingerspitzen leckte und erst zu spät bemerkte, daß auch ein paar Katzenhaare daran klebten.

»Wo ist Gordon?« erkundigte sich Shelley.

»Geht immer noch einer einträglichen Erwerbstätigkeit nach. Er koordiniert die Designproduktion einer Grußkartenfirma in Chicago. Ein schrecklicher Job, versteht sich. Nichts als niedliche kleine Häschen und schmalztriefende Verse, aber sein Verdienst hält den Gerichtsvollzieher fern. Wir hoffen, daß wir im Geld schwimmen, wenn hier erst einmal alles läuft und er dann kündigen kann.«

Bei der Führung durch das Haus stockte Jane der Atem. Jedes Gästezimmer hatte einen Namen, der dem Dekor entsprach. Es gab ein Sonnenblumenzimmer, ein Aprikosenzimmer, Mondlichtzimmer, Kornblumenzimmer, Smokingzimmer, Limonenzimmer und ein Rosenzimmer. Bettdecken, Vorhänge, Teppichböden, Bilder und Lampenschirme waren alle außergewöhnlich geschmackvoll aufeinander abgestimmt. Das Rosenzimmer stellte eine Symphonie der Weiblichkeit dar mit seinen Farben, die an eine sich rötende Baccara-Rose erinnerten, mit dem Kirschholz und der passenden Bettdecke. Das Mondlichtzimmer hingegen präsentierte sich so kühl, klassisch und maskulin wie Cary Grant. Hector spazierte jedesmal als erster über die Schwelle eines Raumes, als habe er persönlich die Einrichtung ausgesucht. Ab und an ließ er ein typisches Katzenjaulen ertönen, das durch Mark und Bein ging, Shelley erschauern ließ und Jane zum Kichern brachte. Edgar warf dem Tier einen nachsichtigen, väterlichen Blick zu.

»Ich würde Gordon am liebsten adoptieren«, sagte Jane. »Wohnen Sie beide hier oder im Kutschenhaus?«

»Im Moment haben wir eine Unterkunft im dritten Stock, die wir großzügigerweise mit ›Suite‹ titulieren«, antwortete Edgar. »Grauenhaft. War ursprünglich wohl für kleinwüchsige Zimmermädchen vorgesehen. Gordons Kopf ist ständig grün und blau, weil er sich andauernd stößt. Wir vermuten, daß es Fledermäuse dort oben gibt, aber die Beleuchtung ist so schlecht, daß wir uns nicht sicher sind. Irgendwann werden wir wohl ins Kutschenhaus hinüberziehen, aber im Moment sind dort nur Vorräte

21

untergebracht. Und Mäuse, von denen Gordon behauptet, daß Hector sich vor ihnen fürchte.«

»Also wird dort niemand ein Zimmer erhalten. Das ist gut so«, sagte Shelley. Auf Janes und Edgars fragende Blicke hin fügte sie rätselhafterweise hinzu: »Schlechte Schwingungen, besonders, was diese Gruppe angeht.«

Edgar zeigte ihnen die Zimmer im Erdgeschoß: ein riesiger vornehmer Speiseraum und ein Aufenthaltsraum mit Spieltischen, Sofagruppen und einer Sound- und Videoanlage, die Janes Sohn Mike wohl vor Neid zum Weinen gebracht hätte. Es war sogar ein Nintendo-Spiel daran angeschlossen. »Das ist für Gäste mit Kindern«, erläuterte Edgar ein wenig hastig.

»Ich dachte, Sie würden keine Kinder aufnehmen«, sagte Jane.

»Nun ja, nein – eigentlich hatten wir das auch nicht vor, aber …«

Jane grinste über das ganze Gesicht. »Sie gehören zu den Süchtigen. Ich kenne die Anzeichen. Was spielen Sie am liebsten? Ich finde ›Chrysalis‹ ganz toll.«

Edgar errötete tatsächlich bis unter die Haarwurzeln. »Ich mag eigentlich alle, in denen ein Labyrinth vorkommt. ›Lolo‹ zum Beispiel.«

Shelley blickte die beiden entgeistert an. »Spielt Ihr tatsächlich diese Spiele?«

»Eines Tages werde ich dich auch zu einer Süchtigen machen«, drohte ihr Jane. »Ist das hier die Bibliothek?« Sie warf einen Blick in ein dunkles Zimmer, das sich neben dem Aufenthaltsraum befand.

Edgar ging hinein und knipste das Licht an. Es war tatsächlich eine wunderbare Bibliothek – drei Wände voll mit Buchreihen, die auf dunklen Eichenbrettern standen, Stühle und Sofas aus komfortablem Leder und eine Bibliotheksleiter aus Eichenholz, die an den Regalen entlanggleiten konnten. Es gab sogar ein Faxgerät und einen Kopierer für Geschäftsleute, die ihre Arbeit nicht lassen konnten oder wollten.

Jane ging zu einem Regal hinüber, auf dem Taschenbücher mit orangefarbenen Rücken standen. »P. G. Wodehouse! Sind das Ihre? Edgar, ich glaube, ich werde Sie statt Gordon adoptieren. ›Es gibt nur eine wirklich wirksame Kur gegen graue Haare. Sie wurde von einem Franzosen entwickelt. Er gab ihr den Namen Guillotine‹«, zitierte Jane.

»›Der Richter sah aus wie eine Eule, schien aber zugleich einen Spritzer Wieselblut in sich zu haben‹«, gab Edgar zurück.

Sie lachten herzlich und warfen sich weitere Zitate an den Kopf, bis ihnen plötzlich bewußt wurde, daß Shelley ungeduldig mit dem Fuß klopfte und sich unheilverkündend räusperte.

»Ja, ja, schon gut«, beschwichtigte sie Jane. »Edgar, Sie sollten mir lieber sagen, was ich zu tun habe, und mir zeigen, wo sich die Utensilien fürs Hausmädchen befinden.«

Er führte sie zu einem Abstellraum für Besen und Staubsauger und zu dem Schrank, der die Bettwäsche enthielt. Dann sagte Edgar: »Lassen Sie uns noch kurz zum Kutschenhaus hinübergehen. Dort liegen die Lappen.«

»Ein ganzes Haus nur für Lappen?« erkundigte sich Jane, während sie im Nieselregen durch die Einfahrt zum Kutschenhaus eilten und es durch die Garagentür im Erdgeschoß betraten. Hector blieb vernünftigerweise im warmen, trockenen Haus. Seine Haltung ließ darauf schließen, daß es eine Grenze gab, was er für Gäste zu tun bereit war.

Mitten auf dem Boden befand sich ein unordentlicher Haufen Stoff. »Das hier, meine Damen, waren einmal die alten Vorhänge und Übergardinen von drüben. Ich habe die Bleibänder entfernt, die Stoffe gewaschen und hier

23

gelagert, um sie bei Bedarf als Lappen zu verwenden. Außerdem befinden sich die ganzen Gartengeräte hier und ein Vorrat an Putzzeug. Ich habe ein Sonderangebot für Badezimmerreiniger und Spülzeug genutzt. Dort drüben befindet sich auch ein ganzer Berg Toilettenpapier.« Er deutete in den dunklen, hinteren Teil der Garage, in der drei Wagen Platz finden konnten.

»Sind oben noch mehr Sachen?« erkundigte sich Jane.

»Nein, um oben haben wir uns bis jetzt noch nicht gekümmert. Dort befinden sich die Reste eines Jungenzimmers. Eigentlich irgendwie ergreifend, daß die Leute es so zurückgelassen haben. Es hängen noch Poster an den Wänden, Footballpokale stehen herum, und im Schreibtisch liegen noch Hausaufgabenhefte. Ich kann mich nicht überwinden, dies alles einfach wegzuwerfen.«

»Das ist Teds Zimmer«, sagte Shelley.

»Der tote Ted?« fragte Jane.

»Toter Ted! Hört sich an wie eine Rockgruppe«, sagte Edgar und lachte unbehaglich.

»Ted Francisco«, erläuterte Shelley. »Ich glaube, ich erzähle euch die ganze Geschichte lieber – falls irgend etwas Unangenehmes geschehen sollte.«

»Rechnest du denn mit ›irgend etwas Unangenehmem‹?« erkundigte sich Jane.

Edgar blickte angesichts der Wendung, die das Gespräch genommen hatte, ausgesprochen unglücklich drein.

Shelley ließ sich Zeit, ehe sie antwortete. »Dieses Haus gehörte Richter Francisco. Seine Frau und er hatten einen Sohn, Ted, der in unserer Klasse in der High-School war. Er sah gut aus, war gescheit und sportlich. Wir waren alle unsterblich in ihn verliebt. Er hatte eine rosige Zukunft vor sich.« Sie schwieg einen Augenblick, bevor sie weitersprach. »In der Nacht des Schulabschlußballes beging er Selbstmord.«

»Wo?« fragte Edgar leise.

Shelley deutete nach oben. »In diesem Zimmer.«

»Darf ich Ihnen noch einen Sahnewindbeutel anbieten?« erkundigte sich Edgar fürsorglich bei Jane. Sie befanden sich wieder in der hellerleuchteten, freundlichen Küche. Hector strich um Janes Beine herum.

»Ich werde für meine Hüften eine eigene Postleitzahl beantragen müssen, wenn ich noch einen esse«, erwiderte Jane. Sie wandte sich Shelley zu. »Wie hat er es gemacht? Der tote Ted, meine ich.«

»Kohlenmonoxydvergiftung. Neben der Treppe oben, direkt an der Rückwand der Garage, ist eine Art Luke. Sie befand sich genau neben Teds Bett. Wir machten immer Witze darüber. Ted konnte dort so schnell wie ein Feuerwehrmann raus: die Klappe der Luke aufstoßen, sich an einem Seil hinunterlassen und dabei fast auf dem Vordersitz seines Autos landen. In der besagten Nacht ließ er jedenfalls den Motor seines Wagens laufen und die Luke geöffnet. Seine Eltern waren über Nacht weggefahren, und als sie zurückkamen, fanden sie ihn vollkommen bekleidet auf seinem Bett. Tot. Es war schrecklich für sie. Er war buchstäblich der Mittelpunkt ihres Lebens gewesen. Ein Einzelkind, das erst geboren wurde, als sie beide in den Vierzigern waren, glaube ich. Richter Francisco erlitt einen schweren Nervenzusammenbruch. Als er sich wieder erholt hatte, verschloß seine Frau das Haus, und sie zogen weg. Ich wußte gar nicht, daß sie Teds Zimmer so gelassen hatten, wie es war. Ich schätze, sie waren einfach nicht imstande, bei ihrem Umzug seine Sachen wegzuwerfen.«

»Ist das wohl der Grund, warum das Haus so lange leerstand?« fragte Edgar. »Wir haben es aus ihrem Nachlaß erworben.«

»Ich vermute, daß sie es nicht über sich brachten zurückzukehren, sich aber ebensowenig vorstellen konnten, das Haus zu verkaufen«, antwortete Shelley. »Sie sind also beide tot! Das überrascht mich nicht. Sie waren wesentlich älter als die Eltern der anderen Klassenkameraden. Sie haben Ted ja erst sehr spät bekommen.«

»Es ist eine Schande, daß das Haus so lange leergestanden hat. Es ist wunderschön.«

»Aber es war nicht so wunderschön, als wir es kauften«, sagte Edgar. »Ich hätte dem Kauf nicht einmal zugestimmt, wenn Gordon sich nicht so sicher gewesen wäre, daß man etwas daraus machen kann. Von Zeit zu Zeit haben hier Landstreicher gehaust, und die Polizei erzählte uns – natürlich erst, nachdem der Kaufvertrag schon unterschrieben war –, daß ein Drogenring ein paar Mal von hier aus operierte. Einige Typen sind sogar noch hier aufgetaucht, nachdem wir schon eingezogen waren. Eines Nachts hörten wir scharrende Geräusche, kamen herunter und fanden mitten im Wohnzimmer ein junges Pärchen in einer Situation vor, die man wohl als ›delikat‹ bezeichnen darf. Sie wälzten sich in einem Haufen Sägemehl herum. Seitdem achten wir immer sehr genau darauf, die Türen zur Nacht abzuschließen. Wir werden unsere Gäste bitten, bis halb elf im Haus zu sein, ansonsten müssen sie uns aufwecken, um hineinzukommen.«

»Es gibt wohl sehr vieles zu bedenken, wenn man ein Gasthaus eröffnet«, sagte Jane.

»Wahrscheinlich mehr, als wir bisher geglaubt haben. Aber Ihre Gruppe bietet uns ja eine hervorragende Gelegenheit zu einem Testdurchlauf, Shelley. Ich bin sicher, daß alles gut klappen wird«, sagte Edgar mit betonter Fröhlichkeit.

Jane war überrascht, daß Shelley darauf nichts entgegnete, sondern weiter aus dem Fenster in den Regen hinausstarrte. Ihre Stirn legte sich in Falten. Es war immer ein schlechtes Zeichen, wenn Shelley die Stirn runzelte. »Ich hoffe, daß ich nicht einen großen Fehler gemacht habe«, sagte sie mehr zu sich selbst als zu den anderen.

Am Mittwochmorgen herrschte unglaubliche Hektik. Die gesamte Planung für die Fahrgemeinschaften – von der Janes Onkel Jim behauptete, daß sie so sorgfältig ausgeklügelt sei wie das Schuldnersystem der Mafia – löste sich in Wohlgefallen auf. Die Mutter, die eigentlich an der Reihe war, Mikes Fahrgemeinschaft zur High-School zu befördern, klang am Telefon so, als habe sie das letzte Stadium einer fortgeschrittenen Lungenentzündung erreicht, und versuchte, Jane zur Übernahme ihrer Fahrt zu überreden.

»Es tut mir leid, aber ich muß diese Woche die Grundschüler kutschieren und alle, die zur Junior-High-School fahren, haben sich irgend etwas eingefangen, so daß ich meine Tochter selbst zur Schule bringen muß. Es tut mir sehr leid, aber du wirst deinen Mann zum Dienst antreten lassen müssen«, entgegnete Jane mit fester Stimme. Sie hätte wohl nachgegeben, wenn es eben möglich gewesen wäre. Damit wäre ihr die Fahrerin zu großem Dank verpflichtet gewesen, denn für eine andere bei den Fahrgemeinschaften einzuspringen war ein Gefallen, den keine Mutter auf die leichte Schulter zu nehmen wagte.

»Oh, Jane, du weißt doch, daß sich Stan wie ein Idiot

anstellt, wenn es um die Fahrgemeinschaften geht.«

»Stan leitet eine ganze Bank! Du hast dir von ihm nur einreden lassen, daß er zu dusselig ist, um die Kinder einzusammeln und zur Schule zu fahren, damit du ihn erst gar nicht mehr um Hilfe bittest«, entgegnete Jane. »Das ist ein Fall von selektiver Idiotie. Steve hat dieses Spiel auch immer mit mir veranstaltet.«

Vom anderen Ende ertönte weiteres Schniefen und Jammern. Jane hatte großes Verständnis. Ihr Mann Steve, der vor anderthalb Jahren bei einem Autounfall getötet worden war, hatte mit der gleichen Unnachgiebigkeit die Trennung der elterlichen Aufgaben vertreten.

Jane legte schließlich den Telefonhörer auf und schrie nach oben: »Katie! Beeil dich!«

»Ich mache mein Haar!« lautete die entrüstete Antwort.

»Du solltest besser zusehen, daß du in die Gänge kommst. Ich muß dich früher wegbringen, damit ich Todds Clique auflesen kann.«

Während Jane ihre Runde drehte, die Kinder ins Auto lud, bei der Suche nach verlorenen Mathehausaufgaben behilflich war und ihre Geldbörse für Kakaogeld leerte, dachte sie darüber nach, wie kurzsichtig es doch von ihr gewesen war, ihre Kinder an drei verschiedenen Schulen anzumelden. Warum hatte sie nicht einfach Drillinge bekommen und die Angelegenheit wäre damit ein für allemal erledigt gewesen? Die drei hätten alles zur selben Zeit am selben Ort hinter sich gebracht – den Schulanfang, das Verlieren der Milchzähne, das Verrücktspielen der Hormone. Zwischendurch hätte es sicherlich absolut höllische Zeiten gegeben, aber sie hätte sie zumindest nicht noch zwei weitere Male durchleben müssen.

Als sie sich mit Katie auf den Weg zur Schule machte, herrschte draußen strahlender Sonnenschein, der sich in den Spitzen der Bäume fing, die schon die ersten Anzeichen einer leuchtenden Herbstfärbung trugen. »Oh, schau dir das nur an!« rief Jane und deutete auf ein besonders schönes rotgefärbtes Efeu, das an einem Schornstein in die Höhe kletterte.

»Bieg hier bloß nicht ab!« kreischte Katie.

»Warum nicht? Hier geht es aber zur Schule«, erwiderte Jane.

»Mom, Jenny wohnt in dieser Straße!«

»Das weiß ich doch.« Jenny war Katies beste Freundin. Katie verkroch sich tiefer in ihren Sitz und protestierte quengelnd weiter. »Sie wird mich sehen! Warum kannst du nicht woanders herfahren?«

»Katie, Jennys ganze Familie hat die Grippe. Ich möchte doch sehr bezweifeln, daß Jenny seit dem Morgengrauen auf ist und aus dem Fenster stiert, nur um zu sehen, ob wir vorbeifahren – und überhaupt, was wäre eigentlich so schlimm daran? Habt ihr euch etwa gekabbelt?«

»Mom, sag doch nicht solche Ausdrücke! Sie sind so altmodisch.«

»Kabbeln ist ein passender Ausdruck! Aber bitte, hattest du eine Zankerei, einen Streit, einen Krach, eine Auseinandersetzung? Such dir das Passende aus.« Das anhaltende Schweigen beantwortete ihre Frage. »Worum ging es denn, mein Schatz?«

»Das würdest du doch nicht verstehen«, brummte Katie. Sie war wieder in eine vertikale Sitzposition hochgerutscht und verrenkte sich gerade den Hals, während sie durch die hintere Scheibe auf Jennys Haus zurückstarrte.

»Warum versuchst du nicht einfach, es mir zu erklären?« erwiderte Jane.

Katie schniefte nur herzerweichend. Ein Zeichen, daß sie sich noch weiter bitten lassen wollte.

Erst als sie um die letzte Ecke bogen und die Schule vor ihnen auftauchte, gab Katie nach. »Mom, sie hat Jason *erzählt,* daß ich ihn mag!«

Jane versuchte, sich in Gedanken zurückzuversetzen, um das Ausmaß eines solchen Verrats nachvollziehen zu können.

»Und warum hat sie das getan?«

»Sie ist sauer auf mich. Wir haben eine Neue in der Klasse, und die mag sie lieber als mich, und ich habe gesagt, daß sie fett ist. Mom, das ist sie wirklich!«

Jane sortierte erst einmal die Pronomen, ordnete sie zu und kam zu dem Schluß, daß das neue Mädchen diejenige sein mußte, die fett war. Jenny selbst war ein wenig pummelig, aber Jane vermutete, daß Katie das mittlerweile gar nicht mehr auffiel. Es gab mindestens eintausend wahre, vernünftige und »mütterliche« Dinge, die sie ihrer Tochter sagen konnte, aber Jane wußte, daß Katie sie nicht hören wollte. Im Gegenteil, sie würde damit lediglich die Tür für alle zukünfigen Unterhaltungen zuschlagen, bei denen Katie sie ins Vertrauen ziehen wollte. »Ich glaube, das beste ist, so zu tun, als würde es dir nichts ausmachen«, schlug sie vor. »Jenny wird sich bald daran erinnern, daß du ihre beste Freundin bist, und dann wird es ihr leid tun, daß sie es Jason erzählt hat.«

All ihre vorsichtig gewählten Worte verhallten ungehört. Katie schenkte ihr keine Aufmerksamkeit mehr. Als Jane den Wagen in der Auffahrt vor der Schule anhielt, legte Katie sich ihren Handrücken auf die Stirn. »Ich glaube, ich werde krank. Du solltest mich besser wieder mit nach Hause nehmen.«

»Keine Chance, mein Herzblatt.« Trotzdem fühlte sie Katies Stirn. »Wenn du heute nicht erscheinst, würden alle denken, daß du Angst hast, zur Schule zu kommen. Außerdem werde ich den ganzen Tag unterwegs sein.«

Sie hatte das Falsche gesagt – wieder einmal. »Mom! Warum mußt du mich wie ein Baby behandeln? Ich kann allein zu Hause bleiben.«

Jane erinnerte sich daran, wie es in ihrer eigenen Schulzeit zugegangen war, wenn sie zu Hause blieb. »Ich verhandle nicht. Raus mit dir.«

Als Jane von ihrer Tour mit den Grundschülern zurückkam und durch die Hintertür in die Küche trat, klingelte das Telefon. Es war Detective Mel VanDyne, der Mann, mit dem sie sich hin und wieder verabredete. »Jane? Ich bin froh, daß ich dich erwischt habe. Hör zu, wegen Samstagabend ...«

»Du sagst also ab.«

»Tut mir leid, aber ich muß. Es findet ein Fortsetzungskurs zu diesem Drogenseminar statt, das ich letzte Woche abgehalten habe. Es scheint, als ob ...«

»Ist schon in Ordnung«, fiel ihm Jane erneut ins Wort, obwohl es gar nicht stimmte. Sie hatte sich extra etwas Neues zum Anziehen gekauft.

»Wie wäre es statt dessen mit Sonntagabend?«

»Tut mir leid. Da kann ich nicht.«

Eine Stille breitete sich aus, von der Jane hoffte, daß sie nicht von blankem Unglauben genährt war. Nun, sie konnte Sonntagabend tatsächlich nicht. An allen Sonntagabenden eigentlich nicht. Es gab immer mindestens ein Kind, das Hilfe bei einem Aufsatz brauchte, den der Lehrer bereits vor einer Woche aufgegeben hatte, ein weiteres, das ein besonders kostbares Kleidungsstück nicht auftreiben konnte, welches er oder sie am nächsten Tag aber einfach anziehen *mußte,* und noch ein anderes, das beschlossen hatte, genau neben *dem* Telefonanschluß sein Instrument zu üben, an dem Bruder oder Schwester gerade ein Gespräch führten. Gewöhnlich sahen zwar die

Abende jedes normalen Schultages so aus, aber aus irgendwelchen mysteriösen Gründen waren die Sonntagabende dabei die allerschlimmsten. Aber natürlich lag es nicht in ihrer Absicht, einen kultivierten Junggesellen wissen zu lassen, womit sie am nächsten Sonntag beschäftigt sein würde. In den letzten zwei Monaten hatte sie sich mit Mel mal häufiger, dann wieder seltener getroffen (wobei sie mit Bedauern sagen mußte, daß die Phasen, in denen sie sich seltener sahen, überwogen), und er bedachte ihren von Mutterpflichten beherrschten Lebensstil nach wie vor mit argwöhnischen Blicken. Er schien Angst zu haben, daß sie mal ihren Kopf verlieren und ihm eine Tüte mit Butterbroten zustecken würde oder ihn zu einer Klavierstunde schleppen könnte.

»Wenn es nicht um meine eigene Klasse ginge, dann …« sagte Mel schließlich.

»Du mußt nichts erklären. Es war nicht meine Absicht, unfreundlich zu klingen. Ich bin nur ein bißchen in Eile. In ein paar Minuten muß ich mich auf den Weg zum Flughafen machen und will vorher noch ›mit meiner Seele in Kontakt treten‹, ehe ich mich an die Fahrerei wage.«

»Bekommst du Besuch?«

»Ich nicht, aber Shelley. Ein Klassentreffen. Ich bin zum Geleitschutz herangezogen worden.«

»Wie wäre es denn heute abend mit Essen und Kino? Du hast es dir dann bestimmt verdient.«

»Es tut mir leid, dir noch einen Korb geben zu müssen, aber heute abend kann ich wirklich nicht. (Hoppla, ob er nach dem ›wirklich‹ nun wußte, daß sie vorher ein bißchen gelogen hatte?) Shelley hat mich gebucht – oder besser gesagt eingewickelt. Nächste Woche wäre mir allerdings jeder Abend recht. Wie wäre es mit Dienstag?«

Auch Mel konnte es am Dienstag einrichten. Sie verabschiedeten sich. Jane füllte sich eine Thermoskanne mit

Kaffee, die sie mitnehmen wollte. Mit viel Glück würde sie eine halbe Stunde vor dem Eintreffen der ersten Gäste am Flughafen sein. Sie wollte ohne Zeitdruck fahren und sich in Ruhe orientieren. Die drei Frauen, die sie abholen sollte, kamen mit drei verschiedenen Flugzeugen an, und sie wollte vorher auskundschaften, wo sie überall hin mußte.

Sie zog einen schwarzweiß karierten Rock und ihren guten schwarzen Pullover an. Beides gehörte zu den Kleidungsstücken, die sie den Sommer über im Schrank gelagert hatte. Es war gut, daß es für September so ungewöhnlich kühl war. Jane konnte ihre Sommersachen einfach nicht mehr sehen. Hastig legte sie ein wenig Makeup auf, warf noch einmal einen Blick auf den Stadtplan und ging dann zum Auto hinaus.

Während Jane im Haus gewesen war, hatte Shelley ihr etwas auf den Vordersitz ihres Kombis gelegt. Es waren drei nicht übertrieben große Papptafeln, auf denen jeweils verschiedene Namen standen: Lila Switzer, Susan Morgan und Avalon Smith. Und auf die Rückseite jeder Tafel hatte sie zur Erinnerung die Fluglinie, Flugnummer und Ankunftszeit jeder einzelnen geschrieben.

Man konnte sich immer darauf verlassen, daß Shelley die Dinge im Griff hatte.

Es war gut, daß Jane früh genug losgefahren war. Sie fuhr nicht angriffslustig genug, um sich auf die Spur für die richtige Ausfahrt zu drängeln, mußte bis zur nächsten Ausfahrt fahren und von dort den Weg zurück suchen. Glücklicherweise hatte sie beim Parken mehr Glück und kam früh genug für den ersten Flug am Flughafen an.

Wenn sie doch nur irgendeine Vorstellung hätte, nach wem sie Ausschau halten mußte. Sie fand es ein wenig albern, ein Plakat in die Höhe zu halten. Sie hatte Shelley gebeten, ihr die Frauen zu beschreiben, die sie abholen sollte, aber Shelley hatte ihr nicht helfen können. »Jane, es ist zwanzig Jahre her, seit ich sie zum letzten Mal gesehen habe. Gott allein weiß, wie sie heute aussehen. Ich werde dafür sorgen, daß sie dich finden.«

Das erste Flugzeug kam sogar ein wenig zu früh, und als die Passiere von der Tür zum Laufband gingen, hielt Jane gehorsam ihr »Susan Morgan«-Plakat in die Höhe. »Hallo! Wer sind denn Sie?« erkundigte sich eine modisch frisierte und sonnengebräunte Frau.

»Mein Name ist Jane Jeffry. Ich bin Shelleys Nachbarin. Sind Sie Mrs. Morgan?«

Die Frau legte eine Hand mit perfekt manikürten Fingernägeln und einer Reihe ausgesprochen teurer Ringe auf Janes Arm. »Dieses Jahr schon. Im nächsten Jahr – wer weiß? Also nennen Sie mich doch um Gottes willen Crispy. Alle anderen werden das auch tun.«

»Tatsächlich?« fragte Jane lächelnd. »Wie kommen Sie denn zu solch einem Namen?«

Die Frau stimmte ein herzliches Lachen an. »Weil mein Mädchenname damals, in den lange zurückliegenden Tagen meiner Jungfräulichkeit, Susan Crisp lautete. Sie gefallen mir, Jane. Ich werde Sie vielleicht zu meiner Assistentin machen.«

»Und wie lautet Ihre Berufsbezeichnung?«

»Quälgeist. Oh, das hier wird ein *Riesen*spaß werden.« Sie rieb sich ihre wunderschönen Hände wie ein Schurke auf der Bühne. »Ich kann es kaum erwarten, alle wiederzusehen. Ich habe ungefähr zwölf Reisetaschen dabei, und in eine habe ich meinen Friseur gequetscht. Wo sollen wir uns gleich treffen?«

»Der nächste Flugsteig auf meiner Liste ist der erste links hinter dieser Kurve dort vorne, und der letzte befindet sich ganz am Ende des Ganges. Werden Sie allein mit den Taschen fertig?«

»Meine Liebe, ich werde mit allem fertig.« Und es klang wirklich so, als stimmte das. Während sie losmarschierte, kicherte sie in sich hinein. Jane blickte ihr mit einer Mischung aus Belustigung und Alarmiertheit nach. Assistentin eines Quälgeistes? Großer Gott, worauf hatte Shelley sich da bloß eingelassen?

Viel wichtiger, worauf hatte sie sich da eingelassen?

Als ob sie Janes Blick gespürt hätte, drehte sich Crispy – die gerade die Hälfte des Ganges hinter sich gebracht und eine Menge bewundernder Blicke auf sich gezogen hatte – anmutig auf einem spitzen, mit Eidechsenhaut bezogenem Absatz um, winkte mit ihren Fingern und blinzelte verschwörerisch.

Das letzte Mal hatte Jane einen solchen Gesichtsausdruck gesehen, als ihre Schwester Martha beschloß, Prüfungsaufgaben in der High-School zu kaufen und Jane erpreßte, damit sie als Vermittlerin fungierte. Janes Vater hatte sie dabei erwischt, wie sie sich mit dem Geld in der Hand aus dem Haus schleichen wollte. Wenn sie ihre Erinnerung nicht täuschte – und Jane war eigentlich sicher, daß sie es nicht tat –, hatte man *ihr* und nicht etwa ihrer Schwester die Schuld für die ganze Geschichte aufgebürdet.

Die nächste Frau, die Jane abholte, besaß nicht halb so viel von Crispys überschäumender Energie. Avalon Smith machte den Eindruck eines gut konservierten »Blumenkindes« – mit ihrem nachlässig frisierten burgunderroten Haarschopf, ihrem frisch gewaschenen Gesicht ohne jegliches Make-up und einer Kleidung, die in mehreren Schichten an ihr hinabhing und deren Farbe sich nicht so ohne weiteres bestimmen ließ. Sie trug einen langen braunen Schal, den sie sich um den Hals geschlungen hatte, und eine Kette aus Holz, an der sich einige undefinierbare kleine Stückchen befanden, die an überzogene Dreckklumpen erinnerten.

»Mein Name ist Avalon Smith«, sagte sie im Flüsterton zu Jane, als verrate sie damit ein peinliches Geheimnis.

Jane stellte sich vor und sagte dann: »Am besten holen Sie zuerst Ihr Gepäck und kommen dann wieder her. Ich werde Sie, sobald ich noch jemanden in Empfang genommen habe, hier abholen.«

»Ich habe nur diese eine Tasche«, erwiderte Avalon und deutete auf eine große, mitgenommen aussehende Tasche aus Gobelin, die sich auf den ersten Blick kaum von ihrer Kleidung abhob.

37

»Dann kommen Sie doch einfach mit.«

Avalon folgte ihr bereitwillig wie ein exzentrisch gekleidetes Zirkuspony. »Haben Sie einen guten Flug gehabt?« erkundigte sich Jane.

»Oh, ja.«

Das war alles. Jane wartete auf weitere höfliche Ausführungen, aber die folgten nicht. »Woher kommen Sie?« fragte sie schließlich, da sie sich verpflichtet fühlte, eine Unterhaltung in Gang zu bringen.

»Arkansas.«

Jane hatte das Bedürfnis, nach Avalons Arm zu greifen (wenn sie ihn in diesen ganzen Kleiderschichten überhaupt finden konnte) und sie aufzufordern: »Schauen Sie mich doch wenigstens an, wenn Sie mit mir reden!« Aber sie beherrschte sich.

Sie stellten sich in die Nähe des letzten Flugsteiges, und Jane blickte genervt auf ihre Uhr. Nur noch zehn Minuten Wartezeit. Es sei denn – was Gott verhindern möge – die Maschine hatte Verspätung! »Hm ... sind Sie gespannt darauf, Ihre alten Freunde aus der Schulzeit wiederzusehen?« erkundigte sich Jane.

Avalon dachte mit gerunzelter Stirn nach. »Ich glaube schon.«

Jane blieben weitere Konversationsversuche erspart, denn Crispy erschien wieder auf der Bildfläche. Dieser erstaunlichen Frau war es irgendwie gelungen, an einen dieser überdimensionalen Go-Karts zu kommen, die gebrechliche Personen durch den Flughafen befördern. Auf dem Fahrzeug türmten sich ein halbes Dutzend zueinander passender Gepäckstücke, die aus blauem Wildleder zu sein schienen. Jane hatte so etwas bisher nur in sehr exklusiven Katalogen gesehen. Am Steuer des Fahrzeugs saß ein gutaussehender junger Mann, dessen breites Grinsen darauf schließen ließ, daß er ein außergewöhnlich hohes Trinkgeld erhalten hatte. »Ich habe mir meinen Knöchel verstaucht, nicht wahr, Derek?« sagte Crispy lächelnd.

Dann entdeckte sie Avalon und sprang vom Wagen herunter.

»Avalon Delvecchio! Das gibt's doch gar nicht! Nach all den Jahren!« Sie umfing Avalon, die schlaff wie eine Lumpenpuppe wurde, in einer stürmischen Umarmung.

»Es tut mir leid ... ich fürchte, ich kann mich nicht mehr ...«, murmelte Avalon.

»Du weißt nicht, wer ich bin, stimmt's, meine Liebe?« rief Crispy triumphierend. Sie blickte kurze zu Jane hinüber, um sich zu versichern, daß sie zuhörte, und wandte sich dann wieder an Avalon. »Ich bin es! Crispy!«

»Crispy! Das ist doch unmöglich. Du bist so ...« Avalon verstummte erschrocken angesichts dessen, was ihr auf der Zunge lag.

Crispy beendete den Satz für sie: »So schlank, hübsch, reich? Tja, ist das nicht phantastisch?« Sie drehte sich einmal um sich selbst, um Avalon einen vollständigen Eindruck zu ermöglichen, und wandte sich dann erklärend an Jane: »Ich war eine fette, picklige Kuh mit abgekauten Nägeln und fürchterlichem Haar. Ist es nicht erstaunlich, was Ehen mit drei, vier reichen Männern aus einem Mädchen machen können?«

»Du warst schon so oft verheiratet?« fragte Avalon.

»Oja, wenn nicht noch öfter. Das waren nur die Reichen. Meine allerliebste Avalon, dich hätte ich überall wiedererkannt. Du bist immer noch dieselbe. Du trinkst wohl jeden morgen zum Frühstück ein paar Liter Formaldehyd! Wie heißt du denn jetzt?«

»Smith«, erwiderte Avalon, die immer noch unter Schock zu stehen schien und nicht ganz glauben wollte, daß Crispy wirklich die Person war, für die sie sich ausgab.

»Das tut mir leid. Aber man kann nicht alles im Leben bekommen. Ich selbst habe beispielsweise Landsdale - Brooke-Trevor nur wegen seines Namens geheiratet, und er entpuppte sich als impotente Schwuchtel. Verstehst du, was ich meine?«

»Ich – ich glaube schon.«

»Auf wen warten wir noch?« erkundigte sich Crispy bei Jane.

»Oh, die Maschine ist bereits gelandet, oder?« sagte Jane überrascht und griff hastig nach ihrem Pappschild. »In diesem Flugzeug müßte eigentlich Lila Switzer sein.«

»Die liebe Delilah ...«, gurrte Crispy hämisch. »Nein, halten Sie das Ding nicht hoch. Ich werde sie erkennen, aber sie mich nicht.«

Crispy musterte die Passagiere, die mittlerweile an ihnen vorbeikamen. Während sie sich darauf vorbereitete, jeden Moment loszustürzen, wandte sich eine ausgesprochen gut gekleidete Frau mit glänzendem blondem Haar an sie und sagte: »Hallo Crispy. Wie schön, dich zu sehen. Und Avalon. Wie nett.« Die Begrüßung hätte mit einem Mund voller Trockeneis nicht frostiger ausfallen können.

Crispy war am Boden zerstört. »Du hast mich erkannt?«

»Aber natürlich. Du hast dich kein bißchen verändert.«

Crispy starrte sie einen Augenblick lang an, atmete dann tief durch und sagte: »Ich verstehe.«

Es handelte sich ganz offenbar um eine Kampfansage. Und sie wurde angenommen.

Jane sprang dazwischen und erklärte, welche Rolle sie bei diesem Treffen spielte. »Wir werden *alle* bei Shelley wohnen?« erkundigte sich Lila kühl.

»Nein, Sie werden alle in einem Gasthaus in der Nähe untergebracht«, erwiderte Jane, die das vage Gefühl hatte, gerade getadelt worden zu sein. »Offiziell ist es noch gar nicht eröffnet, aber Shelley hat arrangiert, daß Sie alle …«

»Schon gut«, schnitt ihr Lila das Wort ab.

»Haben Sie Gepäck?«

»Nur meine Kleidertasche«, erwiderte Lila und hielt ein Objekt in die Höhe, das sie über ihren linken Arm gelegt hatte. In der rechten Hand trug sie einen Aktenkoffer und eine große, teure, aber schäbige Handtasche. Jane hatte sie schon eine Weile studiert, und plötzlich wurde ihr klar, was an Lilas Erscheinung so seltsam war. Alles, was sie trug oder bei sich hatte, machte den Eindruck, als habe es einmal irgendeiner Großtante gehört. Janes Mutter besaß eine solche Freundin, eine »Säule der Bostoner Gesellschaft«, die die Einstellung hatte, daß alles als Investition für die eigenen Enkelkinder anzusehen war. »Man sollte nur die allerbeste Qualität kaufen und alle Dinge sorgfältig pflegen, damit man sie an die nächste Generation weiterreichen kann«, hatte sie einmal gesagt, als Jane dabei war. Diese alte Dame kaufte tatsächlich zusätzlichen Stoff, wenn sie sich ein Kostüm anfertigen ließ, und beim Reinigen des Kostüms wurde dieser Stoff mitgewaschen, damit er bei späteren Änderungen in einem anderen Jahrzehnt oder in einer anderen Generation – farblich noch paßte.

Lila Switzers Kostüm war vermutlich während des Zweiten Weltkrieges für eine Riesensumme erworben und danach ein halbes Jahrhundert lang gereinigt und geändert worden, nur um heute immer noch gut auszusehen. Das gleiche traf wahrscheinlich auf ihre Schuhe, den Aktenkoffer, die Handtasche und ihren perfekt sitzenden altmodischen Haarschnitt zu. *Sie trägt eine Grace-Kelly-Frisur!* dachte Jane im stillen.

»Sie sind also Shelleys Nachbarin«, sagte Crispy.

»Ja, schon seit Jahren.« Jane war erleichtert, daß sie

erst jetzt, da sie sich wieder in ihrer vertrauten Gegend befand, angesprochen wurde. Sie konnte nur sehr schlecht über Highways hinwegbrausen und gleichzeitig Konversation machen. Bisher hatten sich allerdings auch die anderen untereinander nicht besonders viel zu sagen gehabt. Avalon saß vorne neben Jane auf dem Beifahrersitz und hatte noch kein Wort von sich gegeben. Sobald sie in den Wagen gestiegen war, hatte sie ein Paar Stricknadeln und mausbraune, haarige Wolle aus der Tasche gezogen und dann die ganze Zeit über stumm mit den Nadeln geklappert. Auf dem Rücksitz tauschten Crispy und Lila, die scheinbar eine Art vorübergehende Waffenruhe geschlossen hatten, ab und zu ein paar Informationen über verschiedene Klassenkameraden aus. Wer geheiratet hatte, wer bereits wieder geschieden war, wer sich interessanten Operationen unterzogen hatte.

»Sind Sie verheiratet?« fragte Crispy und tippte Jane auf die Schulter.

»Verwitwet«, antwortete Jane.

»O Gott! Keiner meiner Verflossenen ist mir bisher weggestorben!« sagte Crispy. »Das muß schlimm für Sie sein. Es tut mir leid, daß ich gefragt habe.«

»Das macht doch nichts«, erwiderte Jane freundlich. »Es ist ja nicht wegen Ihrer Frage geschehen. Und im Grunde ist es schon irgendwie in Ordnung, daß es so gekommen ist.«

»Wer wird noch zu unserem Treffen erwartet?« erkundigte sich Lila, die eine Unterhaltung, in der das Thema »Tod« vorkam, offenbar als taktlos empfand. Vielleicht langweilte sie aber auch einfach jede Unterhaltung, an der sie nicht beteiligt war.

»Es tut mir leid, aber die Namen sagen mir nicht allzu viel, ich fürchte, daß ich mich nicht einmal an sie erinnern kann«, erwiderte Jane. »Irgendeine Mimi kommt, glaube ich, und eine Frau, die Shelley ›Pooky‹ nennt. Und wohl noch ein oder zwei andere.«

»Pooky kommt auch?« fragte Crispy. »Dann sollten wir besser all unsere Schwachstellen sorgfältig kaschieren und uns zum Angriff bereitmachen.«

»Warum denn das?« erkundigte sich Jane.

»Weil sie so wunderschön ist, daß man sich gleich wie ein halbes Dutzend häßlicher Stiefschwestern auf einmal fühlt.«

»Einige Frauen kommen mit dem Zug an«, lenkte Jane ab. »Shelley holt sie vom Bahnhof ab.«

»Oh, schaut nur! Der kleine Park ist immer noch da«, sagte Crispy vom Rücksitz aus. »Schau nur, Lila. Hast du nicht dort drüben gewohnt? Welches war euer Haus? Ich kann mich nicht mehr erinnern.«

»Das grüne. Aber damals war es hellbraun«, antworte-te Lila.

Jane bog um den letzten Häuserblock.

»Meine Güte, das ist meine alte Gegend!« rief Crispy. »Erinnert Ihr euch noch? Das Haus auf der rechten Seite ...« Sie verstummte, als Jane durch die Toreinfahrt der Francisco-Villa fuhr.

»Großer Gott!« rief Avalon. »Das hier ist Ted Francis-cos Haus!«

Jane war angesichts des Temperaments, mit der Avalon ihre Bemerkung gemacht hatte, so überrascht, daß ihre Antwort barscher ausfiel als beabsichtigt. »Nicht mehr. Jetzt ist es ein Gasthaus, das Edgar und Gordon gehört. Edgars Kochkünste werden Sie begeistern, und Gordon hat das Haus großartig eingerichtet. Zum Haushalt gehört auch eine Katze namens Hector, ein goldiges Kerlchen.« Sie hatte gar nicht erst vor, ein Gespräch über den toten Ted in Gang kommen zu lassen.

Anstatt die Auffahrt zum hinteren Eingang zu benutzen, fuhr Jane die vordere Auffahrt hinauf und hielt den Wagen vor dem Haupteingang an. Während ihre Passagiere ausstiegen und sich dabei bemühten, ihre Gepäckstücke und diversen Habseligkeiten zusammenzusuchen, öffnete sich die Tür, und Shelley rief: »Wie schön, daß ihr da seid.«

Zwei weitere Frauen erschienen im Türrahmen. Begrüßungsrufe ertönten, und es gab eine Menge unaufrichtig gemeinter Umarmungen und Komplimente, aber in manchen Begrüßungen lag auch ein klein wenig aufrichtige Wärme, und Jane verspürte ein bißchen Eifersucht angesichts der uralten Kameradschaft dieser Frauen. Die meisten von ihnen waren gemeinsam aufgewachsen, zu einer Zeit, in der die Menschen gewöhnlich nicht alle paar Jahre umzogen. Einige waren wahrscheinlich während der ersten Hälfte ihres Lebens Freundinnen oder zumindestens Bekannte gewesen.

Nachdem die erste Begrüßungsrunde vorüber war, stellte Shelley Jane vor. »Dies hier ist meine Nachbarin Jane Jeffry, die so freundlich ist, Edgar und mir zu helfen. Jane, das hier ist Mimi Soong.«

Jane schüttelte die Hand der eleganten Chinesin. »Es ist ausgesprochen nett von Ihnen, daß sie hier eingesprungen sind«, sagte Mimi. »Shelley muß wirklich etwas gegen Sie in der Hand haben«, fügte sie mit einem entzückenden Lächeln hinzu.

»Und das hier ist Debbie Poole, an die Ihr euch vielleicht besser als ›Pooky‹ erinnert«, sagte Shelley. In ihrer Stimme schwang ein warnender Unterton mit, der aber zugleich auch etwas Panisches hatte.

Jane wurde schnell klar, warum. Shelley und Crispy hatten beide erwähnt, was für eine ausgesprochene Schönheit Pooky war. Diese Pooky aber, die hier in Fleisch und Blut vor ihnen stand, sah gräßlich aus. Ihre Haut war wie

Leder und so faltig, als sei sie von einer außergewöhnlichen Krankheit befallen. An verschiedenen Stellen spannte sie derart, als habe ein Stümper an ihrem Gesicht einen plastischen chirurgischen Eingriff geprobt. Ihr Haar war so stark gebleicht, daß es einen beinahe zerbrechlichen Eindruck machte. Es schien bei der kleinsten Berührung zerbröckeln zu können. Sie war unerträglich dünn und übertrieben sorgfältig gekleidet. Jane erwartete fast, daß an den meisten Kleidungsstücken irgendwo noch ein Preisschild hervorschaute.

»Ich freue mich, Sie kennenzulernen, Pooky«, sagte Jane herzlich. Selbst Jane, die diese Frau vorher noch nie gesehen hatte, fand ihren Anblick ziemlich schockierend. Die anderen aber waren schlichtweg sprachlos, hatten mittlerweile eine Art Halbkreis gebildet und betrachteten Pooky in stillem Entsetzen und mit einer gehörigen Portion aufrichtigen Mitleids.

Die arme Frau, dachte Jane. »Crispy hat so viel Gepäck mitgebracht, daß sie mindestens anderthalb Jahre hierbleiben kann. Vielleicht hat sie ja auch vor, eine Boutique zu eröffnen«, wandte sie sich dann mit entschlossenem Tonfall an die Gruppe. »Ich fürchte, wir werden alle helfen müssen, es hineinzubefördern.«

Wie sie gehofft hatte, durchbrachen ihre Worte den Bann. Verlegenes Geplapper ertönte, während Jane den Kofferraum des Kombi öffnete und damit begann, den Satz passender Gepäckstücke herauszureichen. Für Jane und Mimi Soong blieben die letzten Taschen übrig. Hector war aufgetaucht und untersuchte geziert das Innere von Janes Kombi.

»Das haben Sie gerade wirklich gut gemacht«, sagte Mimi.

»Sie tat mir so leid. Alle haben sie angestarrt.«

»Als Sie ankamen, war sie gerade dabei, Shelley und mir

45

davon zu erzählen«, sagte Mimi und blieb ein wenig zurück, damit die anderen nichts mitbekamen. »Sie hat sich irgendeiner Behandlung unterzogen. Sie wollte ihr jugendliches Aussehen für alle Ewigkeit bewahren. Man sollte nicht glauben, daß jemand so dumm ist, aber es stimmt. Beim Verteilen des Verstandes hat sie nicht besonders viel abbekommen. Wie man sehen kann, ist die Sache schrecklich schiefgegangen, und offenbar hat sie gegen den Laden geklagt, der ihr das angetan hat und eine riesige Summe bekommen. Aber all das Geld kann ihr das gute Aussehen auch nicht wieder zurückbringen. Es ist eine Schande. Sie war wirklich wunderschön. Aber wie so viele attraktive Menschen hat sie nicht an sich gearbeitet – Grips oder Persönlichkeit entwickelt oder sonstwas.«

»Das ist schrecklich. Die Arme.«

Mimi lachte. »Sie werden schon Ihre Traurigkeit überwinden, wenn Sie sie ein wenig um sich gehabt haben. Sie kann einem ziemlich auf den Wecker fallen. Allein ihre Stimme wird Ihnen das Herz wieder zusammenkleben. Tut mir leid. Ich sollte das eigentlich nicht sagen. Im Grunde ist sie eine absolut nette Frau. Ich kann keine weitere Tasche tragen, geben Sie mir noch das hutschachtelförmige Ding da drüben.«

Jane starrte in den Kofferraum des Kombis. »Mein Gott, ich habe keine Hutschachtel mehr gesehen, seitdem ich auf dem Dachboden im Haus meiner Großmutter gespielt habe.«

»Dachboden ...«, sinnierte Mimi. »Ich denke, das ist das Wort, auf das es hier ankommt. Wenn das Treffen vorbei ist, werden Sie das Gefühl haben, als hätten sie eine Woche auf dem Dachboden von fremden Leuten verbracht. Finden Sie nicht auch, daß diese Katze Anstalten macht, als wolle sie Ihren Wagen wegfahren?«

Hector hatte seine Vordertatzen auf das Lenkrad gestellt

und spähte über das Armaturenbrett hinweg. Seine Schokoladenohren lagen flach am Kopf an, und es sah ganz so aus, als warte er darauf, daß ihm jemand einen Helm überstülpte.

Jane überließ die Frauen ihrem ersten Beschnuppern und machte sich auf den Nachhauseweg – allerdings erst, nachdem sie Hector liebevoll aus dem Auto hinausbefördert hatte. Zur Sicherheit schob sie ihn ein ganzes Stück in den Hausflur hinein, denn sie wollte nicht das Risiko eingehen, ihn zu überfahren. Bis drei Uhr hatte sie frei, dann mußte sie wieder zurück sein, um Edgar bei den Vorbereitungen für das Abendessen zu helfen. Eigentlich benötigte er ihre Hilfe gar nicht, aber Jane sah es als Gelegenheit an, einmal einen wirklich guten Koch in Aktion zu erleben. Die Kinder hatten sich in der letzten Zeit häufiger beschwert, daß sie immer das Gleiche kochen würde. Vielleicht könnte sie auf diese Weise ihr Repertoire ein wenig erweitern.

Zu Hause bereitete sie mehrere Wäscheladungen vor, häufte die Stapel nebeneinander und wimmelte gleichzeitig einige Telefonanrufe von Leuten ab, die sie überreden wollten, für irgendwelche wohltätigen Zwecke zu spenden, das Haus verklinkern zu lassen, oder die versuchten, ihr eine neue Kreditkarte anzudrehen. Anschließend ging sie in ihr Büro im Keller hinunter, um an ihrem Buch weiterzuarbeiten. Einige Monate zuvor war ihre Mutter zu Besuch gewesen, und sie hatten gemeinsam an einem Kurs teilgenommen, der sich mit dem Abfassen von Autobiographien beschäftigte. Jane, die kein Interesse daran hatte, ihre eigene Biographie zu schreiben, hatte eine fiktive Figur erfunden, um über deren Leben zu berichten, und die Kursleiterin hatte sie ermutigt, weiter daran zu arbeiten. Jane war sich aber nicht sicher, ob es sich um einen richtigen Roman handelte und ob er jemals ihren Keller verlassen würde. Sie genoß jedoch die Erfahrung ungemein. Jedenfalls meistens.

Heute fand sie es allerdings ausnehmend schwierig, sich zu konzentrieren. Ihre Gedanken wanderten immer wieder zu Shelleys ehemaligen Klassenkameradinnen zurück. Ihr hatte vor dieser Sache gegraut, weil sie dachte, es handele sich um eine langweilige Angelegenheit. Aber es war überhaupt nicht langweilig. Eher erschreckend. All diese Emotionen, die wahrscheinlich jahrelang verdrängt worden waren und nun an die Oberfläche kamen. Aber das stimmte auch nicht ganz. Einige von ihnen schienen wirklich erfreut gewesen zu sein, sich zu sehen. Als sie sich auf den Nachhauseweg machte, waren Pooky und Avalon auf der vorderen Veranda in ein lebhaftes Gespräch vertieft gewesen. Diese beiden genossen es scheinbar, sich ihre Erlebnisse der verstrichenen Jahre zu erzählen. Und vielleicht ging es ja den anderen ebenso. Jane bemerkte, daß sie diesem Klassentreffen gegenüber viel zu kritisch gewesen war.

Sie widmete sich wieder ihrer Schreiberei und dann der Wäsche, und bald war es auch schon drei Uhr. Sie hatte eine Kasserolle für die Kinder in den Kühlschrank gestellt und Anweisungen aufgeschrieben, wann und wie lange sie sie in den Ofen schieben sollten. Auf dem Tisch befand sich eine Schüssel mit Chips, und oben auf die Kasserolle, wo er nicht übersehen werden konnte, hatte sie einen

Kochtopf mit grünen Bohnen gestellt (die einzige Gemüsesorte, die alle mochten). Höchstwahrscheinlich würden sie Limonade beim Essen trinken statt der Milch, die sie ihnen immer aufdrängte, aber davon würde keiner sterben.

Als sie wieder zum Gasthaus kam, waren die beiden letzten Frauen der Gruppe scheinbar gerade eingetroffen. In der Eingangshalle stand Gepäck herum, und die Begrüßungszeremonie war schon wieder in vollem Gange.

Sie wurde Beth Vaughn vorgestellt, und sie erinnerte sich an Shelleys Worte: »Sie ist Richterin. Die erfolgreichste Absolventin unserer Klasse. Es wird erwartet, daß man sie, sollte es wieder einmal ›in‹ sein, eine Frau zu berufen, als Kandidatin für den Obersten Gerichtshof nominiert.« Dem Aussehen nach schien Beth Vaughn zu dieser Rolle zu passen. Sie besaß krauses, ergrauendes Haar, das sie sehr kurz trug. Ihr blaues Kostüm und die weiße Bluse waren ordentlich und praktisch, ebenso wie die flachen Schuhe. Sie mochte eine gute Figur haben, aber das Kostüm betonte sie nicht, es verpaßte ihr eher ein formloses, geschlechtsneutrales Aussehen. Ihr Auftreten war angenehm, aber reserviert. Sie besaß ausgesprochen hübsche Augen – das einzig Feminine an ihr.

»Es ist sehr großzügig von Ihnen, daß Sie Ihre Zeit opfern, um Shelley und uns zu helfen«, sagte sie freundlich. »Ich hoffe, es wird Ihnen unter all den fremden Leuten nicht zu langweilig werden.«

»Ich bin im Grunde daran gewöhnt«, erwiderte Jane und übernahm unbewußt Beths formellen Tonfall. »Als Kind bin ich viel herumgereist, denn mein Vater arbeitet für das Außenministerium.«

»Das war bestimmt sehr interessant«, entgegnete Beth herzlich. »Ich habe es immer bedauert, daß ich nicht öfter die Gelegenheit hatte zu reisen. Vielleicht können

Sie mir später einmal von all den Orten erzählen, an denen sie gelebt haben.«

»Und wen haben wir hier? Das Gesicht erkenne ich überhaupt nicht wieder!«

Eine andere Frau hatte sich zu ihnen gesellt. Beth verschwand.

»Ich gehöre auch gar nicht zu Ihrem Kreis«, antwortete Jane der Fremden. »Ich bin Shelleys Freundin Jane und nur hier, um Edgar zu helfen. Das Haus ist eigentlich noch nicht für Gäste geöffnet, und er hat noch kein Personal eingestellt – also bin ich eingesprungen.«

»Gott! Wie entsetzlich für Sie! Mein Name ist Kathy Herrmannson, in der guten alten Zeit lautete er Emerson.«

Auch diese Frau sah gräßlich aus. Aber anders als die arme Pooky, deren Anblick die Folge ihrer verzweifelten Versuche war, ihr gutes Aussehen zu bewahren, verschwendete Kathy ganz offensichtlich niemals einen Gedanken an ihre Erscheinung. Sie war auf eine besonders schlampige Weise übergewichtig und betonte dies noch durch ihre ausgebeulten Jeans und ein wenig schmeichelhaftes T-Shirt. Jane erinnerte sich an den Ratschlag einer Großtante: Wenn eine Frau sich einen Bleistift unter den Busen klemmt und er fällt nicht hinunter, sollte sie nicht ohne Büstenhalter herumlaufen. Kathy hätte einen dicken Schraubenschlüssel dort verstecken können. Die Vorderseite des unschön verzerrten T-Shirts schmückte ein verwaschenes Friedenszeichen. Ihr Gesicht war teigig, und sie trug unvorteilhafterweise keinerlei Make-up.

»Es freut mich, Sie kennenzulernen, Kathy«, sagte Jane.

»Weiß der Koch schon, daß ich kein Fleisch esse?« erkundigte sich Kathy.

»Ich habe keine Ahnung. Ich werde ihn fragen«, erwiderte Jane, froh, einen Grund zur Flucht zu haben.

Sie betrat Edgars wundervolle Küche und fand ihn

beim Schneiden von Schalotten. Hector saß auf einem der Küchenstühle und beaufsichtigte alles. »Wissen Sie, daß eine Vegetarierin unter den Gästen ist?« fragte Jane.

Er zuckte die Schultern. »Kein Problem. Sie kann einfach um das Fleisch herumessen. Ich bereite Sahnehühnchen in Blätterteigschalen und Erbsen mit Muskatnuß zu. Dazu gibt es ein paar gute altmodische Teufelseier. Sie ist doch hoffentlich nicht eine von diesen beinharten Typen, die überhaupt keine Tierprodukte essen, oder?«

»Ich kann es mir nicht vorstellen. Sie macht eher den Eindruck, als würde sie von Makkaroni und Schokolade existieren.«

»Oh, es geht also um die Dicke! Die ist mir schon aufgefallen. Sie scheint in einem Haus ohne Spiegel zu leben. Jane, würden Sie bitte etwas Butter holen und klären?«

Nachdem Edgar feststellen mußte, daß Jane keine Ahnung hatte, wie man Butter klärt – zumindest nicht seinen hohen Anforderungen gemäß –, schlug er ihr vor, sich unter die Gäste zu mischen. »Behalten Sie nur das Tablett mit den Snacks im Auge. Wenn nötig, füllen Sie es nach. Und kümmern Sie sich um die Getränke und solche Sachen.«

Die Frauen hatten sich in kleine Gruppen aufgeteilt. Alle bemühten sich trotzdem, die Unterhaltungen der anderen mitzubekommen. Jane näherte sich Avalon und Mimi, die gemeinsam ein Blatt Papier betrachteten. Avalons roter Haarknoten hatte sich aufgelöst, und das Haar fiel ihr ins Gesicht wie ein Vorhang, hinter dem sie sich verstecken konnte. Sie murmelte ein schüchternes Dankeschön. Neben Avalon war Mimis heitere Gelassenheit noch auffälliger. Trotz all der Umarmungen wirkte Mimis glattes schwarzes Haar immer noch wie der lackierte Schopf einer wertvollen chinesischen Puppe.

»Darf ich den Damen etwas zum Trinken bringen?« erkundigte sich Jane.

Mimi schüttelte den Kopf und nahm Avalon vorsichtig das Blatt aus der Hand. »Jane, schauen Sie sich mal diese wunderbare Zeichnung an, die Avalon mitgebracht hat.«

Es war eine Bleistiftzeichnung, auf der es viel zu sehen gab. »Es ist das Kutschenhaus, nicht wahr?« fragte sich Jane. »Wie hübsch.«

»Schauen Sie es sich einmal genauer an«, forderte Mimi sie auf.

Während Jane das Bild studierte, begann sie zu lächeln. Es steckte voller versteckter kleiner Scherze. Der Busch neben dem Kutschenhaus bestand nicht nur aus verschnörkelten Linien, wie sie beim ersten Betrachten gedacht hatte, sondern stellte einen wimmelnden Haufen winziger Kaninchen dar. Ziegel trugen versteckte Gesichter, ebenso wie Baumstämme. Einige neben dem Weg liegende Steine stellten in Wahrheit eine Waschbärtruppe dar. Außerdem gab es einen Hausierer, dessen Bündel in einer Wolke verborgen war und eine Hexe, die sich zwischen den Zweigen eines Baumes versteckte.

»Das ist wirklich entzückend!« rief Jane. »Sie müssen es Edgar zeigen. Es wird ihm gefallen.«

»Glauben Sie wirklich?« flüsterte Avalon.

Pooky kam herüber, um auch einen Blick auf das Blatt zu werfen, und brach in Begeisterungsrufe aus. »Aber das ist ja wundervoll. Ich finde es phantastisch! Oh, Avalon, ob du es mir wohl vermachen könntest? Ich weiß einen perfekten Platz, wo ich es in meiner Wohnung aufhängen könnte. Es würde den ganzen Raum verändern und mir viel bedeuten, weil es eine alte Freundin gezeichnet hat.«

Kathy schlurfte vorbei, den Mund voll mit Schinken und Eibrot. »Mensch, Avalon, das ist ja niedlich«, sagte sie und spuckte beim Sprechen ein paar Krümel auf das Blatt.

»Hast du dieses Talent eigentlich jemals zu etwas Sinnvollem genutzt?«

»Sinnvollem?« erkundigte sich Mimi mit einem gefährlichen Lächeln.

»Ich meine, in sozialer Hinsicht sinnvoll. Wir alle schulden es der Gesellschaft, unsere Talente zum Wohle der Menschheit einzusetzen«, sagte Kathy.

»Oh, nun mach mal halblang«, rief Crispy fröhlich quer durch den Raum. Einige lachten. »Avalon schuldet niemandem etwas, Kathy. Und wenn sie sich doch einmal entschließen sollte, für eine Sache ins Feld zu ziehen, dann wird das nicht unbedingt für *deine* Anliegen sein. Kannst du dir das nicht vorstellen? Für welche Art Anliegen machst du dich im Moment überhaupt stark?«

Sie hatte es in einem leichten, scherzhaften Tonfall gesagt, aber Kathy, die zwar in keiner Weise beleidigt war, nahm es trotzdem als ernsthafte Frage. »Dieselben wie immer, Crispy. Frieden, Liebe, Umweltschutz ...«

Die einzelnen Gruppen verstummten, als Crispy zurückschnappte: »Oh, nun komm schon! Das sind doch nur leicht dahergesagte Schlagworte, die voll im Trend liegen. Was tust du denn wirklich dafür?«

»Soviel wie nur eben möglich«, entgegnete Kathy selbstgefällig. Sie atmete einmal tief durch, und mehrere Frauen wandten höflich ihre Augen von dem sich ausdehnenden T-Shirt ab. »Mein Mann, die Kinder und ich arbeiten jeden Samstag als Freiwillige im Recyclingzentrum von Tulsa. Ich stelle außerdem meine eigene Seife her ...«

»Alles, was man dazu braucht, ist Pipi und Asche«, murmelte jemand. Jane warf einen Blick in die Runde, aber keine blickte schuldbewußt drein.

»Das stimmt nicht, man braucht Zeit und Liebe und Hingabe«, erwiderte Kathy. Ihre Stimme schlug plötzlich in etwas zwischen einem Schluckauf und Schnauben um.

Pooky hatte die ganze Auseinandersetzung nicht weiter beachtet und bettelte immer noch um das Bild. Avalon schien nicht zu wissen, wie sie es ihr verweigern sollte, konnte sich aber offensichtlich auch nicht davon trennen.

»Es ist eine wunderschöne Zeichnung, Avalon«, sagte Jane und hoffte, die Unterhaltung damit wieder auf einen weniger gefährlichen Kurs zu manövrieren. Avalons Worte zerstörten jedoch diese löbliche Absicht.

»Ich habe es in der Nacht des Schulabschlußballs gemalt«, sagte Avalon.

Eine Art kollektiver Schauer ging durch den Raum.

»In der Nacht, als Ted starb?« erkundigte sich Crispy leise, obwohl sie alle die Antwort kannten.

Avalon sah aus, als erinnere sie sich an einen Traum, der zugleich wundervoll und schrecklich gewesen war. »Ja, der Mond schien so klar in dieser Nacht, daß es fast taghell war. Ich hatte die Zeichnung gerade beendet, als ich hörte, wie der Motor gestartet wurde, und ich dachte, daß er den Wagen jeden Moment heraussetzen und mich dabei erwischen würde, wie ich das Haus malte – deshalb lief ich weg.«

Die Worte hingen in der Luft. Sie alle wußten, daß Ted den Wagen nicht hinausgesetzt hatte, sondern nach oben gegangen und gestorben war.

Pooky hatte immer noch nicht aufgegeben, in den Besitz des Bildes zu gelangen. »Es ist wirklich wundervoll!«

Jane warf hektische Blicke um sich in der Hoffnung, dabei auf etwas zu stoßen, womit sie das Thema ändern konnte. Da übernahm das jemand anderes für sie. Lila betrat den Raum und blickte sich suchend um. Sie hatte ihr ältliches Reisekostüm ausgezogen und trug nun einen braunen Tweedrock, einen handgestrickten Pullover und

Wanderschuhe, die sicherlich einmal ihrer Mutter gehört hatten. Ihr Grace-Kelly-Haarschnitt war immer noch zu einem Knoten hochgesteckt. »Hat irgend jemand mein rotes Notizbuch gesehen?« fragte sie. »Ich habe es zusammen mit meiner Tasche vorn im Flur auf den Tisch gelegt, als ich hereinkam …«

Sie hatte die Toter-Ted-Stimmung gebrochen, und alle waren ihr dafür dankbar. »Wie sieht es denn aus?« erkundigte sich Pooky.

»Ungefähr so groß –« erwiderte Lila und deutete mit ihren Händen ein Rechteck von ungefähr 10 mal 20 Zentimetern an. »Der Einband ist hellrot. Ich muß es unbedingt wiederfinden.«

»Wie das hier?« erkundigte sich Crispy und fischte ein ähnliches Objekt aus ihrer Tasche.

»Ja, das ist es. Ich hätte mir ja denken können, daß du es genommen hast«, sagte Lila.

Die anderen mochten durch ihre groben Worte geschockt sein, aber Crispy schien entzückt. »Ich habe es aber gar nicht genommen. Das hier ist meins.«

Lila hastete durch den Raum und riß Crispy das Notizbuch aus der Hand. Crispy grinste, als Lila es öffnete und verdutzt dreinschaute. »Aber – das ist ja gar nicht meins«, sagte sie.

Crispy nahm es ihr mit einem triumphierenden Lächeln aus der Hand. »Ich glaube, das sagte ich bereits, oder etwa nicht?«

»Es tut mir leid«, entgegnete ihr Lila höflich. »Ich muß meins aber finden. Es stehen einige sehr wichtige Geschäftsnummern darin. Würdet Ihr bitte alle einmal nachsehen, ob Ihr es versehentlich eingesteckt habt?«

Während sie mit mäßigem Erfolg versuchte, die anderen dazu zu bringen, in ihre Zimmer hinaufzugehen und ihre Sachen zu durchsuchen, nahm Jane das Tablett mit

56

den Snacks und trug es in die Küche, um es aufzufüllen. Gordon war gerade durch die Hintertür eingetreten. Edgar stellte ihn Jane vor. Jane ließ es sich nicht nehmen, ihm ihre Bewunderung für die wundervolle Einrichtung auszusprechen, und unterzog ihn gleichzeitig einer genauen Betrachtung. Er sah ebenso wundervoll aus wie seine Kreationen. Er war Anfang vierzig, besaß einen dichten dunkelblonden Haarschopf und Augen, die an Peter Lawford erinnerten. Außerdem hatte er eine hervorragende Figur. Er schien sich sehr über Janes Komplimente zu freuen, wirkte aber erschöpft.

»Langer Tag in der Tretmühle?« erkundigte sich Edgar, während er ein Stück Teig ausrollte.

»Länger, als du dir vorstellen kannst. Die Geschäftsleitung hat entschieden, eine neue Kartenserie mit Katzenwelpen herauszugeben. *Katzenwelpen!* Kleine Scheißkatzen, die überall im Studio herumkrauchen. Katzen mögen es nicht besonders, wenn sie fotographiert werden. Das ist auch etwas, was ich durch diesen Job gelernt habe – stell dir nur mal vor, was mir alles entgangen wäre, wenn ich ihn nicht angenommen hätte! Und wenn ich dann nach Hause komme, muß ich diesem ... diesem Biest gegenübertreten!« sagte er und deutete anklagend auf Hector, der in diesem Moment ausgiebig gähnte.

»Es wird nicht für lange sein«, versicherte ihm Edgar. »Und Hector hat heute ein Streifenhörnchen erwischt. Oder zumindest hat er ein totes gefunden. Es ist immerhin ein Schritt in die richtige Richtung. Blutrünstigkeit ist das nächste.«

»Entschuldigen Sie mich, Jane, aber ich muß unter die Dusche, um mir das Eau de Chat abzuwaschen«, sagte Gordon. Er knuffte Edgar leicht in die Schulter, als er an ihm vorbeiging, und dieser lächelte ihm verständnisvoll zu.

»Armer Gordon«, sagte Jane. »Mag er Hector etwa nicht?«

»Er vergöttert ihn, will es aber nicht zugeben«, entgegnete Edgar.

Mimi Soong kam durch die Tür vom Speisezimmer. »Jane, kann ich Ihnen bei irgend etwas behilflich sein? Oh, was für eine wundervolle Küche!«

Edgar wischte sich das Mehl von den Händen und führte sie herum, um ihr alles genau zu zeigen. Einige Minuten später gesellte sich Pooky zu ihnen – die sich ebenfalls auf der Flucht vor Lila und ihrer Absicht befand, eine Suchmannschaft zusammenzustellen, die ihr Notizbuch aufspüren sollte. Pooky bemühte sich, höflich zu sein, aber ganz offensichtlich war für sie eine Küche eine Küche, und sie war nicht klug genug, echten Enthusiasmus vorzutäuschen. Mimi dagegen kannte sich in Küchen aus, wandelte wie eine fernöstliche Königin über die Fliesen hinweg und stellte genau die richtigen Fragen. Edgar war entzückt.

Jane erinnerte sich schließlich an den ursprünglichen Grund für ihre Anwesenheit in der Küche, drapierte eine neue Lage winziger, krustenloser Schnittchen auf dem Tablett, verteilte hier und da noch kunstvoll einige Oliven und Karottenschnipsel und trug das Tablett schließlich zurück in den großen Aufenthaltsraum. Er war fast leer. Crispy machte sich am Fernseher zu schaffen und versuchte, den Einkaufskanal einzustellen, und Kathy bedachte Shelley mit einer ihrer Tiraden. Kathys großzügige, enthusiastische Gestik brachte ihren Busen unter dem T-Shirt in einer Weise zum Wogen, die Jane gleichzeitig faszinierend und abstoßend fand.

»... und wenn wir dann unser Wahlrecht nutzen, daß es unser tieferes Bewußtsein befriedigt *und* den Politikern die Botschaft vermittelt, daß –«

»Entschuldigung, Shelley, Edgar möchte dich wegen der Pläne für das Abendessen sprechen«, unterbrach Jane sie kurzerhand.

Shelley sprang wie von der Tarantel gestochen auf. »Ich komme sofort!«

»Wo ist denn hier das Klo?« erkundigte sich Kathy.

»Die Zimmer sind alle mit Toiletten ausgestattet«, antwortete Jane.

»Oh, toll! Wir werden unser Gespräch später beenden, Shelley«, drohte sie und machte sich auf in Richtung Treppe.

Shelley ließ sich in ihren Sessel zurücksinken. »Du hast gelogen, als du sagtest, Edgar wolle mit mir reden, nicht wahr?«

»Und ob. Also, wie läuft es?« erkundigte sich Jane leise.

»Es sind noch keine Pistolen gezogen worden – bis jetzt, muß man wohl hinzufügen. Das ist so ungefähr das beste, was sich sagen läßt. Ob ich dafür wohl im Himmel einiges gutgeschrieben bekomme – was meinst du?«

»Ich würde mich nicht darauf verlassen«, sagte Crispy von der gegenüberliegenden Seite des Raumes. Sie hatte ein unglaubliches Gehör. Sie schaltete den Fernseher aus und kam herüber, um sich zu ihnen zu setzen. »Es tut mir leid, daß ich dich nicht gerettet habe«, sagte sie, an Shelley gewandt. »Und es tut mir auch leid um Kathy. Ich habe mich wirklich darauf gefreut, sie zu sehen. Dieses soziale Gewissen war ja in der High-School irgendwie ganz liebenswert, aber jetzt finde ich es bloß noch ermüdend.«

Während sie sich hinsetzte, dabei ihren kurzen Rock glattstrich und die in Seidenstrümpfen steckenden Beine sorgfältig plazierte, betrat Avalon den Raum. In der Hand hielt sie unbeholfen, so, als gehöre sie ihr nicht, eine kleine Ledertasche an einem langen, gewebten Band.

»Was ist los, Avalon?« erkundigte sich Crispy.

»Das hier ist meine Tasche. Aber sie ist voller Sachen, die mir nicht gehören.«

»Wem gehören sie denn?«

»Keine Ahnung.«

Sie reichte sie Crispy, die keine Hemmungen hatte, darin herumzuschnüffeln. Crispy zog eine Brieftasche hervor und klappte sie auf. »Pooky«, sagte sie. »Gott, wenn mein Führerscheinfoto so aussehen würde, hätte ich das Fahren längst aufgegeben. Die arme alte Pooky.«

Jane ging zur Küchentür hinüber. Beth hatte sich zu der Küchentruppe gesellt, und Pooky stand neben dem Metzgerblock und blätterte in einer Zeitschrift. »Pooky, wo ist Ihre Handtasche?« erkundigte sich Jane.

»Oben, nehme ich an.«

»Würde es Ihnen etwas ausmachen, sie zu holen?«

Einige Minuten später kam Pooky zurück. Ihr Gesicht trug einen verblüfften Ausdruck. »Sie ist voll mit deinem Kram. Strickzeug«, sagte sie zu Avalon. »Wie ist das geschehen? Wo sind *meine* Sachen?«

Crispy schüttete Avalons Tasche auf dem Couchtisch aus. Holzperlen, Stoffetzen, kleine Wollknäuel und winzige Scheren fielen heraus. »Erkennst du irgend etwas wieder?«

Sie bemühten sich, ihre Habseligkeiten auseinanderzusortieren. Jane und Shelley tauschten einen verblüfften und leicht alarmierten Blick. »Eines deiner Schaflämmchen macht gerne Witze auf Kosten anderer Leute«, sagte Jane leise.

»Die Sache gefällt mir nicht, Jane.«

»Was sollte einem denn daran nicht gefallen?« entgegnete Jane. »Du befindest dich in einem Haus voller Frauen, die kurz vor dem Klimakterium stehen und von denen einige nur aus dem einzigen Grund hier angetanzt zu sein scheinen, nämlich um sich gegenseitig zu quälen –

60

und irgendwo zwischen diesem ganzen Haufen steckt ein Wolf im Schafspelz.«

»Wirst du wohl endlich mit deinen Wortspielen aufhören!?«

»Ich will es gerne versuchen, aber versprechen kann ich nichts.«

Als Jane Edgar nach dem Abendessen half, den Tisch abzuräumen, bat er alle um ihre Aufmerksamkeit. »Meine Damen, um Punkt halb elf werde ich das Haus wie Fort Knox verriegeln. Wenn Sie danach noch nach draußen wollen, lassen Sie es mich wissen. Ich werde Ihnen dann einen Schlüssel geben. Sonst müssen Sie erst das ganze Haus aufwecken, um wieder hineinzukommen. Und ich kann Ihnen versichern, daß ich eine ziemlich grantige Hausmutter bin, wenn man mich aus dem Schlaf holt und die ganzen Stufen hinuntersteigen läßt.«

»Wie eigenartig«, sinnierte Lila laut, »ein Haus sichern zu wollen, das nicht einmal Schlösser an den Zimmertüren hat.«

Edgar stand beleidigt auf. »Die Eröffnung des Gasthauses ist eigentlich erst für den nächsten Monat geplant. Der Schlosser konnte nicht mehr früh genug kommen, um alles vor Ihrem Besuch in Ordnung zu bringen.«

»Welchen Unterschied macht es denn schon?« wollte Crispy von Lila wissen. »Eigentlich sollten wir ursprünglich in Shelleys Haus übernachten, und sie hat höchstwahrscheinlich auch keine Schlösser an ihren Zimmertüren.«

»Hat irgend jemand vor auszugehen?« erkundigte sich Kathy. Sie trug tatsächlich einen Büstenhalter unter ihrem zeltähnlichen Kleid, das sie zum Abendessen angezogen hatte. Jane nahm an, daß das ihre Vorstellung von »schickmachen« war.

Sie ließen ihre Blicke schweifen, aber keine tat irgendwelche Ausgehpläne kund.

Jane sammelte die Dessertschälchen ein und lächelte in sich hinein. Sie war die einzige, die das Privileg hatte, heute abend von hier verschwinden zu dürfen.

Dachte sie zumindest.

Shelley überbrachte Jane die schlechte Nachricht um kurz vor acht. »Ich muß dich um noch einen *weiteren* Gefallen bitten.«

»Schieß los«, forderte Jane sie auf.

»Irgendwie ist es Pauls Mutter gelungen, ihn in Singapur aufzuspüren – Gott allein weiß, wie sie das immer anstellt! –, und sie hat ihm erzählt, daß sie Schmerzen in der Brust hat. Als ob er von dort aus etwas dagegen unternehmen könnte.«

»Oje! Ist es schlimm?«

»Natürlich ist es nicht schlimm. Sie kam in die Notaufnahme, hat ein paar Sardinen erbrochen oder was auch immer für ein gräßliches Zeug sie gegessen hatte, und dann haben sie sie wieder nach Hause geschickt. Aber Paul ist rasend vor Sorge. Seine Schwester Constanza ist gerade bei mir zu Hause und hat mich eben angerufen, um mir zu sagen, daß er mich diese Nacht um drei anrufen wird, um zu hören, wie es ihr geht.«

»Kann Constanza ihm nicht einfach sagen, daß alles in Ordnung ist?«

»Natürlich, und ich bin sicher, daß sie das auch getan hat, aber sie hat in der Familie den Ruf, anderen Menschen

Dinge vorzuenthalten, wenn sie glaubt, daß es zu deren eigenem Besten geschieht. Mir ist klar, daß er nur deshalb noch mal anruft, um sich zu vergewissern, ob es wirklich stimmt, was sie gesagt hat. Ich muß die Nacht zu Hause sein, wenn er anruft, aber ich habe Edgar eigentlich versprochen, daß ich heute Nacht hierbleibe, um ein Auge auf die Lämmchen zu haben.«

»Aber warum denn? Es sind doch schließlich erwachsene Frauen.«

»Aber ich bin die Gastgeberin. Ich glaube, Edgar hat schreckliche Visionen, zum Beispiel, daß eine von ihnen vielleicht mitten in der Nacht ein Tampon benötigen könnte.«

»Also soll ich an deiner Stelle heute Nacht hierbleiben, stimmt's?«

»Würdest du das tun? Ginge das? Ich würde sogar deine Kinder mit zu mir nehmen ..., wenn du möchtest.«

»Nicht nötig, sie können allein bleiben. Mike ist da, er soll die Verantwortung tragen. Aber zuerst will ich doch noch einmal kurz nach Hause fahren, um alle Streitigkeiten, die im Laufe des Abends ausgebrochen sein mögen, zu schlichten.«

Edgar bestand darauf, Jane zu ihrem Wagen zu begleiten, und er bestand außerdem darauf, daß sie die Autotür verriegelte, bevor sie losfuhr. Sie drehte die Scheibe einige Zentimeter hinunter und sagte: »Das Abendessen war wundervoll, Edgar. Ich werde in zwanzig oder dreißig Minuten wieder zurück sein. Ich bin sicher, daß Sie diesen Besuch überleben werden.«

Er lachte. »Das werde ich bestimmt. Ich habe einmal den Essensservice für eine Tagung von Farmzubehör-Vertretern übernommen. Wer das überstanden hat, empfindet alles andere im Leben als einfach.«

Jane fuhr nach Hause und stellte erstaunt fest, daß die Kinder nach dem Abendessen die Küche saubergemacht hatten. Ihr Sohn Todd, der in die sechste Klasse ging, war sogar schon zu Bett gegangen, ohne daß sie ihn dazu aufgefordert hatte! Das war ein sehr beunruhigendes Zeichen. Sie ging in sein Zimmer, tastete sich vorsichtig Schritt für Schritt weiter, um nicht mit nackten Füßen auf irgendwelche Legosteine zu treten, und fühlte seine Stirn. Kein Fieber.

Katie telefonierte oben im Flur, was nach zehn Uhr strikt verboten war, und legte schnell auf, als Jane sie mit einem düsteren Blick bedachte. Sie verzog sich sofort in ihr Zimmer. Jane folgte ihr und erkundigte sich, ob im Laufe des Abends jemand für sie angerufen hatte. Aber im Grunde war ihr klar, daß Mel bei Katies Dauergesprächen eh nicht durchgekommen sein konnte. Aus reinem Selbsterhaltungstrieb würde Jane ihrer Tochter doch ein eigenes Telefon anschaffen müssen. Sie erklärte Katie, daß sie wieder zum Gasthaus zurückfahren mußte, aber am frühen Morgen zurückkehren würde, um dafür zu sorgen, daß alle pünktlich zur Schule kamen.

Janes Sohn Mike saß auf dem Wohnzimmersofa, umgeben von Zetteln und Broschüren, während im Hintergrund MTV aus dem Fernseher plärrte. Jane drehte die Lautstärke niedriger. »Was ist denn das alles? Wieder Uni-Unterlagen?«

»Puhhh, Mom, wer in der Lage ist, diese ganzen Bewerbungsformulare und Stipendienersuche auszufüllen, der braucht gar nicht mehr aufs College zu gehen. Wie wäre es, wenn ich einfach eine Lehre als Klempner anfangen würde?«

»Zuerst kommt das College an die Reihe. Dann kannst du dir ja überlegen, ob du noch einen Doktor im Sanitärbereich machen willst.«

»Was soll ich nur wegen der Empfehlungsschreiben machen?«

»Was meinst du damit? Du hast doch eine sehr gute Empfehlung von deinem Orchesterleiter bekommen und auch von dem Geschäftsführer des Lebensmittelladens, wo du letzten Sommer gearbeitet hast, und dein Onkel würde dir …«

»Ja, schon, aber es ist keine wirklich wichtige Persönkeit dabei. Scott hat ein Schreiben von *seinem* Onkel, der Senator ist. Mein Onkel ist bloß Apotheker. Kennen wir denn nicht irgendwelche wichtigen Leute? Vielleicht kennt Großvater ja ein hohes Tier im Außenministerium.«

»Dein Großvater kennt jeden im Außenministerium, aber sie kennen *dich* nicht.«

»Na und? Ich brauche ja nur ihren Briefkopf«, erwiderte er grinsend.

Jane lachte. »Das, was du hast, wird schon ausreichen, mein Schatz. Mit deinen Testergebnissen und Noten wird dich jedes College mit Kußhand nehmen.«

»Ach, das ist wieder nur Muttergewäsch.«

»Dafür bin ich schließlich da«, sagte Jane. Dann erzählte sie ihm von ihren Plänen für die Nacht. »Du solltest jetzt auch besser ins Bett gehen.«

Jane half ihm, die Unterlagen zusammenzuräumen, und ließ Willard, den Pseudowachhund der Familie, noch einmal nach draußen. Dann stieg sie die Treppe hinauf, Willard an ihren Fersen und Max und Miau um ihre Waden. Die Katzen liebten es, wenn Jane zu Bett ging. Vermutlich, weil Janes nächste Handlung dann war, am anderen Morgen aufzustehen und ihnen das Frühstück zu servieren. Willard schlief immer bei Todd, aber die Katzen blieben über Nacht in ihrem Zimmer und waren sofort da, wenn sie aufwachte. »Tut mir leid, Jungs, aber ich werde nicht hierbleiben«, erklärte sie ihnen.

Jane ließ ihre Klamotten auf den Haufen in ihrem Schrank fallen, der in die Reinigung mußte, und zog Jeans und ein Sweatshirt über. Während die Katzen sie verblüfft ansahen, nahm sie die paar Dinge, die sie für die Übernachtung benötigte, schloß die Haustür ab und fuhr zum Gasthaus zurück.

»Ich habe das Cary-Grant-Zimmer für Sie vorbereitet«, sagte Edgar, als sie aus dem Wagen stieg. Er hatte an der Hintertür auf sie gewartet. »Es ist Hectors Lieblingszimmer. Ich habe den anderen gesagt, wo Sie zu finden sind, wenn sie etwas brauchen.«

Jane ging nach oben und machte es sich in dem Zimmer, das ihr zugeteilt worden war, gemütlich. Hector war ihr gefolgt, schien aber ebensowenig bereit zu sein, sich für die Nacht zur Ruhe zu begeben wie die Lämmchen. Jane konnte sie über den Flur hinweg reden und lachen hören. Sie ging zu Bett, schaltete das Licht aus und lächelte in sich hinein. Das Haus war recht hellhörig, und sie konnte sie immer noch hören. Allerdings waren die Stimmen nun ein wenig tiefer, gedämpfter. Es klang ganz so wie bei ihr zu Hause, wenn Katie über Nacht Freundinnen dahatte.

Sie mußte am nächsten Morgen früh aufstehen und versuchte deshalb, direkt einzuschlafen, aber es war unmöglich. Nicht so sehr wegen der Stimmen, sondern weil sich immer wieder Schnipsel vom Geschehen des Abends in ihre Gedanken schlichen.

Zeitweise war es recht amüsant gewesen. Crispy hatte einige witzige Geschichten über ihre diversen Geldheiraten erzählt. Aber es war ihr immer wieder gelungen, zwischen diese Geschichten einige negative über die anderen einfließen zu lassen. »Pooky, erinnerst du dich noch, wie du einmal den ganzen Tag lang mit Toilettenpapier unter deinem Schuh herumgelaufen bist, ohne daß dich jemand darauf aufmerksam gemacht hat?« fragte sie, als sei dies eine umwerfend komische Sache. Sie schaffte es auch, Kathy daran zu erinnern, wie sie einmal eine riesige Demo organisiert hatte und wie, als es am Veranstaltungstag in Strömen goß, niemand außer den eingeladenen Reportern erschienen war.

Lila war sogar noch schlimmer. Wo Crispys spöttische Bemerkungen und Seitenhiebe noch relativ harmlos waren und sie sogar mit einer gewissen Zuneigung in der Erinnerung kramte, hinterließen Lilas Beiträge eher einen unangenehmen Eindruck. Sie berichtete ziemlich ausführlich über eine Pyjamafete, und der Punkt ihrer Geschichte schien zu sein, daß Avalon damals mit Drogen herumhantierte und es auch heute noch tat. Sie deutete an, ohne es jedoch offen auszusprechen, daß dies wohl auch der Grund für das Vertauschen der Tascheninhalte gewesen sei – daß »irgend jemand« erwartet hatte, verdächtige Substanzen in Pookys oder Avalons Tasche zu finden.

Später dann gab sich Lila große Mühe, das Gerücht über Beths mögliche Ernennung als Richterin am Obersten Gerichtshof zu streuen. »Denk nur mal an die genaue Untersuchung, Beth«, sagte sie. »Jeder Aspekt deines Lebens wird unter ein öffentliches Mikroskop gehalten. Wir werden natürlich alle die Anhörungen verfolgen, und ich wette, wir werden Dinge über dich erfahren, mit denen wir im Traum nicht gerechnet hätten.«

Aber Beth spielte nicht mit. »Das möchte ich bezweifeln«, erwiderte sie mit einem gelangweilten Lächeln. »So interessant ist mein Leben nicht.«

»Welches ist das schon«, fügte Kathy mit einem Lächeln hinzu.

»Oh, das würde ich so nicht sagen. Ich wette, jeder, der dich ein wenig näher unter die Lupe nehmen würde, könnte dabei auch auf ein paar faszinierende Dinge stoßen«, entgegnete Lila.

Kathy errötete und verließ brummelnd den Raum.

Als Lila ihre feindselige Aufmerksamkeit Mimi zuwandte, ging das allerdings völlig daneben. »Soong ...«, sagte sie, als spreche sie mit sich selbst. »Eigentlich ein ziemlich bekannter chinesischer Name für eine Amerikanerin, wie ich finde.«

»Ja, nicht wahr?« entgegnete Mimi. Auf die fragenden Blicke der anderen hin fügte sie hinzu: »Es gab drei Soong-Schwestern in China. Die eine heiratete Sun Yat-sen, die andere Chiang Kai-shek und die dritte ... keine Ahnung, was die andere getan hat. Mein Mann ist aber nicht mit ihnen verwandt oder verschwägert. Der Name ist sehr verbreitet.«

»Ich bin überrascht, daß jemand, der so bewußt amerikanisch ist, irgend jemanden chinesischer Abstammung heiratet«, fuhr Lila fort.

Mimi lachte bloß und wandte sich erklärend an Jane: »Lila versucht auf die ihr eigene subtile Art und Weise auf die Tatsache anzuspielen, daß ich einmal Doris Day und Sandra Dee in einer Person sein wollte. Ich wünschte, Sie hätten mich damals sehen können – oh, ich habe ganz vergessen, daß ich Jahrbücher mitgebracht habe.«

Sie war losgelaufen, um sie zu holen, und Jane wanderte in der Zwischenzeit in die Küche, wo Edgar und Gordon am Tisch Gin Rommé spielten. Kathy war auch dort und beugte sich gerade in den riesigen Kühlschrank, wobei ihr mächtiges Hinterteil den Durchgang blockierte. »Na, hat sie schon jemand umgebracht?« erkundigte sie sich, als Jane sich an ihr vorbeidrückte.

»Wen? Lila? Noch nicht.«

Pooky war Jane gefolgt. »Dann werde ich mich als Freiwillige melden.« Sie quetschte sich an Jane und Kathy

69

vorbei und ging auf die Hintertür zu. »Sie hat gerade alle daran erinnert, daß ich ein Jahr älter bin als die anderen, weil ich damals, als ich Pfeiffersches Drüsenfieber hatte und so viel Unterrichtsstoff verpaßte, ein Jahr zurückgestuft wurde!«

»Du Ärmste. Krank *und* dämlich«, murmelte Kathy in den Kühlschrank hinein.

Glücklicherweise hatte Pooky es nicht gehört. Sie wandte sich an Edgar und fragte: »Kann ich nach draußen gehen? Ich möchte nur ein wenig Luft schnappen.«

»Natürlich«, antwortete Edgar und legte gemächlich seine Karten auf den Tisch. »Ich werde erst in einer Stunde abschließen.«

»Ich möchte nur für ein paar Minuten hinaus. Ich mache immer einen kleinen Spaziergang, bevor ich zu Bett gehe. Ich kann dann besser einschlafen«, sagte Pooky und vollführte eine Bewegung, um ihre Haare zurückzuwerfen, die aber ihre Wirkung verfehlte, weil von ihrem steifen, dünnen Haar nicht mehr viel übrig war, was sich »werfen« ließ.

Max unterbrach Janes Gedanken, als er auf der Suche nach einer wärmeren Ecke, in der er sich zusammenrollen konnte, über sie hinwegspazierte. Sie benötigte eine Sekunde, bis ihr klar wurde, daß es nicht ihr Max war, sondern Hector. Sie setzte sich auf und kraulte ihn einmal zärtlich unter dem Kinn. Er ließ sich in ihrer Kniebeuge nieder. Jane rutschte ein wenig, um ihm Platz zu machen. Wenn sie doch nur einschlafen könnte wie er. Vielleicht hatte es damit zu tun, ob man in der Lage war, zu schnurren ...

Ihre letzten Gedanken galten dem Schuljahrbuch, das Mimi mitgebracht hatte. Als sie Mimis Abschlußfoto gesehen hatte, konnte sie sich ein Lachen nicht verkneifen.

Sie hatte doch tatsächlich einen platinblonden Kurz-
haarschnitt gehabt und einen starken Lidstrich, der ihre
orientalischen Augen verdecken sollte – was er natürlich
nicht tat, ihr aber das Ausehen eines Waschbärs verpaßte. »Pooky hat mir damals die Haare gemacht. Sie mußte
so viel Bleichmittel drauftun, daß sich ihre Hände noch
eine Woche danach pellten«, sagte Mimi kichernd. »Ich
verstehe nicht, warum mich meine Mutter nicht einfach
ertränkt hat, um sich die Mühe zu ersparen, mich weiter
um sich zu haben.«

Jane schlief lächelnd ein.

Zuerst träumte sie von einem leichten Klopfen an ihrer
Tür, dann wurde sie langsam wach und bemerkte, daß
tatsächlich jemand an ihrer Tür war. Sie taumelte hinüber und öffnete sie. Beth Vaughn stand in einem sorgfältig geschneiderten Morgenmantel im Flur. »Jane, es
tut mir sehr leid, Sie zu wecken«, flüsterte sie. »Aber ich
habe ein Problem. Können Sie es hören?«

Jane trat in den Flur hinaus. Ein schwaches Ding-ding-
ding erklang von irgendwoher. »Was ist das?« fragte sie
schlaftrunken.

»Ich weiß es nicht. Vielleicht der Rauchalarm, aber da
es ist nirgendwo Rauch, und er ist auch nicht laut genug.
Ich kann nichts finden.«

Als sie auf Beths Zimmer zugingen, öffnete sich Avalons
Tür. Ihr rotes Haar stand in einem wilden Durcheinander vom Kopf ab. »Was ist das für ein Geklingel?« fragte
sie.

»Wir wissen es nicht«, entgegnete Jane. »Wir versuchen
gerade, es herauszufinden.«

Bis sie endlich die Ursache des Geräusches entdeckt hatten, war die Hälfte der Lämmer wach und rannte auf dem
Flur hin und her. Das Gebimmel entpuppte sich als billi-

ger Wecker, der in der Glaskuppel der Deckenbeleuchtung in Beths Zimmer versteckt war. Beth, die ein wenig größer als die anderen war, stieg auf einen Stuhl und holte ihn herunter. »Wer um alles in der Welt hat das Ding dort oben plaziert und den Alarm so eingestellt, daß er um diese Uhrzeit losgeht?« fragte sie.

»Verdammt rücksichtsloser Streich, wenn Ihr mich fragt«, nörgelte Kathy. »Ich gehe wieder ins Bett.«

Keine war so recht in der Stimmung, um über die Existenz des Weckers zu diskutieren. »Wir sollten wieder zu Bett gehen«, schlug Jane deshalb vor und nahm Beth den Wecker aus der Hand.

Jane hatte Mühe, wieder einzuschlafen. Fast war es ihr gelungen, als sich jemand auf ihr Bett setzte.

Sie schreckte auf, schoß in die Höhe und konnte gerade noch einen Schrei unterdrücken.

Es war nur Hector. »Puh, Hector, du hast mich zu Tode erschreckt«, sagte sie und tätschelte seinen Rücken. Dann wurde ihr bewußt, daß sie ihn das letzte Mal gesehen hatte, wie er im Flur allen in die Quere lief. Sie war sicher, daß sie ihn ausgesperrt hatte, als sie wieder zurück ins Bett gegangen war, aber nun war er hier. Vielleicht hatte er die Tür aufgedrückt? Aber nein, im trüben Widerschein des Mondes sah sie, daß ihre Tür fest verschlossen war. *Wie war er hier hereingekommen?*

Es war eine milde Nacht, und die Fenster waren geöffnet, aber ihr Zimmer befand sich im ersten Stock. Neugierig stand sie auf und blickte hinaus. Ja, dort wuchsen kräftige Efeuranken. Hector konnte daran hochgeklettert sein. Aber das setzte voraus, daß er draußen gewesen war, und sie wußte, daß er sich im Haus befunden hatte. Aber vielleicht hatte er seine eigenen Wege, um das Haus zu verlassen. Es war ein großes, altes Gebäude und besaß vielleicht das eine oder andere Loch, durch das eine Katze entwischen konnte. Trotzdem war es seltsam und ein wenig beunruhigend.

In dieser Gemütsverfassung huschte sie wieder ins Bett und hörte natürlich schon bald Hunderte von verdächtigen Geräuschen. Das Knarren der alten Holzstufen im Flur klang wie ein verstohlener Fußtritt, und das Rauschen der Blätter, die draußen vor dem Fenster von einer Brise bewegt wurden, hörte sich wie kleine herumkrabbelnde Tierchen an. Kleine rotäugige Tierchen, dachte sie und schüttelte sich. Es war ihr gerade gelungen, diesen furchteinflößenden Gedanken aus ihrem Kopf zu verbannen, als erneut das Ding-ding-ding erklang. Sie raffte sich auf, öffnete ihre Zimmertür und traf dort dieses Mal auf Mimi, die gerade ihre Hand zum Anklopfen erhoben hatte. Mimi sah immer noch ruhig und gelassen aus, und ihr Haar war nicht einmal zerdrückt, aber sie hatte schlechte Laune. »Entschuldigen Sie«, sagte sie dennoch höflich. »Würden Sie mir dabei helfen, das verdammte Ding zu finden, bevor wieder alle wach werden?«

Dieser Wecker lag in Mimis Schrank im Badezimmer.

Und der, der um vier Uhr losging, befand sich zwischen den Matratzen in Kathys Zimmer.

Der nächste Alarm, der losging, war Janes eigener und gehörte zu dem Wecker, den sie von zu Hause mitgebracht hatte. Sie tastete mit der Hand hinüber, stellte ihn ab und blickte sich verschlafen im Zimmer um. Im ersten Moment wußte sie nicht, wo sie sich befand. Dann zog sie sich leise und schnell an, schlich die Treppe hinunter und verließ das Haus. Es war gerade erst sieben Uhr, als sie zu Hause eintraf.

Als sie anderthalb Stunden später wieder im Gasthaus ankam, stand die Hintertür zur Küche offen. »Edgar? Tut mir leid, daß ich so spät dran bin. Katie hatte ihre Essensmarke verlegt und ihre Fahrgemeinschaft verpaßt …«

Edgar saß am Küchentisch und las Zeitung. »Kein Grund zur Eile. Wir hatten hier eine lange Nacht, wie Sie ja selbst wissen.«

Jane schüttete sich eine Tasse seines Wunderkaffees ein und setzte sich. »Also haben Sie die Unruhe mitbekommen?«

»Ich habe mich zwar rausgehalten, aber der Lärm war nicht zu überhören, und da habe ich heimlich gelauscht.«

»Edgar, ich verstehe diese Geschichte einfach nicht. Ich bin wohl nicht für das Spielen von Streichen geschaffen. Ich kann mir so etwas nicht einmal ausdenken. Ich finde nicht einmal, daß etwas Derartiges lustig ist. Dieser Streich hier schien zumindest harmlos zu sein. Es kann niemand verletzt werden, wenn ein Wecker losgeht. Nicht wie bei explodierenden Zigarren oder so. Sie schlafen sich also alle aus?«

»Nicht alle. Shelley ist im Wohnzimmer. Sie ist vor ungefähr zehn Minuten eingetrudelt. Und irgend jemand ist hiergewesen, während ich kurz oben war, und hat sich Kaffee eingeschüttet. Da steht ein Becher in der Spüle.«

Gordon stolperte in die Küche. Er trug Jeans und ein Sweatshirt, sein Haar war durcheinander, und auf seiner Wange waren noch Abdrücke vom Kissen zu erkennen. »Mein Gott, was war denn da los? So etwas wie eine gute alte Pyjamafete? Oder habe ich mir die Geräusche heute Nacht nur eingebildet?«

Edgar erklärte ihm, was vorgefallen war. »Verrückt«, murmelte Gordon und goß sich einen Riesenbecher Kaffee ein.

»Müssen Sie heute nicht arbeiten?« erkundigte sich Jane, als sein Gesicht endlich wieder hinter dem Becher auftauchte.

»Nein. Ich habe Edgar versprochen, daß ich hierbleibe, um einzuspringen, falls er mich braucht.«

»Die einzige Hilfe, die ich jetzt brauche, besteht darin, diesen Frauen das Frühstück hineinzuschieben. Es wäre schon einmal ein Anfang, wenn sie aufstehen würden. Jane, schauen Sie doch mal nach, ob Sie sie wachkriegen.«

Jane stieg gehorsam die vordere Treppe hinauf. Noch bevor sie überhaupt den ersten Stock erreicht hatte, hörte sie, wie jemand an eine Tür klopfte und etwas sagte. Sie kannte aber niemanden auf dem Flur. Also ging sie weiter und stellte fest, daß das Klopfen aus dem Aprikosenzimmer kam, in dem Avalon untergebracht war.

»Avalon?« fragte sie durch die geschlossene Tür.

»Gott sei Dank! Holen Sie mich hier raus! Der Türgriff ist abgegangen.«

Jane blickte hinunter und sah, daß an der Stelle, wo eigentlich der Vierkantstab des altmodischen Türgriffes sein sollte, nur noch ein Loch zu sehen war. Irgend jemand hatte den äußeren Griff entfernt, so daß auch der innere abrutschte, als Avalon die Tür öffnen wollte. Jane holte Edgar, der sie anwies, den Stab wieder hineinzustecken, damit er ihn von außen mit einer Zange drehen konnte. Aber als sie es endlich geschafft hatten, entdeckten sie, daß Pookys und Beths Türen die gleiche Behandlung erfahren hatten und die beiden Frauen ebenfalls befreit werden mußten.

Es war ein schlechtgelauntes Rudel Lämmer, das sich schließlich, angezogen vom Duft des Kaffees und des Specks, unten versammelte. »Das ist ja ein Alptraum, Jane«, sagte Shelley von ihrem Platz im Aufenthaltsraum aus, wo sie sich hingehockt hatte und vorgab, die Morgennachrichten anzusehen. »Edgar hat mir von der letzten Nacht und den Weckern erzählt. Tut mir wirklich leid, daß du das alles am Hals hattest.«

»Das ist schon in Ordnung. Es war ja nicht deine Schuld. Hat Paul angerufen?«

»Hat er. Und ich habe ihn beruhigt, aber dann konnte ich nicht wieder einschlafen. Und es werden noch einige solcher Tage vergehen, fürchte ich!«

»Stimmt, aber sieh es doch einmal so: Einen ganzen Tag hast du bereits hinter dich gebracht. Und ich habe alle verschwundenen Türklinken im Mehlbehälter wiedergefunden. Das Problem hat sich also erledigt.«

»Ich hasse daherzwitschernde Leute«, sagte Shelley.

»Ach ja? Und ich dachte, du würdest Zwitschern dem Määäen vorziehen«, entgegnete Jane und gab ein fürchterliches Schafsblöken von sich. Lächelnd ging sie wieder in die Küche zurück. Es war ein seltenes Vergnügen, Shelley dabei zu erleben, wie sie mit ihrer Weisheit am Ende war. Shelley verlor sonst nie die Kontrolle über sich oder eine Situation, aber nun saß sie da und schien noch müder und verunsicherter als Jane selbst zu sein.

Jane half Edgar dabei, englische Muffins zu toasten, die dick mit Cheddarkäse überzogen waren. Außerdem unterstützte sie ihn bei der Zubereitung von Rührei mit Champignons, das er mit in Pfefferminz eingelegtem Basilikum verfeinerte, welches aus einem Topf auf dem Fensterbrett stammte. Dann mußte noch eine Platte mit Kiwi- und Erdbeerscheiben belegt werden, wobei sie ihm ebenfalls behilflich war. Zumindest gab sie sich redlich Mühe. Den überwiegenden Teil der Zeit stand sie ihm allerdings im Weg, stieß »Ohs« und »Ahs« aus und merkte sich im stillen die Zutaten.

Als das Frühstück endlich fertig war, hatte sich auch Shelley wieder im Griff. »Meine Damen, wir sollten das Frühstück hinter uns bringen, um mit unserer Besprechung beginnen zu können«, mahnte sie, während sie alle in den Speisesaal scheuchte. »Wir haben wirklich eine Menge Arbeit vor uns, wenn wir etwas zu den Geldbeschaffungsaktionen beitragen möchten.«

Jane trug das Tablett mit den Früchten herein und fragte: »Wer fehlt noch?«

Alle blickte sich um. »Wo ist Lila?« erkundigte sich Beth. »Sie ist doch nicht etwa noch in ihrem Zimmer eingeschlossen, oder?«

Shelley ging nach oben und kam mit einem verwirrten Gesichtsausdruck wieder zurück. »Sie ist nicht oben. Und ihr Bett sieht nicht so aus, als hätte jemand darin geschlafen.«

»Vielleicht hat sie es schon selbst gemacht«, sagte Jane und hoffte, daß einige der anderen diesem Beispiel folgen und ihr damit ein paar Hausmädchenpflichten ersparen würden.

»Vielleicht ist sie joggen gegangen«, sagte Crispy. »Hat sie nicht erwähnt, daß sie – joggt?« Sie schüttelte sich, als sie das Wort aussprach.

»Nun, wenn es so ist, dann sollte sie tunlichst dafür sorgen, bis zum Beginn der Besprechung wieder hierzusein«, erwiderte Shelley mit fester Stimme. Crispy und Avalon sahen sie überrascht an. Ebensowenig wie Jane noch nie erlebt hatte, daß Shelley die Fassung verlor, hatten diese Frauen wohl noch nie erlebt, wie es war, wenn sie die Dinge im Griff hatte.

Aber um halb zehn, als sie beginnen wollten, war Lila immer noch nicht aufgetaucht. Shelley ging noch einmal nach oben, um nachzusehen, als die anderen auf die Idee kamen, daß Lila sich vielleicht schon wieder auf den Weg nach Hause gemacht hatte. Aber all ihre Sachen waren noch da. Es schien so, als ob die anderen sich pflichtschuldigst Sorgen um Lila machten, obwohl sie in Wahrheit froh waren, sie aus den Füßen zu haben.

Shelley führte die Frauen schließlich in die Bibliothek, und Jane suchte ihre Reinigungsutensilien zusammen, um damit nach oben zu gehen. Das erste Zimmer, das sie in Angriff nahm, gehörte Avalon. Es war überraschend ordentlich, wenn man bedachte, wie unordentlich sie sich kleidete. Als das Badezimmer an der Reihe war, bemerkte Jane, daß sie vergessen hatte, Toilettenpapier mitzubringen, und Avalon benötigte eine neue Rolle.

Jane ging wieder nach unten zum Vorratsschrank, aber dort entdeckte sie, daß nur noch eine Rolle vorhanden war. Deshalb machte Sie sich auf den Weg zum Kutschenhaus. Sie erinnerte sich, daß dort ein großer Karton mit Toilettenpapier stand. Jane öffnete die kleine Tür, die in das große Garagentor eingefügt war, und trat in die Dunkelheit. Edgar hatte das letzte Mal, als sie hiergewesen waren, irgendwo Licht angemacht. Wo war nur der Schalter? Sie tastete sich einen Moment an der Mauer entlang, bis sie ihn gefunden hatte.

Als das Licht anging, bemerkte sie sofort zwei Dinge, die ungewöhnlich waren. Vor der hinteren Wand stand ein Sechserpack Bier auf dem Boden, von dem zwei Dosen bereits geöffnet waren, und daneben lagen Zigaretten verstreut. Aber ihre Aufmerksamkeit wurde schnell abgelenkt, als sie den Haufen aus Gardinen und Vorhängen bemerkte, die als Reinigungstücher Verwendung finden sollten.

Die Hand einer Frau ragte daraus hervor.

Das Herz klopfte Jane bis zum Hals, und sie blieb eine Sekunde lang wie angewurzelt stehen, unfähig zu atmen oder zu denken. Dann ging sie mit bleischweren Schritten darauf zu und zog vorsichtig einige der Lappen zur Seite. Wie sie vermutet hatte, handelte es sich um Lila. Und sie war sehr tot.

Jane hatte nicht erwartet, Mel VanDyne vor dem nächsten Dienstag zu sehen, aber es war sein Gesicht, das sie erblickte, als sie die kalte Kompresse von ihren Augen zog. Sie saß in Edgars Küche, wo sie beinahe in Ohnmacht gefallen war, nachdem sie ihm von ihrer Entdeckung im Kutschenhaus erzählt hatte. Edgar hatte sie auf einen Stuhl geschoben, sie gezwungen, den Kopf zwischen die Knie zu legen, und war losgezogen, um selbst nachzusehen. Als er einige Sekunden später wieder erschienen war, hatte er sofort die Polizei angerufen. Während der Zeit, die sie auf die Gesetzeshüter warten mußten, hatte er ihr eine kalte Kompresse zurechtgemacht und darauf bestanden, daß sie sich zurücklehnte und sie auf ihre Augen legte. »Meine Mutter betrachtete das als bestes Hausmittel, um jede Art von Schock zu kurieren«, sagte er, wobei seine eigene Stimme ein wenig zitterte. »Halten Sie still!«

In schneller Folge trafen drei Wagen ein, deren jaulende Sirenen in der Einfahrt verstummten, und ein halbes Dutzend Türen wurden zugeknallt. Edgar ging zur Küchentür hinaus, um die Polizei an Ort und Stelle zu führen. Shelley hatte nun offensichtlich doch die Kontrolle über die

anderen verloren, denn innerhalb von wenigen Augen-
blicken war die Küche voller Frauen, die sich erkundig-
ten, was geschehen war. Jane hielt sich hinter ihrer kalten Kompresse versteckt und dachte gleichzeitig aufgeregt
nach.

Ungeduldig sagte Shelley zu ihr: »Jane, was soll das
Ganze?«

»Lila liegt da draußen. Sie ist tot«, murmelte Jane.

Eine geschockte Stille breitete sich aus.

Die Küchentür wurde geöffnet und Mel sagte: »Jane ...
Mrs. Jeffry?«

Oje, dachte Jane. Er nennt mich Mrs. Jeffry. Kein gutes
Zeichen. Sie zog die Kompresse weg. »Ja?«

»Soweit ich unterrichtet bin, haben Sie die Leiche
gefunden?«

»Ich fürchte ja.«

»Dürfte ich Sie einmal unter vier Augen sprechen?«

»Geh mit ihm in die Bibliothek«, schlug Shelley vor.

»Ah, Mrs. Nowack, Sie sind auch hier«, sagte Mel höflich, aber mit ironischem Unterton.

»Das bin ich in der Tat, Detective VanDyne.«

Die beiden pflegten immer einen gemein-höflichen
Umgangston. Shelley hatte Mel kennengelernt, als ihre
Putzfrau in Shelleys Gästezimmer ein böses Ende gefunden hatte. Damals hatten sie »Anstoß aneinander genommen«, um es einmal milde auszudrücken, und schienen
nicht in der Lage zu sein, darüber hinwegzukommen.
Jane ging vorneweg und führte Mel zur Bibliothek. In
der Küche, wo sie die Lämmer zurückgelassen hatten,
summte die Luft vor Spekulationen und aufgeregtem
Geplapper.

Mel schloß die Tür der Bibliothek und nahm Jane bei
den Schultern. Es schien, als sei er noch unentschlossen,
ob er sie schütteln oder umarmen sollte. Schließlich ließ

er sie einfach wieder los, seufzte und setzte sich auf eins der Ledersofas. »Also, Jane, wie stellst du es nur immer an, daß du auf Leichen stößt?« fragte er mit gezwungener Gelassenheit.

»Es ist nicht so, als ob ich es mir vornehmen würde, Mel. Ich wäre begeistert gewesen, wenn jemand anders diese Frau gefunden hätte.«

»Und ich ebenfalls! Ich finde es schon schlimm genug, daß du überhaupt hier warst, als jemand zu Tode kam. Versuche bitte, mir ganz genau zu schildern, was hier geschehen ist«, sagte er, zückte sein Notizbuch und klickte die Mine eines hübschen goldenen Kugelschreibers nach unten. Jane erwischte sich bei dem Gedanken, daß Leute solche Stifte meistens als Geschenk erhalten, und sie fragte sich, von wem er diesen Stift wohl erhalten haben mochte.

»In Ordnung. Shelley hat hier in der Stadt die High-School besucht. In dieser Schule hat es ein großes Feuer gegeben, und da an diesem Wochenende ein Klassentreffen stattfinden soll, hat sie einige der Frauen, die damals in der Schule einem wohltätigen Klub angehörten, eingeladen, etwas früher hier zusammenzukommen, um gemeinsam Pläne für das Aufbringen von Hilfsmitteln zu entwerfen.«

Er schrieb einen Moment lang und blickte dann lächelnd zu ihr auf. »Das war wirklich knapp und präzise! Und was hast du mit der ganzen Sache zu tun?«

Jane erklärte ihm, wie man sie überredet hatte, Edgar zu helfen und als Shelleys »Partnerin« zu fungieren. Hierbei mangelte es zwar etwas an der geforderten Kürze, aber es gelang ihr dennoch ganz gut.

»Wer ist die Frau im Kutschenhaus? Was weißt du über sie?« fragte Mel.

»Sie ist eine der Klubfrauen. Eine recht unangenehme

Person, ehrlich gesagt. Sie hat sich gestern ziemlich unmöglich verhalten.«

»Sind sie alle gestern angekommen?«

»Ja, zu verschiedenen Zeiten im Laufe des Tages.«

»Wann hast du sie zum letzten Mal gesehen? Das Opfer?«

»Du sagst ›Opfer‹, als handele es sich hier um Mord? Sie ist also keines natürlichen Todes gestorben?«

Darauf gab er keine Antwort, sondern zog lediglich seine Augenbraue in die Höhe.

»Ich verstehe«, sagte Jane. »Laß mich einmal nachdenken ... Ich weiß nicht genau, wann ich sie zum letzten Mal gesehen habe. Sie hat am Abendessen teilgenommen. Den ganzen Abend über hat sie dann immer wieder gemeine Bemerkungen über verschiedene Leute gemacht. Aber es war ein ziemliches Durcheinander. Frauen liefen nach oben, um Sachen zu holen, unterhielten sich in der Bibliothek oder im Aufenthaltsraum. Gingen in die Küche und kamen wieder heraus. Ich war hauptsächlich in der Küche und habe nur diejenigen gesehen, die dort hineinkamen.«

»Versuch dich an das letzte Mal zu erinnern, von dem du dir sicher bist, sie gesehen zu haben«, beharrte Mel, der kein großes Verständnis für Janes Erklärungen zeigte.

»In Ordnung. Ganz sicher beim Abendessen. Das war um sieben. Ich ging in die Küche, als Lila gerade versuchte, Mimi Soong wegen irgendeiner Sache aufzustacheln. Da habe ich sie zum letzten Mal bewußt gesehen.«

»Um wieviel Uhr war das?«

»Keine Ahnung. Ich habe nicht auf die Zeit geachtet. Oh, warte mal. Pooky kam kurz danach hinein, weil Lila sie schikaniert hatte, und Pooky sagte, daß sie nach draußen gehe wolle, um frische Luft zu schnappen. Edgar beruhigte sie, daß er erst in einer Stunde zuschließen würde, also muß es ungefähr halb zehn gewesen sein, denn er hat um halb elf, direkt nachdem ich zurückgekommen war, abgeschlossen.«

Mel blickte sie aufmerksam an. »Pooky?« sagte er und sprach den Namen ganz vorsichtig aus. »Jemand heißt wirklich so?«

»Weißt du, es ist ein Spitzname. Einige von ihnen haben Spitznamen. Lila hieß in Wirklichkeit, glaube ich, Delilah.«

»Okay, liste mir mal die Leute auf, die an dieser Sache teilnehmen, also alle, die gestern Nacht im Haus waren.«

»Zunächst einmal ich.«

»Was ist mit Mrs. Nowack?«

»Sie mußte nach Hause, um auf einen Telefonanruf von ihrem Mann zu warten. Und dann waren natürlich Edgar und Gordon hier. Ihnen gehört das Haus.«

»Die Gäste ...?« mahnte er sie.

»Also gut. Da war Lila. Ich kann mich allerdings nicht an ihren Nachnamen erinnern. Und Beth ... hm, Vaughn, glaube ich. Sie ist Richterin. Recht robust, vernünftig, Schuhe mit niedrigen Absätzen, ergrauendes Haar.«

VanDyne schloß einen Augenblick die Augen und nickte dann, als hätte er sie in der Küche vor sich gesehen und identifiziert.

»Und Crispy. Tut mir leid, daß ich so durcheinander bin. Ich kann mich an ihren richtigen Namen auch nicht erinnern. Ihr Mädchenname war Crisp. Sie ist die modisch Gekleidete mit den Pfennigabsätzen, dem blondierten Haar und den unglaublichen Fingernägeln. Avalon Smith ist die Rothaarige mit der schlampigen Frisur und den Klamotten, die wie Kartoffelsäcke aussehen. Sie ist aus Arkansas.«

»Wer sonst noch?«

»Pooky. Diese arme Frau, bei der das Facelifting danebengegangen ist, die mit dem steifen Haar, das wie eine Perücke aussieht. Sie scheint erstaunlich begriffsstutzig zu sein. Daran solltest du denken, wenn du sie befragst.«

»Das werde ich«, erwiderte er trocken. »Wer ist diese fette, schlampig angezogene Frau in dem Arbeitsoverall?«

»Kathy Herrmannson. Sie sieht sich als das soziale Gewissen der Gruppe. Frieden, Liebe und Recycling.«

»Sind das alle?«

»Ich glaube schon – nein, ich habe Mimi Soong vergessen. Sie ist Chinesin und sehr elegant.«

Mel lehnte sich einen Moment zurück, um diese Informationen zu verdauen. Schließlich sagte er. »Hast du eine Idee, wer es getan haben könnte?«

»Wer sie getötet hat? Nein. Ich glaube, jede von ihnen hätte das mit Freuden erledigt. Sie schlugen vor, Streichhölzer zu ziehen.«

»Wer schlug das vor?«

»Die Frage werde ich nicht beantworten!« erwiderte Jane. »Es war bloß ein Scherz, weil sie sich so unangenehm aufführte. Ich erinnere mich nicht einmal, wer was gesagt hat. Irgend jemand hat übrigens auch ein paar richtige Streiche gespielt.«

»O ja? Was für Streiche? Und wem?«

»Jemand vertauschte das, was in Avalons und Pookys Handtaschen war.«

»Na und?«

»Nichts und. Es war dumm und witzlos. Dann gingen die ganze Nacht verschiedene Wecker los. So billige, zum Selbstaufziehen, die irgend jemand in einigen Zimmern versteckt hatte. Und heute morgen fehlten an ein paar Zimmern außen die Türgriffe, und die Frauen konnten nicht hinaus, bis Edgar ihnen zu Hilfe kam. Keiner der Streiche war besonders clever oder witzig, sondern bloß dummer Unfug.«

Mel rutschte auf dem Stuhl nach hinten und formte seine Finger zu einem Zelt. »Seltsam«, murmelte er.

»Mel – habe ich mir das nur eingebildet, oder lagen da wirklich Bierdosen und Zigaretten auf dem Boden im Kutschenhaus?«

»Stimmt.«

»Eigentlich gehört so etwas doch nicht dort hin?«

»Nein, eigentlich nicht.«

»Dann verdächtigst du also keines der Schaflämmchen?«

»Der *was*?«

»Schaflämmchen. Das war der Name des Klubs.«

»Wie können erwachsene Frauen nur …«

»Sie waren nicht erwachsen, als sie dem Verein beigetreten sind, Mel. Es ist ein alter Club, der entstand, bevor politische Korrektheit modern wurde. Zurück zum Bier und den Zigaretten –«

»Die Dosen werden auf Fingerabdrücke untersucht.«

»Also glaubst du, es war jemand von draußen.«

»Wahrscheinlich. Bis vor kurzem hatte dieses Gebäude einen ziemlichen Ruf in der Drogenszene.«

Es klopfte an der Tür, und bevor Mel überhaupt einen Ton sagen konnte, stürmte Edgar herein. »Detective VanDyne? Tragen Sie hier die Verantwortung?« Er stellte sich schnell vor und sagte dann: »Wissen Sie, Sie müssen zusehen, daß Sie die Sache aufklären und die Mörderin aus meinem Haus herausbekommen!«

»Edgar!« rief Jane. »Es war keines von den Lämmern, sondern jemand von draußen.«

Edgar starrte sie an, und VanDyne hielt seine Hände in die Höhe, um Ruhe zu schaffen. »Schluß jetzt! Wir wissen noch nicht genau, wie es passiert ist, und wir müssen *alle* Möglichkeiten gründlich untersuchen.«

»Mel! Du hast doch gerade gesagt …«, begann Jane.

Aber er schnitt ihr das Wort ab. »Meine persönliche Meinung und meine beruflichen Pflichten sind nicht ein und dasselbe, Jane. Wenn du jetzt deine Sachen holen würdest? Ich lasse dich von einem Beamten nach Hause fahren.«

»Nach Hause? Warum?«

Er blickte sie an, als habe sie den Verstand verloren. »Weil hier ein Mord geschehen ist, deshalb.«

»Also wirst du alle dazu bringen, von hier zu verschwinden?« erkundigte sich Jane, um sicherzugehen, daß sie ihn richtig verstanden hatte, bevor sie irgendwelche taktischen Maßnahmen ergriff.

»Nein, nicht alle. Und ich überrede dich auch nicht dazu, ›zu verschwinden‹. Ich biete dir lediglich die Gelegenheit – die im übrigen jeder vernünftige Mensch ergreifen würde, wenn ich das einmal hinzufügen darf.«

»Vernünftig«, sagte Jane mit leiser Stimme, und ihre Augen verengten sich. »Ich mag vielleicht nicht vernünftig sein, Detective VanDyne, aber ich bin meinen Freunden gegenüber loyal und werde mein Wort halten. Ich habe Edgar versprochen, daß ich als Hausmädchen einspringe, und genau das habe ich auch vor!«

Edgars Gesichtsausdruck entspannte sich sichtlich, während Mel ihr einen kühlen, professionellen Blick zuwarf. »Fein. Tu, was du willst. Aber als dein Freund, dein *guter* Freund, gebe ich dir den Rat, nach Hause zu fahren.«

Sie spürte, daß sie ein wenig ungerecht gewesen war, und sagte: »Tut mir leid, Mel. Ich muß bei Shelley und Edgar bleiben.«

Mel ließ sich durch ihre Worte nicht versöhnlich stimmen. »Mr. North, dürfte ich diesen Raum benutzen, um die Leute zu befragen? Und lassen Sie uns gleich mit Ihnen beginnen?«

Als Jane ging, öffnete Mel ihr die Tür. Er berührte sie leicht an der Schulter, während sie über die Schwelle trat. Es war nur eine kleine Geste, aber unter diesen Umständen erstaunlich intim.

Sie fand die anderen Frauen und Gordon, der gerade eine Lampenschnur reparierte, im Aufenthaltsraum. Kathy sprang auf. »Jane, um Gottes willen! Sie sollten nicht zulassen, daß diese Schweine Sie vernehmen, ohne daß Ihr Anwalt anwesend ist!«

»Schweine?« erkundigte sich Jane. »Dieses ›Schwein‹ ist ein netter, anständiger Mann!« Gott sei Dank bekam er nicht mit, wie sie ihn verteidigte. »Wie auch immer. Er hat mich nicht vernommen. Zumindest nicht wie eine Verdächtige oder so etwas. Keine hier wird verdächtigt. Sein Job besteht lediglich darin, herauszufinden, was mit Lila geschehen ist, und ich nehme an, daß es alle interessieren wird, das zu erfahren.«

»Jane hat recht«, stimmte ihr Beth mit ruhiger Stimme zu und blickte von einer Mappe auf, die auf ihrem Schoß lag. »Sie folgen lediglich einem vorgeschriebenen und absolut wichtigen Verfahren. Ich habe gesehen, daß sie Bierdosen in Plastiktüten hinaustrugen, um eine DNA-Analyse von Restspeichel vorzunehmen. Sie führen eine sorgfältige, genaue Untersuchung durch, und niemand von uns muß sich Gedanken machen. Wir sind schließlich letzte Nacht alle hier eingeschlossen gewesen.« Sie zog ein Blatt heraus, runzelte die Stirn und legte es wieder in die Mappe zurück.

»Na klar, du mußt so etwas ja sagen, Miss Recht und Gesetz«, meuterte Kathy.

»Kathy, ich bin Richterin«, entgegnete Beth mit einem erstaunlich toleranten Lächeln. »Ich bin tatsächlich eine derjenigen, die auf der Seite von Recht und Gesetz stehen sollten. Willst du etwa sagen, daß du Anarchie vorziehen würdest, bei der jemand ohne Verfahren ins Gefängnis geworfen wird? Oder bei der man Leute einfach am nächsten Baum aufhängt?«

»Natürlich nicht!«

»Dann paß mal gut auf. Ich habe einige Male bei Mordfällen auf der Richterbank gesessen, und glaube mir, die Polizei muß alle Fetzen an Beweisen und Informationen zusammensuchen, bevor sie überhaupt beginnen können, über das Motiv und die Methode zu spekulieren. Diese Leute tun nur ihre Arbeit, und ich schlage vor, daß wir sie dabei unterstützen. Es ist das einzig Vernünftige. Ganz offensichtlich gibt es da draußen einen gefährlichen Verbrecher, der gefaßt werden muß.«

»Da draußen – oder hier drin«, sagte Crispy aus der Ecke des Zimmers.

Es wurde mucksmäuschenstill im Raum. Crispy blickte alle der Reihe nach an und schaltete dann mit der Fernbedienung den Fernseher ein. Eine Shampoowerbung plärrte ihnen entgegen.

Mimi stand neben Jane. »Das ist wirklich das einzige, was nun wirklich nicht gesagt werden mußte«, flüsterte sie.

Shelley folgte Jane in die Küche. Gordon stand am Ende des Raumes und beobachtete grimmig die Polizeiaktivitäten im hinteren Bereich des Parkplatzes. »Was tun sie?« erkundigte sich Jane.

»Im Moment nicht gerade viel«, antwortete Gordon und trat vom Fenster zurück. »Sie haben die Leiche weggebracht. Und tütenweise Zeug. Jetzt vermessen sie irgendwelche Sachen.«

»Warum ist Edgar so wild darauf, das hier den Lämmern anzuhängen?« fragte Jane geradeheraus.

»Tut er das?« erkundigte sich Gordon. »Leuchtet ein. Es würde uns nicht gerade zum Vorteil geraten, wenn bekannt würde, daß dies ein gefährlicher Ort ist. Aber wenn es eine der Frauen war, die hier untergebracht gewesen sind, wirft das kein schlechtes Licht auf uns.«

»Daran habe ich noch gar nicht gedacht«, erwiderte Jane. »Wann ist sie wohl hinausgegangen? Und wie hat sie es angestellt? Ich weiß, wie sehr Edgar darauf bedacht ist, abzuschließen.«

»Ja, aber er hat nicht gerade eine Strichliste geführt, wissen Sie. Wenn das nötig gewesen wäre, hätten *Sie* das übernehmen müssen«, sagte Gordon ein wenig ungeduldig. »Entweder ist sie nach draußen gegangen, bevor er abgeschlossen hat, oder sie hat danach die Tür noch einmal geöffnet und dann das Haus verlassen. Das geht bei diesen Türen. Falls einmal ein Feuer ausbrechen sollte. Man kann nach draußen, wenn sie abgeschlossen sind, aber sie sind so konstruiert, daß sie zufallen und von außen nicht wieder zu öffnen sind. Das wird demnächst auch bei allen Zimmertüren so sein, wenn sie endlich fertig sind.«

»Wann haben Sie sie zum letzten Mal gesehen?« erkundigte sich Jane bei Gordon.

»Ich? Keine Ahnung. Ich weiß nicht einmal, welche von den Frauen umgebracht wurde. Ich habe dem keine große Beachtung geschenkt.«

»Sie ist gegen halb zehn in ihr Zimmer hinaufgegangen«, sagte Shelley. »Zumindest nehme ich an, daß sie dorthin wollte. Jedenfalls hat sie um diese Zeit den Aufenthaltsraum verlassen.«

»Also, zwischen halb zehn und zehn kann sie das Haus nicht durch die Küchentür verlassen haben, denn ich war die ganze Zeit dort«, sagte Jane. »Außer dem einen Mal, als ich in die Bibliothek ging, um meine Handtasche zu holen ...« Ihre Stimme wurde leiser.

»Die Polizei wird einiges zu tun haben, wenn sie versuchen will, einen Zeitplan über die Vorgänge im Haus aufzustellen«, sagte Shelley. »Wie viele andere Türen gibt es, die nach draußen führen, Gordon?«

»Dutzende«, erwiderte er grimmig. »Zunächt einmal die Vordertür und die Terrassentür im Aufenthaltsraum. Dann ist da eine Tür im zweiten Stock, die auf eine Außentreppe hinausgeht. Außerdem gibt es eine Tür am Ende des Geräteraumes. Oben auf dem Dach ist auch noch eine Tür, die auf ...«

»Schon gut. Ich bin im Bilde«, unterbrach ihn Shelley.

»Wird Edgar immer noch vom Detective vernommen?«
erkundigte sich Gordon. »Ich denke, ich werde einmal
nachsehen, was da vor sich geht.«

Nachdem er das Zimmer verlassen hatte, sagte Shelley:
»Ganz ehrlich, Jane, was mag da wohl geschehen sein?«

»Ich weiß es nicht. Auf dem Boden lagen Bierdosen und
eine ausgeschüttete Packung Zigaretten. Meine Vermutung ist, daß sie irgendwelche Landstreicher oder Dro-
gendealer überrascht hat, und die haben sie dann umgebracht.«

»Aber was wollte sie dort?«

Jane zuckte die Schultern. »Vielleicht nur herumschnüffeln. Wer weiß? Sie schien ein geradezu obszönes
Interesse an den Angelegenheiten anderer Leute zu
haben. Und das ist immerhin das Gebäude, in dem Ted
gestorben ist. Ich habe bemerkt, daß sich gestern abend
alle große Mühe gegeben haben, es nicht zu erwähnen.
Außer, als Avalon dieses Bild zum Vorschein brachte. Ich
frage mich, ob Pooky es ihr schließlich doch abgeluchst
hat. Arme Avalon. Wie auch immer, vielleicht war es lediglich Neugierde, die Lila in dieses Gebäude führte.«

»Nun, was auch immer es gewesen sein mag, ich muß
zusehen, daß es mit meiner Besprechung weitergeht«,
sagte Shelley. »Und dein Freund VanDyne blockiert die
Bibliothek. Was meinst du, wie lange wird er noch bleiben?«

»Shelley, du wirst es jetzt nie schaffen, die Leute zusam-
menzutrommeln, um über das Auftreiben von Geldern zu
diskutieren! Es hat einen Mord direkt vor dieser Tür gegeben!«

Shelley dachte einen Moment darüber nach. »Vielleicht vertage ich das Ganze wirklich besser auf heute
nachmittag.«

»Das erinnert mich an etwas. Auf mich wartet mein

Job. Als ich Lila fand, war ich gerade auf dem Weg, um Toilettenpapier zu holen. Ich werde mich wieder an die Arbeit machen.«

Als Jane die Treppe hinaufging, lief Pooky, die auf dem Weg nach unten war, an ihr vorbei. Die Schaflämmchen hatten sich über das ganze Haus verteilt. Einige unterhielten sich mit gedämpften Stimmen, andere erledigten Papierkram oder blätterten in Zeitschriften. Jane ging in Avalons Zimmer und entdeckte im Schrank unter dem Waschbecken einen großen Vorrat Toilettenpapier. Sie tat die restlichen Pflichten im Aprikosenzimmer und machte sich dann auf den Weg zu Kathys Zimmer, in dem es – wie sie erwartet hatte – chaotisch aussah. Überall waren Kleidungsstücke verstreut, ein feuchter Waschlappen lag auf dem Fußboden, wo sich bereits ein Fleck gebildet hatte. Ein Aschenbecher war vom Tisch gefallen, und sein Inhalt hatte sich über den Boden ergossen. Außerdem mußte sie das Bett machen. Sie beförderte Kathys käsige Plastikhandtasche auf den gepolsterten Stuhl am Fenster und machte sich an die Arbeit.

Ihre Gedanken kehrten immer wieder zu der Unterhaltung mit Mel zurück. Und sie erwischte sich wiederholt dabei, daß sie sich fragte, was Lila um Himmels Willen dort draußen im Kutschenhaus gewollt haben konnte. Mit ihrer Grace-Kelly-Frisur, den ältlichen Kleidern und ihrem kühlen, gemeinen Auftreten schien ihr Lila nicht gerade der sensationshungrige Typ zu sein, der sich unbedingt an den Ort begeben mußte, an dem Ted Francisco einst Selbstmord begangen hatte. Und sie schien auch kein besonderes Interesse an Teds Tod gehabt zu haben. Andererseits hatten sich alle bemüht, ihn nicht zu erwähnen, daher war dies vielleicht keine faire Einschätzung.

Trotzdem fragte sich Jane, was Lila denn nun bewogen haben mochte, zum Kutschenhaus zu gehen. Und wann genau war sie dort hingegangen? Als Edgar beim Abendessen seine ernstgemeinte Warnung an alle richtete, daß er um halb elf abschließen würde, war Lila auch dagewesen. Falls sie also vor diesem Zeitpunkt nach draußen gegangen war, hatte sie wahrscheinlich angenommen, vor halb elf wieder im Hause zu sein. Andererseits war sie vermutlich arrogant genug anzunehmen, daß es für sie keine Rolle spielte. Sie schien nicht der Typ gewesen zu sein, dem es viel ausmacht, andere um ihren Schlaf zu bringen. Aber falls sie wirklich später hinausgegangen war – warum?

Sie war natürlich in dieser Gegend großgeworden. Oder hatte zumindest während ihrer Zeit an der High-School hier gewohnt. Vielleicht besaß sie ja immer noch Bekannte in der Nachbarschaft und hatte sich mit irgend jemand getroffen. Jemand, den sie offensichtlich besser nicht getroffen hätte.

Als Jane mit dem Bett fertig war, bemerkte sie, daß Kathys Handtasche zu Boden gefallen war und sich ihr Inhalt ebenfalls auf dem Boden verteilt hatte. Sie begann, die Sachen einzusammeln und wieder in die Tasche zu tun, und stutzte, als sie bemerkte, was sie da einsammelte.

Eine goldene Armbanduhr mit schmalem Armband und diamantenumkränztem Zifferblatt und ein Ring, der einen ungeheuer großen dunkelroten Stein trug, bei dem es sich um einen Rubin handeln mußte. Verblüfft und neugierig, öffnete Jane die mit Echsenhaut bezogene Brieftasche und entdeckte eine goldene Visa-Karte, eine goldene American-Express-Karte und ein Scheckbuch, das einen Betrag von 23.683 Dollar auswies.

»Was haben Sie entdeckt?« fragte Crispy, die im Türrahmen stand. Sie trat ins Zimmer und schloß leise die Tür hinter sich.

»Sie ist reich«, erwiderte Jane, zu erstaunt über ihre Entdeckung, um verlegen zu sein, weil man sie beim Herumschnüffeln erwischt hatte.

»Natürlich ist sie das. Ist Ihnen das nicht schon früher aufgefallen?«

»Nein! Wie hätte das denn jemandem auffallen sollen?«

»Ganz ruhig, meine Liebe. Dazu muß man wissen, worauf es zu achten gilt«, sagte Crispy, nahm Jane die Brieftasche aus der Hand und ging einmal ihren Inhalt durch, bevor sie sie wieder in die billige Plastikhandtasche zurücklegte. »Die Hände verraten es immer. Man braucht nur einen Blick auf ihre Nagelhaut zu werfen, um zu sehen, daß sie sie seit mindestens zehn Jahren regelmäßig maniküren läßt. Und dann sind da diese kaum sichtbaren helleren Stellen auf der Haut, wo sie normalerweise eine Uhr und einen Ring trägt. Warum sollte eine Person, die diese Schmuckstücke sonst immer trägt, sie abnehmen – es sei denn, sie stimmten nicht mit dem Bild überein, das sie präsentieren möchte?«

»Aber warum? Warum sollte sie vorgeben, ein armes Würstchen zu sein? Ich bemühe mich immer, den Eindruck zu erwecken, als sei ich *kein* armes Würstchen!« fügte sie lachend hinzu.

»Es ist nur so eine Idee – aber vielleicht wollte sie nicht, daß die anderen erfahren, daß sie sich ans Establishment verkauft hat. Sie war eine besessene Liberale, überzeugt, daß sie die Welt allein durch die bloße Kraft ihrer Persönlichkeit und ihrer Rechtschaffenheit verändern würde. Das war ihr Anspruch auf Berühmtheit. Statt dessen hat sie sich in ein Kapitalistenschwein verwandelt.«

»Also ist die ganze Geschichte über ihr mühseliges Leben in Oklahoma und das Einsammeln von Dosen und Flaschen an den Straßenrändern, um die Erde zu retten, nur erfunden?« erkundigte sich Jane, die trotz aller Beweise immer noch nicht überzeugt war.

»Die kleine Farm, die sie angeblich am Rande des Existenzminimums bewirtschaften, besteht höchstwahrscheinlich aus vierhundert Hektar Land mit einer Ölquelle neben der anderen.«

»Unglaublich!«

»Regel Nummer eins bei Klassentreffen lautet, Jane: Niemand ist das, was er vorgibt zu sein.«

»Sie eingeschlossen?«

»Nein, ich bin die Ausnahme«, entgegnete Crispy mit einem sarkastischen Grinsen. »Eigentlich habe ich Sie gesucht, um Sie um einen Gefallen zu bitten. Unser Spaßvogel hat wieder einmal zugeschlagen, und meine Unterwäsche ist verschwunden.«

»Sie machen Witze. Das ist doch einfach lächerlich. Und jemandem die Unterwäsche zu verstecken ist gemein und fies. Warum macht denn bloß jemand solche Sachen?«

»Wer weiß? Irgendwer scheint der Ansicht zu sein, daß es witzig ist. Würden Sie mich bitte zu einem Einkaufszentrum fahren, damit ich mir einige Dinge besorgen kann?«

»Gern, aber es müßte schnell gehen. Ich muß noch alle Zimmer saubermachen.«

Ihre gepflegten Nägel blitzten auf, als Crispy dies mit einer abfälligen Geste als untergeordnetes Hindernis abtat.

Mel war verschwunden. Jane berichtete Shelley, wohin sie fuhr, und bat dann bei den Polizisten, die immer noch in der Nähe des Kutschenhauses beschäftigt waren, um Erlaubnis. Nachdem er ihre Namen notiert hatte, ließ sie der leitende Beamte losfahren.

Sie hatten gerade die Hälfte des Weges zum Einkaufszentrum hinter sich, als Crispy sagte: »Hoppla, ich habe meinen Ohrring verloren. Macht es Ihnen etwas aus, anzuhalten, damit ich ihn suchen kann?«

Crispy machte sich erst gar nicht die Mühe, unter dem Beifahrersitz zu suchen, sondern stieg aus und begann, sich unter dem Rücksitz umzusehen. Jane beobachtete sie.

»Vielleicht sollten Sie einmal in Ihrer Handtasche nachschauen«, schlug sie vor.

»Handtasche?« erwiderte Crispy mit gedämpfter Stimme von ganz unten.

»Ja, ich habe gesehen, daß sie ihn dort hineinsteckten, bevor wir losfuhren.«

Crispy hob ihren Kopf und grinste. »Ich hätte mir denken können, daß Sie zu schlau sind, um sich hinters Licht führen zu lassen. Ich mag Sie wirklich.«

»Wonach suchen Sie denn nun in Wahrheit?«

»Nach diesem Notizbuch.«

»Notizbuch ...? Ach ja, das, wonach Lila gestern abend auch gesucht hat.« Jane hätte dies Mel gegenüber erwähnen sollen. Jetzt, wo sie genauer darüber nachdachte, gab es wahrscheinlich eine Menge, was sie ihm gegenüber hätte erwähnen sollen. Sie hatte ihm nicht einmal von dem toten Ted erzählt.

»Genau das meine ich. Sie hat es gestern im Auto herausgeholt. Ich habe bemerkt, daß es genau wie meins aussieht, und ich konnte es vom Sitz rutschen lassen und durch mein eigenes ersetzen.«

»Also gehörte das, was sie mit hineinbrachte und auf den Tisch im Flur legte, eigentlich Ihnen.«

»Ich habe es unter dem Sitz verschwinden lassen, als sie gerade nicht hinschaute.«

»Aber warum?«

»Reine Neugier. Ich wollte einfach sehen, was drinsteht, und die Gelegenheit war günstig.«

»Wir werden zurückfahren und es der Polizei übergeben«, sagte Jane.

»Warum, um Himmels willen, sollten wir das tun?«

»Weil die Besitzerin umgebracht wurde, falls Sie das noch nicht bemerkt haben sollten!«

»Von Drogenhändlern, die die Nachbarschaft unsicher machen. Das Notizbuch hat nichts damit zu tun. Und ich werde es ihnen sowieso geben. Nachdem ich einen Blick hineingeworfen habe. So, und jetzt fahren Sie mich zu einem Geschäft, wo ich mir ein paar Dessous kaufen kann!«

Sie schlüpfte wieder auf den Beifahrersitz und machte es sich dort bequem wie ein kleiner Hund, der sich auf einen Ausflug freut. Jane ließ den Motor an. »Ich werde der Polizei mitteilen, daß Sie im Besitz dieses Buches sind ... *nachdem* Sie es mir gezeigt haben«, sagte sie.

Crispy grinste. »Eine Frau ganz nach meinem Geschmack!«

Jane ließ Crispy am Einkaufszentrum aussteigen und machte sich auf die Suche nach einem Parkplatz. Sie hoffte, daß Crispy das Notizbuch im Wagen zurückgelassen hatte, damit sie einen schnellen Blick hineinwerfen konnte, aber es war nirgendwo zu entdecken. Crispy tauchte innerhalb einer bemerkenswert kurzen Zeit mit einer Plastiktüte in der Hand wieder auf, und sie fuhren zum Gasthaus zurück. Da immer noch ein Polizeifahrzeug in der hinteren Auffahrt stand, parkte Jane vor der Vordertür. Crispy sprang aus dem Auto und sprudelte ein Dankeschön heraus. Jane folgte ihr langsam. Am liebsten wäre sie draußen geblieben, um den Tag zu genießen. In diesem September bestand die Gefahr, daß er zu einer Wiederholung des heißen und drückenden August werden würde, aber der heutige Tag war wunderschön und ließ Erinnerungen daran wachwerden, wie prachtvoll der Herbst sein konnte. Die Luft war zwar nicht kühl, aber trotzdem frisch, und hatte einen sauberen Geruch. Obwohl Jane noch nicht wirklich den Geruch von Holzfeuer und den Geschmack von Apfelcidre wahrnehmen konnte, wurde beides in ihrer Vorstellung bereits lebendig.

Als Jane die Vordertür erreicht hatte, kollidierte sie

beinahe mit dem Briefträger, den sie vorher gar nicht wahrgenommen hatte. Der Briefkastenschlitz befand sich neben der Tür, und er bemühte sich gerade, einen großen, steifen Umschlag dort hineinzuzwängen. »Ich kann ihn mit reinnehmen«, bot Jane an und nahm ihm auch den Rest der Post ab.

Automatisch sortierte sie die Briefe in einen Haufen für Gordon, einen für Edgar und einen Riesenhaufen für »Gäste« und legte die drei Stapel auf den Tisch in der Eingangshalle. Mimi kam in einer roten Seidentunika und einer schwarzen Hose und mit einem Schuljahrbuch unter dem Arm die Treppe hinunter. »Wie ich hörte, mußten Sie mit Crispy zum Einkaufen fahren«, sagte sie. »Was für ein Riesenspaß das gewesen sein muß. Ich wette, sobald sie ein Kaufhaus betritt, hat man das Gefühl, die Pest würde ausbrechen.«

»Dieser Anblick blieb mir erspart«, erwiderte Jane. »Ich bin im Wagen geblieben, um einen Parkplatz zu suchen. Sie war allerdings außergewöhnlich schnell. Ich könnte mir vorstellen, daß sich in diesem Augenblick immer noch einige Verkäuferinnen mit Cologne beträufelte Taschentücher an die Schläfen pressen.«

Mimi lachte. »Das Ganze ist wirklich verrückt. Wer sollte denn nur ihre Unterwäsche stehlen und aus welchem Grund?«

Jane zuckte die Schultern. Ihre Gedanken waren immer noch bei der Post.

»Shelley hat uns in Ihrer Abwesenheit eine Pistole an die Stirn gehalten und uns gezwungen, wie brave kleine Mädchen unsere Zimmer sauberzumachen.«

»Hat sie das? Gott sei Dank. Es ist schon Mittag, und ich hatte erst zwei Zimmer fertig. Dürfte ich einen Blick in Ihr Jahrbuch werfen? Hätten Sie nicht Lust, mir die ganzen Leute einmal zu zeigen?«

Sie gingen in den Aufenthaltsraum, und Mimi bestand darauf, zur Abwechslung einmal Jane zu bedienen. Während sie ihnen zwei Colas besorgte, begann Jane, wahllos in dem Buch herumzublättern. Pooky betrat das Zimmer, blickte sich um, als sei sie auf der Suche nach irgend jemandem, und ging dann wieder. Jane hörte schrilles Gelächter von oben. Einige Frauen hatten sich wohl in einem der Zimmer versammelt, um zu plaudern. Trotz allem genossen sie den Aufenthalt. Zumindest einige von ihnen. Durch die Terrassentür erwischte sie einen Blick auf Beth. Sie spazierte draußen herum, hatte die Hände auf dem Rücken verschränkt, hielt den Kopf gesenkt und war in Gedanken vertieft. Ein nettes Bild: die berühmte Richterin in einem Moment kontemplativer Muße, im Hintergrund einige prächtige Rhododendronbüsche und schmucke Chrysanthemen voller fetter Blüten. Hector spazierte hinter ihr her und verpaßte diesem Eindruck häuslichen Lebens noch eine besondere Note.

Mimi kam mit den Getränken und einem Tablett zurück, auf dem sich Butterbrote und Chips befanden. »Sie haben das Mittagessen verpaßt.«

»Das Mittagessen! O Gott! Ich sollte doch Edgar dabei helfen!«

»Schon gut. Er hat einfach ein paar Butterbrote zurechtgemacht, und wir haben uns selbst bedient. Edgars Vorstellung von Brotaufstrichen beinhaltet Pastete und Anchovisbutter. Wir reden hier also nicht über simple Käsebrötchen«, sagte sie.

»Wer ist Gloria Kevitch?« erkundigte sich Jane und biß in ihr Brot, das aus selbstgebackenem Roggentoast und einer Kräuterpastete bestand. Oh, dieser Edgar!

»Gloria wer?«

»Gloria Kevitch. Ihr ist das Jahrbuch gewidmet.«

Mimi sah einen Augenblick verwirrt aus, bevor ihr ein

Licht aufging. »O ja. Ein Mädchen aus unserer Klasse, das gestorben ist. Angeblich handelte es sich um einen Autounfall, aber es ging das Gerücht, daß sie sich das Leben genommen hatte.«

»Zwei Selbstmorde in einer Klasse?«

»Ja, leider.«

»Gehörte sie zu den Schaflämmchen?«

»Du lieber Himmel, nein. Sie war bloß ein gewöhnlicher Mensch. Die Schaflämmchen waren alle ›Perlen der Gesellschaft‹.« Ihre Stimme war voller beißender Ironie. »Die arme Gloria. Sie war mit mir im Gymnastikkurs – ein niedliches, lustiges Mädchen, wenn auch ein bißchen überdreht. Sie versuchte, dem Klub beizutreten, wurde aber bei der Abstimmung abgelehnt. Wenn ich heute zurückblicke, bin ich ganz erstaunt, wieviel uns der Klub damals bedeutet hat. Und das Ganze war so albern und versnobt. Aber das waren wir ja auch.«

Jane aß weiter und nickte bloß, um sie zu ermuntern weiterzureden.

»Meine Eltern kamen als Erwachsene in dieses Land. Sie flüchteten vor dem Beginn der sogenannten Kulturrevolution, zu deren ersten Opfern mein Vater gehört hätte. Er war Mathematikprofessor, konnte Englisch sprechen und bekam einen guten Job. Er fuhr einen Ford, kaufte sich einen Rasenmäher, aß Hamburger. Aber meine Mutter war sehr traditionsbewußt. Sie war nicht imstande, die Sprache zu lernen, hielt westliche Kleidung für häßlich und unanständig und versteckte sich im Haus. Ich habe mich so für sie geschämt! Inzwischen ist mir klargeworden, daß sie sich auch fürchterlich für mich geschämt hat. Ich wollte ein amerikanisches Mädchen sein. Amerikanischer als die Amerikaner selbst. Tja, Sie haben ja das Bild gesehen, das ich Ihnen gestern gezeigt habe. Mein Verhalten war grotesk.«

Jane warf Mimi einen prüfenden Blick zu und fragte sich, wie das Mädchen ihrer Beschreibung sich in eine so ausgeglichene, vornehme Frau hatte verwandeln können, die ganz offensichtlich ihre Herkunft akzeptierte. Dann fragte sie einfach laut danach.

»Ich mußte am College einen Kurs in chinesischer Geschichte belegen. Mein Vater drohte mir, nicht mehr für meine Ausbildung aufzukommen, falls ich den Kurs nicht absolvieren würde. Ich habe das nicht verstanden, denn er war kein chinesischer ›Patriot‹ wie meine Mutter. Wie auch immer, jedenfalls habe ich an dem Kurs teilgenommen und begann mich, ohne daß ich es beabsichtigte, für die Thematik zu interessieren. Ich stieß nämlich auf die Erwähnung eines Wissenschaftlers, der den Familiennamen meiner Mutter trug. Ich fragte sie nach ihm, und es stellte sich heraus, daß er ihr Onkel war. Ich denke, es war das erste Mal, daß ich sie als Individuum mit einer Familie sah, die nicht unsere eigene kleine war. Sie wußte sehr viel über ihn, und mir wurde auf einmal klar, daß sie sich in vielen Dingen auskannte und daß ich es mit einer interessanten Frau zu tun hatte. Es war eine phänomenale Erkenntnis für mich. Eins führte zum anderen, und ich trat schließlich einer chinesischen Studentenvereinigung bei und traf dort meinen Mann, der bereits in der dritten Generation in diesem Land lebt, aber ausgesprochen chinesisch ist und nun ja – hier bin ich«, fügte sie hinzu.

»Ich würde sagen, Sie haben sich ganz gut gemacht«, sagte Jane.

»Danke.« Mimi blickte plötzlich verlegen drein, wohl weil sie über sich geplaudert hatte.

»Erzählen Sie mir etwas über die anderen. Wie wäre es mit Beth?«

Mimi dachte einen Moment lang nach. »Über ihr heutiges Leben weiß ich nicht viel. Die anderen sagen, daß sie ein hohes Tier ist, aber das war mir gar nicht bewußt. Sie war allerdings immer schon ein interessanter Mensch. Als sie damals hierherzogen, war ihre Mutter eine Exprostituierte, die ihre besten Zeiten hinter sich hatte. So ging zumindest das Gerücht. Ich glaube, Beth kam in die siebte Klasse. Ihre Mutter mußte sich den Lebensunterhalt durch Bügeln verdienen.«

»Ich dachte, die Schaflämmchen seien alle ›Perlen der Gesellschaft‹ gewesen«, unterbrach sie Jane.

»Ich glaube, sie war die Ausnahme, die die Regel bestätigt. Beth schaffte es sogar noch besser als ich, sich von ihrer Mutter loszusagen. Als sie ein kleines Mädchen war, muß es in ihrem Kopf irgendwann einmal ›Klick‹ gemacht haben. Da hat sie sich wohl entschlossen, perfekt zu sein. Sie war immer makellos gepflegt, eine überragende Schülerin, hatte Manieren, die so gut waren, daß der Rest von uns neben ihr wie Neandertaler wirkten – die wir wahrscheinlich auch waren. Irgendwie hat sie es geschafft, daß nie über sie getratscht wurde. Die Leute machten abfällige Bemerkungen über ihre Mutter, aber nie über sie. Soweit ich weiß, hatte sie keine engen Freunde, aber auch keine Feinde. Sie war nett zu allen, selbst zu den Schleimern. Sie verdiente sich Geld durch Babysitten, gab Klavierunterricht, trug Zeitungen aus, bevor es üblich war, daß Mädchen solche Jobs hatten, und bekam trotz allem die besten Noten der ganzen Schule. Es war wirklich erstaunlich und bewundernswert. Außerdem ging sie mit dem beliebtesten Jungen der ganzen Schule: Ted Francisco. Daß sie mit Ted zusammen war, hat wahrscheinlich bei ihrer Aufnahme bei den Schaflämmchen den Ausschlag gegeben. Wir hätten uns lächerlich gemacht, wäre die Freundin von Richter Franciscos Sohn nicht eine von uns gewesen.«

»Der tote Ted? Oje! Es muß sehr schwer für sie sein, hier

zu wohnen. Gingen sie immer noch miteinander, als er starb?«

Mimi nickte. »Bis zu dieser Nacht.«

»Was meinen Sie damit?«

»Am Tag des Schulabschlußballs hat sie mit ihm Schluß gemacht. Am selben Abend hat er sich das Leben genommen.«

»O Gott!«

»Es muß unvorstellbar schrecklich für sie gewesen sein«, sagte Mimi. »Natürlich hatte sie richtig gehandelt. Sie war von Stanford angenommen worden, erhielt dort ein volles Stipendium und hatte sich bereits entschlossen, Anwältin zu werden. Der arme Ted war mit knapper Not an einem College hier in der Nähe angenommen worden. Ihre Mutter ging mit ihr nach Kalifornien. Beths und Teds Pfade hätten sich nie wieder gekreuzt, und sie war vernünftig genug, einzusehen, daß ein glatter Bruch das beste war.«

»Und er hat sich deswegen umgebracht! Dieser Mistkerl!«

Mimi nickte wieder. »Es war nicht gerade sehr populär, so zu denken, aber ich habe damals ähnlich reagiert. Das Ironische an der ganzen Sache ist, daß er ihr gegenüber nicht gerade ›treu‹ gewesen ist. Bevor er mit Beth ging, war er mit Pooky befreundet gewesen, und er flirtete immer noch wie verrückt mit ihr. Sie war zu der Zeit eine echte Schönheit, aber zu begriffsstutzig, um einzusehen, daß er nur mit ihr spielte. Und er war ein guter Kumpel von Crispy, die im Haus nebenan wohnte und schon von kleinauf mit der Familie bekannt war. Crispy war damals ein ziemlich schlampiges Mädchen und betete ihn an. Es gab sogar Gerüchte, daß er sich noch mit einem Mädchen von einer anderen Schule traf, deshalb hatte niemand damit gerechnet, daß er es so schwer nehmen würde, als

104

Beth mit ihm Schluß machte. Aber wer kann schon genau sagen, was im Kopf eines anderen Menschen vorgeht? Erst gestern hat mir Beth erzählt, daß Teds Vater, der ein hochangesehender Richter war, ihr damals ein großartiges Empfehlungsschreiben ausstellte und ihr dabei behilflich war, in Stanford angenommen zu werden – obwohl ich sehr bezweifeln möchte, daß die Franciscos sie als gut genug für ihren kostbaren Sohn erachteten. Und dem armen alten Ted war es nicht einmal gelungen, aus der Stadt herauszukommen.«

»Es hört sich so an, als hätten Sie ihn nicht besonders leiden können.«

»Oh, ich war damals wie alle anderen Mädchen in ihn verschossen, obwohl er mir keine Beachtung schenkte. Aber nein, zurückblickend muß ich sagen, daß ich ihn nie *wirklich* gemocht habe. Er war verwöhnt und ... nun ja, irgendwie gemein. Aber das sage ich jetzt aus der Sichtweise einer Erwachsenen. Als Teenager sah ich nur seine spektakuläre Fassade. Selbst Avalon – tja, Sie haben ja auch einen Blick auf das Bild geworfen. Sie war immer in der Nähe, fertigte kleine Zeichnungen an, auf denen er, sein Auto, eben alles, was mit ihm zu tun hatte, zu sehen war.«

Jane nippte an ihrem Glas und lehnte sich nachdenklich zurück. »Shelley erwähnte, daß dieser Ort für die Schaflämmchen mit schlechten Erinnerungen verbunden sei. Ich hatte ja keine Ahnung, wie schlecht sie sein würden! Gab es überhaupt ein Mädchen, das nicht in Ted Francisco verliebt war?«

»In dieser Gruppe? Wahrscheinlich nicht. Lila ging zwischen Pookys und Beths Regentschaft ein- oder zweimal mit ihm aus und erzählte dann später, daß sie es abgelehnt habe, sich weiter mit ihm zu treffen, aber er tratschte herum, wie langweilig sie sei, daher nehme ich an, daß er derjenige war, der die Entscheidung getroffen hatte, und nicht sie. Ich glaube, sie hat ihn dann später wirklich nicht mehr leiden können, aber es war mehr so eine Art Haßliebe. Oh, da ist Kathy. Ich nehme an, Kathy hat kaum einen Gedanken an ihn verschwendet, außer ihn als eines der Kapitalistenschweine zu sehen, deren Ausrottung sie sich zum Ziel gesetzt hatte. Sie ging nur mit Kerlen aus, die einen Bart und lange Haare hatten und ein dreckiges T-Shirt mit irgendeinem obszönen Spruch drauf trugen.«

»Ich weiß etwas über sie, daß Sie überraschen wird«, sagte Jane und erzählte ihr, was sie und Crispy in Kathys Handtasche entdeckt hatten. »... ganz offensichtlich ist sie recht wohlhabend«, schloß sie ihren Bericht. »Ich hatte nicht vor zu schnüffeln, aber als ich die Uhr und den Ring und das Scheckbuch mit diesem Betrag sah ...«

»Da hätte ich auch geschnüffelt«, beruhigte sie Mimi. »Wirklich interessant.«

»Crispy belehrte mich, daß es eine Regel bei Klassentreffen gebe, die besagt, daß niemand der Mensch ist, der er zu sein scheint.«

»Fast niemand«, stimmte ihr Mimi zu. »Ich besitze allerdings nicht die nötige Vorstellungskraft, um eine fiktive Persönlichkeit für mich zu erfinden.«

»Ich frage mich, wie Crispy in Wirklichkeit ist.«

Mimi lachte. »Das weiß nur Gott allein! Sie hat sich ganz bewußt so viele verschiedene Hüllen charmanter, völlig erschwindelter Persönlichkeiten zugelegt, daß sich kaum mehr sagen läßt, was eigentlich darunter versteckt liegt.«

»Und Lila? Wie war Lila?« erkundigte sich Jane.

Kathy flegelte sich in den Sessel neben Jane. »Essen Sie das Butterbrot nicht mehr auf? Kann ich es haben?«

»Klar, bedienen Sie sich«, erwiderte Jane und bemerkte, daß die helleren Stellen, die die Uhr und der Ring hinterlassen hatte, und auch der Zustand ihrer Hände ziemlich offensichtlich waren, wenn man wußte, worauf es zu achten galt.

»Ich erzähle Jane ein bißchen von uns allen«, erläuterte Mimi. »Ich überlege gerade, wie sich Lila am besten beschreiben läßt.«

»Immer mit irgend jemandem im Konkurrenzkampf«, murmelte Kathy zwischen zwei großen Butterbrotbissen.

»Du hast recht. So habe ich es nie betrachtet, aber das war genau die Sache, die damals an der High-School immer so irritierend an ihr war«, stimmte Mimi ihr zu, offensichtlich überrascht, daß Kathy zu solch einer treffenden Charakterisierung fähig war. »Nicht nur im Konkurrenzkampf, sondern auch der Auffassung, daß sie jede Runde für sich entschieden hatte, und immer darauf bedacht, über die Siege, die nur in ihrer Vorstellung existierten, zu reden. Wenn man ihr Glauben schenken durfte, besaß sie bessere Kleider als irgend jemand sonst, einen besseren Friseur, bessere Noten – Beth natürlich ausgenommen – und einen viel besseren Stammbaum.«

»Wenn ich nur an die ganzen Adams-Ableger denke, mit denen sie immer so furchtbar angab«, sagte Kathy, griff über den Tisch hinweg und trank den Rest von Janes Cola aus.

Mimi lächelte. »Daran erinnere ich mich auch noch. Sie versuchte immer, bei uns damit Eindruck zu schinden, daß John Adams angeblich mit ihr verwandt war, aber das war uns völlig schnuppe. Also, wenn sie mit Mick Jagger verwandt gewesen wäre –«

»Lila?« Kathy lachte.

Mimi fuhr mit ihrer Erzählung fort. »Beth trieb sie natürlich fast in den Wahnsinn. Beth war nicht nur in allem besser als sie, sondern machte darum nicht einmal viel Aufhebens, und das konnte Lila überhaupt nicht ausstehen. Im letzten Schuljahr entschlossen sich beide, als Präsidentin der Schaflämmchen zu kandidieren, und als Beth das herausfand, zog sie ihre Kandidatur zurück mit der Begründung, daß sie nicht gegen eine Freundin antreten wolle. Lila dachte natürlich, daß dies nur ein gönnerhaftes Verhalten ihr gegenüber sei, und Beth wolle in Wahrheit vermeiden, sie zu schlagen und damit zu beleidigen. Was wahrscheinlich auch der Fall gewesen wäre. Es machte Lila ganz wild. Sie war eine solche Närrin!«

»Hat sie Beth deshalb gestern abend wegen der Sache mit dem Obersten Gerichtshof gereizt?« erkundigte sich Jane.

»Deshalb und weil sie eine gemeine Ader hatte«, erwiderte Mimi. »Sie war im Grunde ein sehr verbitterter, unglücklicher Mensch. Gott allein weiß, warum. Sie hatte alle Vorteile, sie sich ein Mensch nur wünschen kann. Ja, wahrscheinlich dachte sie, sie befände sich immer noch in einem Konkurrenzkampf mit Beth, und da es ganz so aussah, als habe Beth einen Riesenvorsprung, mußte sie sie bremsen. Ich möchte einmal der Person begegnen, die in der Lage ist, wirklich etwas Schlechtes über Beth herauszufinden. Es ist schlichtweg nicht möglich.«

»Oh, ich weiß nicht. Bestimmt hat sie auch irgendwo eine Leiche im Keller. Jeder Mensch hat das«, warf Kathy ein.

»Das sagst du nur, weil sie Richterin ist und du eine Rebellin«, entgegnete Mimi mit einem Lächeln.

»Na klar bin ich das ...«, erwiderte Kathy, setzte sich auf und blickte Jane gerade ins Gesicht. »Ich möchte nicht vergessen, Ihnen gegenüber zu erwähnen, daß Sie mein Zimmer wirklich gründlich saubergemacht haben. Selbst der Inhalt meiner Handtasche ist adrett und ordentlich aufgeräumt.«

»**Ich wollte nicht,** daß alle erfahren, wie ich versagt habe«, schluchzte Kathy fünf Minuten später lauthals.

Mimi saß auf der Lehne von Kathys Sessel, tätschelte ihre Schulter und murmelte verständnisvoll: »Du bist wohl kaum eine Versagerin, Kathy. Wir werden alle erwachsen und verändern uns. Dafür muß sich niemand schämen. Es ist nur gut, daß wir nicht ein Leben lang die Teenager bleiben, die wir einmal gewesen sind.«

»Aber die meisten von euch haben sich positiv verändert. Das einzige, was ich erreicht habe, war, einen Mann zu heiraten, der einen Apparat erfunden hat, der uns reich machte. Beth ist eine Spitzenrichterin, die wahrscheinlich eines Tages einmal am Obersten Gerichtshof enden wird, zum Teufel noch mal! Crispy ist hübsch und elegant und amüsant geworden. Du siehst phantastisch aus und bist zufrieden mit deinem Leben.«

»Ich möchte nicht gehässig sein, aber wir sollten Pooky nicht vergessen«, erwiderte Mimi mit einem Lächeln, von dem sie sich offensichtlich erhoffte, daß es Kathys trübe Gedanken verscheuchen würde.

»Pooky!« schnaubte Kathy. »Sie ist zu dämlich, um Kaugummi zu kauen und gleichzeitig die Straße zu überqueren. Von ihr hat doch niemand etwas erwartet. Verdammt, selbst Avalon, die sichere Verliererin, hat einen Haufen Pflegekinder, die zudem auch noch behindert sind, und sie sieht immer noch gut aus. Das ist einfach nicht fair. Das einzige, was ich habe, sind dreißig Pfund Übergewicht, ein Haus mit sieben Schlafzimmern und vier verzogene Blagen. Mein ältester Sohn hat seinen eigenen Ferrari. Himmel noch mal, ich hätte etwas aus mir machen sollen. Aus meinen Kindern. Der Welt. Ich wollte es, ich wollte es wirklich. Ich hatte das Köpfchen dazu, den nötigen Schwung und die Ideale. Und dann ließ sich Harold dieses verdammte Computer-Hardware-Ding patentieren ...«

»Was war das denn für ein Computer-Ding?« erkundigte sich Jane.

Kathy jammerte: »Das weiß ich nicht einmal genau! Ein Chip-Leiter oder ein Floppy-Kabel oder sonstwas Dämliches! Anfangs habe ich versucht, ihn dazu zu überreden, das Geld zu spenden. Wir hatten so verdammt viel davon. Laß uns einen Umweltfonds einrichten, schlug ich ihm vor. Verewige deinen Namen in den Geschichtsbüchern. Wie Edison, aber mit einem sozialen Aspekt. Aber er antwortete mir, daß wir an die Kinder denken müßten, und er hatte natürlich recht. Das war nur gerecht. Also machte er mir den Vorschlag, ich könne fünf Jahre lang Geld für die Kinder investieren, und er würde dann nichts mehr dagegen haben, wenn ich den Rest spenden würde. Und deshalb eignete ich mir alles an, was es über diesen Börsenkram zu lernen gab ...«

»Und Sie waren erfolgreich, nicht wahr?« sagte Jane. Aus dem Augenwinkel heraus bemerkte sie, daß Beth ins Zimmer gekommen war und ruhig in der Nähe der Terrassentür stand. Hector war immer noch bei ihr, aber als er Jane erblickte, sprang er auf ihren Schoß. Er landete dort mit einem kräftigen Plumpser. Jane kraulte gehorsam seinen Kopf.

»Erfolgreich?« echote Kathy. »Ich bin eine wahre Magierin! Ich könnte kein Geld verlieren, selbst wenn ich mir die allergrößte Mühe geben würde. Allerdings investiere ich *nie* in Südafrika!« Sie warf ihnen einen herausfordernden Blick zu.

»Nein, natürlich nicht«, murmelte Mimi und lächelte Jane über Kathys Kopf hinweg an.

»… und ehe ich mich versah, waren aus den fünf Jahren sechs geworden, und ich konnte einfach nicht mehr aufhören. Ich kann Harold nicht einmal Vorwürfe machen. Es war nicht seine Schuld. Es war meine eigene! Ich wurde gierig! Ich habe meine Seele verkauft! Und jetzt bin ich nichts weiter als ein durchschnittliches reiches Luder. Ich habe mich in meine eigene Mutter verwandelt!« Ihre Stimme hob sich fast zu einem Kreischen.

»Du gehörst wohl kaum zum Durchschnitt, Kathy«, sagte Beth von ihrem Platz neben der Terrassentür aus, von wo aus sie zugehört hatte. Sie kam herüber und setzte sich, behielt aber, wohl aus Angst, vollgeweint zu werden, einen Sicherheitsabstand bei. »Du weißt nichts davon, aber wir beide haben einen gemeinsamen Bekannten, der mich über dich auf dem laufenden gehalten hat. Er erzählte mir, daß du mehr über die pharmazeutische Industrie wüßtest, als irgend jemand sonst. Er sagte auch, daß BARRON'S und das WALL STREET JOURNAL erst einmal dich konsultieren, ehe sie einen Kommentar zu irgendeinem medizinischen Thema abgeben.«

»Du wußtest es die ganze Zeit?« fragte Kathy, die sich angesichts des Komplimentes ein kleines Grinsen nicht verkneifen konnte und auf abstoßende Weise in ein Taschentuch schniefte, das ihr Mimi gereicht hatte.

»Ich fürchte ja.«

»Crispy wußte es auch«, sagte Jane leise. »Zumindest wußte sie, daß Sie reich sind.«

»Woher denn? Hat sie Ihnen etwa dabei geholfen, mein Zimmer zu durchsuchen?« fragte Kathy gehässig.

»Ich habe Ihr Zimmer nicht durchsucht. Das habe ich Ihnen doch bereits gesagt.« Es würde wohl nicht besonders hilfreich sein, ihr zu erklären, daß Crispy ihre Brieftasche durchwühlt hatte. Das war ja auch nicht unbedingt wichtig. »Wenn man Crispy glauben darf, haben Ihre Hände Sie verraten.«

»Meine Hände?« Kathy blickte auf sie hinab, als gehörten sie nicht zu ihrem Körper. »Es wußten also verdammt noch mal fast alle Bescheid. Beth, Crispy, Lila –«

»Lila wußte es auch?« unterbrach sie Mimi.

»Aber sicher. Diese neugierige Gewitterziege wußte alles. Sie sagte, sie sei einmal mit einem Privatdetektiv verheiratet gewesen. Sie prahlte damit, daß sie in der Lage sei, praktisch alles über einen Menschen herauszufinden. Geben Sie mir diese Katze herüber!«

Hector ließ es zu, herübergereicht und kräftig umarmt zu werden.

»Sie hat Ihnen das hier erzählt?« fragte Jane.

»Ja, gestern nachmittag«, erwiderte Kathy und tätschelte Hector auf eine Art und Weise, die fast schon an Mißhandlung grenzte. Hector schnurrte zufrieden vor sich hin. »Diese Hexe mit ihren altmodischen Klamotten und ihrer DAR-Mitgliedskarte hatte eine klitzekleine ach so damenhafte Erpressung im Sinn.«

Jane beugte sich nach vorne. »Was haben Sie ihr geantwortet?«

Kathy schien von dieser Frage wirklich überrascht zu sein. »Ich habe ihr gesagt, sie solle sich zum Teufel scheren. Was haben Sie denn gedacht? Es ist mir nicht völlig egal, was mit meinem Geld geschieht.«

»Und?« bohrte Jane.

»Und sie hat mich in Ruhe gelassen. Aber nur für kurze Zeit. Sie erklärte mir mit ihrer affektierten Stimme, wie peinlich es doch für mich sein würde, wenn alle über mein richtiges Leben Bescheid wüßten, und daß sie mir einfach Zeit gelassen habe, um in Ruhe darüber nachzudenken. Sie war sicher, daß ich ein Einsehen haben würde und bereit sei, ihr über eine schlechte Zeit, wie sie es ausdrückte, hinwegzuhelfen.« Kathy gelang es mit einer Genauigkeit, Lilas leichten Bostoner Akzent nachzuahmen, daß es Jane kalt den Rücken hinunterlief.

»Und dann hat irgend jemand dieses Miststück umgebracht«, fügte Kathy mit ihrer eigenen Stimme hinzu. »Und ich bin froh darüber!«

»Kathy, so etwas darfst du nicht sagen«, mahnte Beth sie mit warnender Stimme.

»Aber es ist die Wahrheit. Und wir gönnen uns doch schließlich gerade einen rührseligen Moment der Wahrheit, oder etwa nicht? Nun also – Scheiße! Das Schauspiel ist vorbei. Ich werde unter die Dusche verschwinden und dann zusehen, daß ich diese dämlichen Klamotten loswerde.«

Sie verjagte Hector von ihrem Schoß, stand auf und stürmte davon, wobei sie Mimi, die immer noch auf ihrer Sessellehne saß, fast zu Fall brachte. Hector schlenderte zur Terrassentür hinüber und verschwand nach draußen.

Beth, Mimi und Jane blickten sich einen Moment lang an, bevor Beth leise sagte: »Oje.«

Mimi und Jane begannen, aus reiner Nervosität zu kichern.

Aber sie hörten abrupt wieder auf, als Pooky, die immer noch durcheinander und verloren aussah, erneut den Raum betrat. »Es tut mir leid, wenn ich euch störe«, sagte sie.

»Das tust du nicht«, versicherte ihr Beth. »Was ist denn los?«

»Tja, es ist mir wirklich unangenehm, das sagen zu müssen, aber mein Zimmer ist durchwühlt worden, und es fehlt etwas«, erwiderte sie mit einem halb entschuldigenden Blick in Janes Richtung.

»Durchwühlt! Nun, meine Putzkünste sind nicht die besten, aber *so* schlecht sind sie nun auch wieder nicht. Außerdem bin ich gar nicht bis zu Ihrem Zimmer gekommen«, versicherte ihr Jane. »Was fehlt denn?«

»Es ist so ein antikes Federhalterding. Es ist sehr wertvoll. Einer der Jungs aus unserer Klasse hatte es entdeckt, als er in meiner Heimatstadt zu Besuch war, hatte es aber damals nicht sofort gekauft. Als er dann meine Adresse auf der Namensliste sah, hat er mich gebeten, es für ihn zu kaufen und zum Klassentreffen mitzubringen. Er hat einen Scheck an das Geschäft geschickt, und ich habe dann das Ding dort abgeholt. Ich schätze, er hatte kein Vertrauen in die Post. Das Preisschild klebte noch auf der Unterseite. Das Teil hat fünftausend Dollar gekostet, und nun ist es verschwunden. Ich weiß nicht, was ich tun soll!« Sie brach in Tränen aus, was ihr armes Gesicht in seltsame Richtungen verzog und sie endgültig kaum noch menschlich aussehen ließ.

»Das geht jetzt einfach zu weit!« rief Mimi und zeigte zum ersten Mal wirklichen Ärger. »Die einzigen, die heute das Haus verlassen haben, waren Jane und Crispy, und die eine hätte es nicht hinausschmuggeln können, ohne daß die andere es bemerkt hätte.« Sie schaute zu Jane hinüber. »Nicht etwa, daß ich Sie wirklich verdächtigen würde, etwas zu stehlen. Es muß sich also noch irgendwo im Haus befinden, und wir werden es aufspüren. Alle werden dabei mithelfen!«

Das »antike Federhalterding« tauchte unbeschädigt wieder auf. Es lag in einem ansonsten leeren Abfalleimer im Geräteraum. Aber auf der Suche danach brach Pooky einige Male in einen hysterischen Anfall aus, und der Rest der Suchmannschaft verlor so manch barsches Wort über den Scherzbold. Shelley hatte eine kurze Zusammenkunft einberufen und eine scharfe kleine Rede über die Dummheit dieser Scherze gehalten, wobei ihr alle zustimmten – dennoch war es offensichtlich, daß eine von ihnen die Täterin sein mußte.

Edgar hatte drei Aspirin geschluckt und war nach oben gegangen, um seine Kopfschmerzen mit einem Nickerchen zu betäuben. Er äußerte die Ansicht, daß er sich in diesem Moment allerdings lieber umbringen würde. Diese Bemerkung wurde nicht sehr gut aufgenommen. Jane glättete soviel Wogen wie nur eben möglich und ging dann von Zimmer zu Zimmer, um Gläser, Teller und schmutzige Aschenbecher einzusammeln. Sie war gerade damit fertig geworden, sie zu spülen, als das Telefon klingelte. Sie hechtete darauf zu, bevor es Edgars dringend benötigte Ruhe stören konnte.

»Gasthaus«, meldete sie sich.

»Jane? Ich bin froh, daß du es bist.«

»Mel?«

»Kannst du dich für ein paar Minuten freimachen? Ich bin auf dem Weg zu euch. Aber ich möchte mit dir reden, bevor ich ins Haus komme.«

Jane warf einen Blick auf ihre Armbanduhr und ging in Gedanken schnell ihren Tagesplan durch. In fünfzehn Minuten war sie mit einer Fahrgemeinschaft an der Reihe, dann hatte sie bis fünf Uhr frei, bevor sie Edgar bei den Vorbereitungen für das Abendessen half. Anschließend mußte sie sich wieder auf den Weg machen, um beim ersten Elternabend zum Schuljahrsbeginn anwesend zu sein. »Wenn du sofort vorbeikommst, habe ich ein paar Minuten Zeit. Aber wirklich nur ein paar Minuten.«

»Ich bin nur eine Straße weit entfernt, und das, was ich dir zu sagen habe, wird nur kurze Zeit in Anspruch nehmen.«

Jane rannte los, um Shelley mitzuteilen, daß sie sich auf den Weg machen würde. Sie fand ihre Freundin in der Bibliothek, wo sie Mappen zuknallte, um dann die Notizen der abgebrochenen morgendlichen Zusammenkunft zu ordnen. »Warum hast du es nur zugelassen, daß ich das hier tue?« fragte sie kühl.

»Ein weiteres Steinchen in deiner Krone. Die Göttin der Unterhaltung blickt genau in diesem Augenblick auf dich herab und spricht dir ihre volle Anerkennung aus. Ich muß los. Wir sehen uns dann um fünf.«

Mel hatte seinen Wagen am hinteren Ende der Auffahrt in der Nähe des Tores geparkt. Jane stieg in seinen kleinen roten MG und sagte: »Also?«

Er atmete einmal tief durch. »Zwei Leute haben sich im Kutschenhaus aufgehalten. Wir haben zwei verschiedene Sätze von Fingerabdrücken.«

»Kannst du sie identifizieren?«

»Das ist nicht nötig. Sie haben sich vor einer Stunde gestellt.«

»Mel! Das ist ja wundervoll! Du hast den Fall geklärt. Warum siehst du aus wie ein begossener Pudel?«

»Das Bier und die Zigaretten gehörten zwei dreizehnjährigen Jungen, die sich für den großen Nervenkitzel aus den elterlichen Häusern geschlichen hatten. Beide hatten jeweils ein Bier und eine Zigarette, und sie begannen, sich schon ein wenig unwohl zu fühlen, *bevor* sich ihre Augen richtig an die Dunkelheit gewöhnten, und sie bemerkten, daß sie nur ein paar Zentimeter weit entfernt von einer Leiche saßen.«

116

»Oh …«

»Sie kamen mit ihren Eltern zur Polizeiwache. Sie hatten in den Mittagsnachrichten davon gehört.«

»Und du glaubst ihnen?«

Mel seufzte. »Jane, einer der armen Jungen hat sich direkt in meinem Büro in die Hosen gemacht, solche Angst hatte er. Die Mütter waren hysterisch. Einer der Väter fing an zu weinen. Es war schrecklich! Und sie sagen die reine Wahrheit, darauf würde ich sogar schwören. Ich habe eine Menge Leute kennengelernt, die schuldig waren, und ein paar wenige Unschuldige, und ich würde meinen guten Ruf für die Behauptung riskieren, daß diese hier unschuldig sind. Sie waren völlig verängstigt. Der eine wiederholte immer nur, daß er noch nie eine Leiche gesehen habe – nicht einmal, als seine Großmutter gestorben sei. Ich habe sie an einen Psychologen weitergereicht. Die ganze Bande. Inklusive der Eltern. Das Labor wird einige Tests bezüglich ihrer Kleidung und so weiter durchführen, aber für mich bestehen keinerlei Zweifel.«

Jane blickte zum Haus zurück. Sie sah, wie sich eine Gardine im dritten Stock bewegte. Edgar – oder Gordon – beobachtete sie. »Wann waren sie dort?«

»Gegen Mitternacht, glauben sie.«

»Dann war sie zu diesem Zeitpunkt also bereits tot.«
Mel nickte.

»Und – ?«

Er blickte ihr gerade in die Augen. »Und es sieht so aus, als müßten wir eine ganze Menge mehr über die Leute, die hier übernachten, herausfinden.«

Jane wußte ganz genau, was er damit meinte, aber sie wollte es aus seinem Munde hören. »Du glaubst doch nicht wirklich, daß eine dieser Frauen sie getötet hat, oder?«

»Wahrscheinlich doch«, erwiderte er frei heraus.

Jane schaute auf ihre Uhr. »Ich weiß nicht sehr viel, und ich habe im Moment nicht genug Zeit, um dir das zu erzählen, was ich weiß. Ich muß einige Kinder von der Schule abholen.«

Er griff nach ihrer Hand, aber es war eine geistesabwesende Geste, keine liebevolle. »Ich hatte auch nicht jetzt gemeint. Wir haben Leute darauf angesetzt, einige Vorgeschichten zu überprüfen. Was ich in diesem Augenblick nur wissen muß, ist, wie der Ablauf dieses Treffens aussehen soll. Keine der Frauen plant doch, schon bald wieder abzureisen, oder?«

»Nein. Das eigentliche Klassentreffen beginnt erst morgen. Mel, ich muß los. Was wirst du jetzt unternehmen?«

»Ich werde den Besitzern und den Gästen die Situation erklären, eine offizielle Warnung aussprechen, daß niemand abreisen darf, und das Haus unter Beobachtung stellen.«

»Mel –«

»Ja?«

»Nun ja, es ist schon seltsam ... von all den Frauen, die an dem Treffen teilnehmen, ist die einzige, die gemein genug schien, um als Mörderin durchzugehen, genau die Frau, die umgebracht wurde. Es sind nette Frauen, Mel.«

»Eine von ihnen ist wohl nicht ganz so nett.«

Jane schaltete, während sie ihre Fahrgemeinschaft kutschierte, auf Autopilot und brütete dann über Fakten und Eindrücken, die in ihrem Kopf durcheinanderpurzelten. Bevor sie Mel ihre Gedanken mitteilte, würde sie sie erst einmal ordnen müssen. Eins schien sicher: Lila war eine Erpresserin. Und wenn sie es bei Kathy versucht hatte, dann sicherlich auch bei anderen. Diese ganzen kleinen, gemeinen Bemerkungen, die sie am Abend vorher hatte fallenlassen, waren sicherlich Anspielungen auf Drohungen, die sie bereits ausgesprochen hatte oder später noch auszusprechen gedachte, für die sie aber auf diese Weise bereits den Weg ebnete. Als solch einen Versuch konnte man wahrscheinlich auch die Geschichte ansehen, die sie über Avalon und die Drogen erzählt hatte, mit denen diese angeblich damals in der High-School experimentierte. Was hatte sie sonst noch gesagt? Es war auch eine Bemerkung gefallen, die sich an Pooky richtete und in der es hieß, daß Pooky sich im Seelenleben von Jungs im Teenageralter sehr gut auskenne. Was sie wohl damit gemeint hatte?

Pooky hatte entweder betroffen oder verwirrt ausgesehen. Wegen ihres eigentümlichen Gesichtsausdrucks war es schwer, zu sagen, um welche Stimmung es sich genau gehandelt hatte.

»Mama! Du hast vergessen, Jason abzusetzen«, beschwerte sich ihr Sohn Todd, als sie in ihre Hauseinfahrt bogen.

»O nein, das habe ich nicht«, sagte Jane mit einem Lachen. »Ich habe Jason einfach so gern, daß ich ihn mit nach Hause nehmen wollte.« Sie setzte den Wagen wieder zurück und machte sich auf den Weg zu Jasons Haus. Todd schien sich für den kläglichen Witz seiner Mutter furchtbar zu schämen.

Als sie das zweite Mal zu Hause ankamen, gab es dort gerade eine Krise. Mike hatte ein Glas Orangensaft über seinen Stapel Bewerbungsunterlagen fürs College gegossen, und sie waren gezwungen, zur Schule zurückzurasen und dort die Türen einzurennen, um an Duplikate zu gelangen. Wieder im Haus angekommen, mußte sich Jane mit Katie auseinandersetzen, deren Kabbelei mit ihrer Freundin Jenny inzwischen in häßliche Telefonate ausgeartet war, die damit endeten, daß eine der beiden einfach den Hörer aufgelegt hatte.

»Ich werde allen Leuten erzählen, was ich über Jenny weiß!« schrie Katie. »Zum Beispiel, daß sie zum Arzt gehen mußte, weil sie ins Bett gemacht hat ...«

Janes Geduld, die sich bereits auf einem Tiefpunkt befand, schwand vollkommen. »Nein, das tust du nicht!« erwiderte sie. »Du wirst dich wie eine Dame benehmen. Das sind Geheimnisse, wie sie nur Freundinnen miteinander teilen, und wenn die Freundschaft stirbt, stirbt solch ein Geheimnis mit ihr.«

Katie blickte nach diesem Ausbruch verdutzt drein.

»Katie, es ist mein Ernst! Du wirst es für den Rest deines Lebens bedauern, wenn du Jennys Geheimnisse ausplauderst. Anderen Leuten wird es vielleicht gefallen, etwas über diese Dinge zu erfahren, aber diejenige, von der sie es erfahren, wird ihnen ganz bestimmt nicht gefallen. Und du wirst dir *selbst* vor allem nie wieder richtig gefallen.«

Katie spielte mit einer Haarsträhne herum und schaute aus dem Fenster. »Woher willst du das wissen?«

»Weil ich erwachsen bin und gescheiter als du«, erwiderte Jane und gab damit genau die Antwort, von der sie sich geschworen hatte, daß sie niemals über ihre Lippen kommen sollte. Bis heute war ihr das auch gelungen, aber die Vorfälle im Gasthaus hatten sie zu sehr mitgenommen.

»Schau Katie, es tut mir leid, daß ich das gesagt habe, aber es stimmt wirklich. Ich habe Erfahrungen mit allen möglichen Dingen gemacht, mit denen du bisher einfach noch nicht in Berührung gekommen bist. Und ich möchte dich davon abhalten, allzu große Fehler zu machen. Es ist mein Job als Mutter, dafür zu sorgen, daß du die Achtung, die du vor dir selbst hast, nicht kaputtmachst. Verstehst du das?«

Zu ihrer Überraschung umarmte Katie sie fest und rannte dann, ohne ein Wort zu sagen, die Treppe hinauf.

Jane setzte sich an den Küchentisch und schüttelte den Kopf. All die Jahre hatte sie versucht, Katie mit Erklärungen, Schmeicheleien und sanftem Druck dazu zu bringen, gewisse Dinge zu tun, und dieses Mal war sie mit einer nachdrücklichen Anordnung nicht nur erfolgreich gewesen, sondern hatte damit sogar einen seltenen Ausbruch von Zuneigung provoziert. Warum nur händigten sie einem im Kreissaal kein Handbuch aus, in dem erklärt wurde, welche Strategie wann anzuwenden war? Und warum hatten Mütter und Töchter nur solche Probleme, miteinander auszukommen? Ihre Jungs waren pflegeleicht. Den überwiegenden Teil der Zeit schienen sie sie wirklich zu mögen, und wenn sie nicht mit den Regeln zurechtkamen, die sie aufgestellt hatte, dann kritisierten sie die *Regeln* und nicht Janes Charakter. Sie kam zu dem Schluß, daß es etwas mit Hormonen zu tun haben mußte.

Sie zauberte schnell ein Abendessen für die Kinder auf den Tisch, sprach letzte Ermahnungen über Hausregeln aus, die in ihrer Abwesenheit einzuhalten waren, und raste dann wieder zum Gasthof zurück, um Edgar zu helfen. Er plante an diesem Abend ein kunstvolles Menü, das aus marinierten Schinkensteaks mit einer Rosinen-Ingwer-Soße und einer Beilage aus Kartoffelbrei bestand, der zu winzigen Körben gebraten und mit einer Artischocken-herzenfüllung versehen wurde. Dazu reichte er einen Salat mit Hunderten feingeschnittener Zutaten. Als Dessert gab es Himbeersoufflé und süße Brötchen, die beim Backen genau beobachtet werden mußten. Er und Jane waren so mit dem Abendessen beschäftigt, daß nur wenig Zeit blieb, um über irgend etwas anderes zu plaudern. Die einzige Anspielung auf den Mord, die Edgar sich erlaubte, lautete: »Würden Sie bitte ein Tablett für diesen Wie-war-doch-noch-gleich-sein-Name vorbereiten? Er kann dann in der Bibliothek essen.«

»Welcher Wie-war-doch-noch-gleich-sein-Name?«

»Der Beamte, den sie hiergelassen haben, damit er ein Auge auf die Vorgänge werfen kann.« Edgar sagte das mit solch bitterer Stimme, daß Jane keine weiteren Fragen mehr stellte.

Als fast alles zum Servieren bereit war, sagte Edgar: »Gordon wird mir dabei helfen, alles hineinzutragen. Machen Sie sich ruhig auf den Weg zu Ihrem Elternabend.«

Jane blickte entsetzt auf ihre Uhr. Der Elternabend würde in fünf Minuten beginnen, und sie mußte unbedingt pünktlich sein, da man ihr sonst alle möglichen Verpflichtungen unterjubeln würde, mit denen sie nichts zu tun haben wollte. Es war höchst gefährlich, diesen Abend zu verpassen, denn den Nichtanwesenden wurden zur Strafe in ihrer Abwesenheit schreckliche Arbeiten zugeschoben.

Jane kam gut davon. Keine Begleitung bei Ausflugsfahrten, keine Verpflichtungen bei der Karnevalsfeier, die jedes Jahr zum Auftreiben von Geldern veranstaltet wurde, keine Backerei für die Treffen der Eltern-Lehrer-Vereinigung. Statt dessen würde sie bei der Party, die zu Beginn der Weihnachtsferien – oder besser: der Winterferien, wie sie offiziell hießen – veranstaltet wurde, bei der Beaufsichtigung assistieren. Natürlich hielt auch diese Sache noch genug Schrecken für sie bereit, aber die Party fand erst in ein paar Monaten statt, und die Frau, die die Oberaufsicht hatte, war sehr herrisch und regelte die ganze Angelegenheit für gewöhnlich im Alleingang. Jane gelang es sogar, Shelley davor zu bewahren, zur Schriftführerin der Eltern-Lehrer-Vereinigung ernannt zu werden – wofür sie bei ihr mindestens eine Dauerwelle gut hatte.

Als sie am frühen Morgen zum Gasthaus zurückkehrte, entdeckte sie, daß Shelley am Abend vorher zu großer Form aufgelaufen war und die anderen Frauen genötigt hatte, ihre Sitzung für die Planung der Geldbeschaffungsaktionen durchzuführen. Gott allein wußte, wie sie das geschafft hatte. Jane hatte den leisen Verdacht, daß es noch Generationen dauern würde, ehe dieses Treffen im kollektiven Bewußtsein der Schaflämmchen verblaßte. Diese Vermutung äußerte sie auch Shelley gegenüber.

Shelley sortierte den Rest ihres Papierkrams in der Küche und packte alles in Sammelmappen. »Ich habe eben erst einen Anruf erhalten, in dem man mir anbot, aus dieser Sache hier einen ›Film der Woche‹ zu drehen. Sie wollten die Rechte erwerben. Scheinbar sind ihnen die

Krankheiten ausgegangen, und sie müssen nun auf Fälle von schwerer Persönlichkeitsstörung zurückgreifen«, sagte sie und ließ sich auf einen Stuhl fallen. »Ich bin in meinem ganzen Leben noch nie so müde gewesen, Jane.«

»Was ich dir zu erzählen habe, wird dich vielleicht wieder ein bißchen aufmöbeln. Diese teuflische Elaine, mit der du dich wegen des Karnevalsbudgets so in die Wolle bekommen hast, hat versucht, dich als Schriftführerin für die Treffen der Eltern-Lehrer-Vereinigung aufzustellen.«

»Diese Hexe!« rief Shelley entsetzt.

»Keine Sorge. Ich habe ihr einen Knüppel zwischen die Beine geworfen. Aber ich konnte dich nicht davor bewahren, die Aufsicht beim ›Brownies-der-Welt-Programm‹, das fürs Frühlingsfest geplant ist, zu übernehmen.«

Shelley winkte ab. »Kleine Fische. Das sind doch nur Kinder. Es sind die Erwachsenen, mit denen ich es nicht aushalten kann, zusammenzuarbeiten. Schriftführerin! Nerven hat die Frau! Das wird sie noch bereuen.« Sie hievte sich vom Stuhl hoch. »Meine Pflichten als Gastgeberin sind vorüber. Ich werde nach Hause gehen, ein Bad in meinem eigenen Badezimmer nehmen und ein schönes, langes Nickerchen machen. Allerdings erst, nachdem ich meine Aggressionen an irgend jemandem ausgelassen habe.«

»Hast du da eine bestimmte Person im Sinn?«

»Meine Schwägerin Constanza.«

»Die unverheiratete, die auf deine Kinder aufpaßt?«

»Die unverheiratete, die so gerne herumschnüffelt. Ich habe all unsere persönlichen Papiere und meinen Schmuck in den Safe getan, den ich letzten Monat im Wäscheschrank installieren ließ. Wahrscheinlich hatte sie inzwischen schon einen Schlosser da. Sie hat eine Schwäche dafür, in unseren Sachen herumzufummeln, um dann anschließend für den Rest von Pauls Brüdern und Schwestern Inventarlisten zu erstellen. Bestimmt notiert sie sich gerade, wie viele Büstenhalter ich – oh! Wie konnte ich das nur vergesen? Wirf einmal einen Blick in den Aufenthaltsraum.«

»Hat unser Scherzbold wieder zugeschlagen?«

»Und wie!«

Jane öffnete vorsichtig die Tür und wußte nicht, ob sie schockiert sein oder lachen sollte. Das Zimmer war mit Unterwäsche geschmückt. Büstenhalter waren über Lampenschirme drapiert. Miederhöschen hingen von Fernseherknöpfen und Türgriffen herab, Unterhosen waren auf dem Sofatisch verteilt, und Strumpfhosen lagen ausgebreitet auf dem Sofa.

Jane schloß die Tür und ging in die Küche zurück. »Sind das Crispys Sachen?«

»Wahrscheinlich. Zumindest zum Teil. Du solltest später mal einen genaueren Blick darauf werfen. Einige sind *wirklich* obszön. Unterhosen ohne Schritt mit obszönen Aufdrucken, Büstenhalter mit Löchern für die Brustwarzen. Das aufgestickte ›Dienstagstitten‹ kann ich auch nicht vergesen. Sollte sie wirklich all das Zeug mitgebracht haben, dann hat sie sich mehr Spaß von diesem Klassentreffen erhofft als die meisten von uns.«

»Wo war denn der Polizeibeamte, während all dies hier vor sich ging?«

»Ist wahrscheinlich auf dem Sofa in der Bibliothek eingenickt. Er wird wohl großen Ärger bekommen, weil er niemanden erwischt hat, auch wenn es kein Verbrechen ist, ein Zimmer mit Unterwäsche zu dekorieren.«

»Weiß Edgar schon Bescheid? Der arme Kerl.«

»Nein, aber ich glaube, inzwischen kann ihn nichts mehr erschüttern. Gordon macht sich wohl echte Sorgen um seinen Geisteszustand. Er ist heute auch nicht zur Arbeit gegangen.«

Kreischendes Lachen ertönte aus dem anderen Raum, als eine der Frauen die Unterwäsche entdeckte. »Dieser Streich erscheint mir etwas seltsam, Shelley«, sagte Jane. »Er ist ausgeklügelter. Persönlicher. Er scheint wirklich eine ›Bedeutung‹ zu haben.«

Shelley griff nach ihrer Tasche. »Ich bin zu müde, um die Feinheiten zu analysieren. Ich werde später wiederkommen. Vielleicht fahre ich auch zum Flughafen raus und setze mich ins nächste Flugzeug, das das Land verläßt.«

Nachdem Shelley gegangen war, betrat Edgar die Küche. Falls Gordon sich Sorgen um ihn machte, hatte er keinen Grund dazu. Edgar sah erholt und entspannt aus. »Jane! Sie sind ja schon früh unterwegs«, sagte er und öffnete die Tür des Mammutkühlschranks.

»Und Sie sind ja richtig gut gelaunt heute morgen!«

»Ich denke, ich werde zum Frühstück Rahmeier und Spargel machen«, sagte er. »Jawohl. Über Toastspitzen. Ein Hauch Oregano vielleicht ...«

Er hatte wieder seine gewohnte Form. Während Jane eine einfache helle Soße für ihn zubereitete und maßlos stolz war, als er sie deswegen lobte, betrat Crispy mit roten Augen die Küche. Sie hielt einen Haufen leuchtend bunter Unterwäsche von sich weg, als sei sie verseucht, und fragte mit zitternder Stimme: »Wo ist der Abfalleimer?«

»Dort drüben.« Edgar deutete in eine Ecke. »Was haben Sie denn da?«

»Widerliche Unterwäsche«, antwortete Crispy. »Ein ekliger, gemeiner kleiner Streich.«

Sie war wirklich erbost, was Jane überraschte. Insgeheim hatte Sie wohl bisher vermutet, daß es sich bei dem Scherzbold um Crispy handelte. Das war ihr bis zu diesem Augenblick gar nicht bewußt gewesen. Aber hierbei handelte es sich offenbar nicht um einen Streich, den Crispy sich selbst gespielt hatte, um den Verdacht von sich abzulenken. Diese Sache machte ihr wirklich zu schaffen. Jane rührte weiter in ihrer Soße herum und stellte die Hitze etwas niedriger. Es war trotzdem möglich, daß Crispy die Initiatorin der anderen Streiche gewesen war und jemand anders – der sie verdächtigte – diesen hier ausgeheckt hatte. Es war schon schwierig genug zu glauben, daß es in dieser Gruppe *einen* Spaßvogel gab, von einem zweiten gar nicht zu reden.

Jane hatte das unstillbare Verlangen, sich einfach hinzusetzen und eine Zeitlang nachzudenken. In den letzten Tagen war sie mit so viel Informationen und Eindrücken überhäuft worden, daß Bewußtsein scheinbar unter dem Gewicht erdrückt worden war. Sie bedauerte es sehr, daß sie sich nicht mit Shelley auf die Veranda oder an den Küchentisch setzen konnte, um die Sache mit ihr zusammen durchzukauen. Sie waren so gute Freundinnen, so vertraut miteinander, daß sie sich in einem verbalen Steno unterhalten konnten, was sehr bequem war. Und manchmal auch ausgesprochen produktiv.

Edgar übernahm es, sich um die Soße zu kümmern, und Jane ging ins Speisezimmer hinüber, um den Tisch zu decken. Die meisten der Frauen hatten sich schon dort versammelt und standen um die silberne Kaffeemaschine herum. Sie unterhielten sich über die verschiedenen Aktivitäten zum Auftreiben von Geldern, auf die sie sich am Abend zuvor geeinigt hatten. Shelley wäre entzückt gewesen.

Obwohl sie sehr beschäftigt war, konnte Jane nicht umhin, die Veränderung zu bemerken, die mit Kathy vor sich gegangen war. Anstelle der fürchterlichen Bauerntrampel-Hippie-Klamotten, die sie bisher getragen hatte, war sie nun mit einer sehr schicken, frisch gebügelten karierten Bluse und einem adretten Jeansrock bekleidet.

Dieses makellose Freizeitoutfit beinhaltete sogar einen bunten, gewebten Gürtel, Seidenstrümpfe und offenbar auch sehr effektive Unterwäsche, die Ungeahntes mit ihrer doch recht üppigen Figur zustandegebracht hatte. Sie war immer noch eine übergewichtige Frau, aber eine sehr ansehnliche übergewichtige Frau.

Mimi und Beth trugen noch Morgenmäntel. In Mimis Fall handelte es sich allerdings um einen sehr eleganten schwarzen Seidenmorgenmantel, der auch als Abendrobe hätte durchgehen können. Beth, die in einen geschneiderten blauen Morgenmantel gekleidet war, der sie ziemlich formlos erscheinen ließ, hatte sich in sich zurückgezogen, als ob sie endgültig begriffen hätte, daß dies kein guter Ort für eine Frau war, die zukünftig ein untadeliges, ordentliches Leben unter den Augen der Öffentlichkeit führen würde.

Avalon, die in Jeans und einem kunstvoll gestrickten Pullover erschienen war, in den sie Perlen und etwas, das wie Zweige aussah, mit eingearbeitet hatte, war vom Wohltätigkeitsfieber gepackt und plauderte mit Pooky über eine Handarbeitsbude, die sie irgendwo plante. Sie waren tief in eine Diskussion über Preise für Batiktücher versunken. Crispy schmollte immer noch.

Jane ging wieder in die Küche zurück, um dort etwas zu essen. Gordon und Edgar saßen am Küchentisch, wo sie ein Gedeck für sie und den Polizeibeamten aufgelegt hatten, der offensichtlich von dem Streich mit der Unterwäsche gehört hatte und sehr besorgt dreinschaute. Gordon betrachtete ein Blatt Papier. »Es ist sehr geschickt gemacht, nicht wahr? Schau dir nur diese ganzen Details an.«

»Was haben Sie da?« erkundigte sich Jane.

»Eine der Frauen hat Edgar dieses Bild gegeben«, erwiderte er und drehte es so, daß sie es sehen konnte.

»O ja, Avalons Zeichnung vom Kutschenhaus. Ich dachte schon, Pooky hätte es ihr schließlich doch abgeluchst. Es ist wirklich geschickt gemacht. Nett von ihr, daß sie es Ihnen gegeben hat.«

»Ich werde es nächste Woche rahmen lassen. Ich habe an einen dunkelgrauen Wechselrahmen mit einem kleinen schwarzen Rand gedacht«, sagte Gordon. »Wo sollen wir es denn aufhängen?«

»Im Moment wohl besser erst einmal oben«, antwortete Edgar, »wenn es stimmt, daß einer der Gäste darauf aus ist, es in die Finger zu bekommen. Diese Frauen sind höchst eigenartig.«

Jane erinnerte sich an Mels Worte und sagte: »Nicht alle. Nur eine.«

»**Wo ist Shelley denn heute?**« erkundigte sich Crispy, die in der Küchentür stand.

»Sie ist für eine Weile nach Hause gegangen – wahrscheinlich, um ihre Schwägerin k.o. zu schlagen«, entgegnete Jane und stapelte die letzten Frühstücksteller in den Geschirrspüler.

»Und was ist aus Edgar geworden?«

»Er brauchte ein paar Sachen aus dem Lebensmittelladen. Ich habe ihm gesagt, daß er sie besorgen und mir das Aufräumen überlassen sollte.«

»Brauchen Sie Hilfe?«

»Nein, aber leisten Sie mir doch Gesellschaft! Es ist noch etwas Kaffee übrig, wenn Sie möchten.«

Crispy goß sich eine Tasse ein, nahm damit am Tisch Platz und zog eine Zigarettenschachtel hervor. »Rauchen Sie eine mit?«

»Wenn ich fertig bin«, erwiderte Jane. »Ich versuche im Moment, auf sechs am Tag runterzukommen. Aber gestern Nacht war ich so genervt, weil ich nicht schlafen konnte, da habe ich vier Stück hintereinander geraucht.«

»Ich wünschte, ich könnte ganz aufhören«, sagte Crispy.

»Leider gehört mehr dazu, als nur der fromme Wunsch«, entgegnete Jane.

»Hören Sie, es tut mir leid, daß ich mich heute morgen wegen der Unterwäsche so blöd benommen habe. Aber es war solch ein gemeiner Streich, und er hat mich wirklich in Verlegenheit gebracht.«

Jane breitete ein Spültuch auf den Boden des Spülsteins aus und legte die kristallenen Saftgläser darauf, ehe sie heißes Wasser darüberlaufen ließ. »Crispy, geben Sie mir jetzt bitte eine ehrliche Antwort, ja? Sind Sie nicht diejenige, die diese ganzen Streiche gespielt hat?«

»Ich schwöre bei Gott, ich war es nicht!«

Jane goß Spülmittel ins Wasser und begann, die Gläser abzuwaschen. »Aber als wir uns das erste Mal begegneten, deuteten Sie an, daß Sie mit der Absicht gekommen seien, Unannehmlichkeiten zu verursachen.«

»Stimmt, aber mir wurde schon sehr bald klar, daß Lila diesen Job bereits übernommen hatte und ihn auch ohne meine Hilfe ganz hervorragend erledigte«, erwiderte Crispy sarkastisch.

»Aber Lila war nicht verantwortlich für die Sache mit der Unterwäsche. Oder mit dem antiken Ding von Pooky, das gestohlen und versteckt wurde.«

»Nein ...«

»Wer also ist Ihrer Meinung nach für diese Streiche verantwortlich?«

»Ich habe wirklich nicht den geringsten Schimmer. Mimi vielleicht?«

»Ganz sicher nicht! Sie war wirklich ärgerlich, als Pookys Schreibset verschwand. Sie ist diejenige gewesen, die alle dazu gebracht hat, danach zu suchen.«

»Woher wollen Sie wissen, daß das nicht bloß Schauspielerei gewesen ist?« erkundigte sich Crispy. »Sie ist eine ziemlich gute Schauspielerin. Hat immer die Hauptrollen

131

bei Schulaufführungen gespielt. In der elften Klasse haben wir *Oklahoma* aufgeführt, und sie spielte die Rolle der Goody-Two-Shoes. Schon nach fünf Minuten hatte man ihre chinesischen Züge vergessen und glaubte wirklich, daß sie dieses Mädchen war. Sie hat auch Lady Macbeth gespielt.«

»Wirklich?« erwiderte Jane. Das war eine interessante Information und ließ die Unterhaltung, die sie am Nachmittag zuvor mit Mimi geführt hatte, in einem ganz anderen Licht erscheinen. Jane hatte alles, was Mimi über die anderen erzählte, hingenommen, ohne es zu hinterfragen. Vielleicht sollte sie doch besser noch eine zweite Meinung einholen.

»Erzählen Sie mir etwas über die anderen«, forderte sie deshalb Crispy auf, während sie vorsichtig die Kristallgläser ausspülte und auf einem trockenen Tuch, das auf der Arbeitsplatte lag, abstellte.

»Die nette Version oder lieber die gehässige?«

»Haben Sie über alle zwei Versionen?«

Crispy lachte. »Nein, ich kenne von allen nur die gehässige. Tja, also, was ich über Kathy weiß, ist Ihnen ja bekannt.«

»Ich meinte eigentlich, wie sie damals in der High-School waren, nicht, wie sie jetzt sind.«

»Kathy in der High-School – hmmm, ein verwöhntes, reiches Mädchen auf der Suche nach etwas, wo sie ihre überschießende Energie und Intelligenz loswerden, Leute auf sich aufmerksam machen und gleichzeitig ihre Eltern in den Wahnsinn treiben konnte. Sie hat Aufmerksamkeit, Respekt und Liebe immer in einen Topf geworfen und gedacht, es handele sich um ein und dasselbe.«

Jane war mit dem Säubern der Gläser fertig und kam herüber, um sich zu Crispy an den Küchentisch zu setzen. Sobald sie Platz genommen hatte, schob ihr Crispy ein ledernes Zigarettenetui und ein silbernes Feuerzeug rüber. »Sie haben viel über sie nachgedacht, nicht wahr?« erkundigte sich Jane und nahm einen tiefen Zug.

»Damals schon. Sie werden mir das vielleicht nicht abnehmen, aber ich war als Jugendliche wirklich unheimlich schüchtern und unsicher.«

»Und das soll ich Ihnen glauben?«

»Es stimmt! Ich dachte, ich sei der langweiligste Mensch auf Erden – was ich wohl auch war –, und deshalb habe ich immer sehr auf das geachtet, was die Leute um mich herum taten. Ich versuchte wohl zu entscheiden, wer von denen ich sein wollte, wenn ich erst einmal erwachsen war. Es war ein Leben aus zweiter Hand. Gott sei Dank hatte ich immerhin genug Grips im Kopf, mir niemals auszumalen, Kathy zu sein.«

»Wer wollten Sie denn sein?«

»Entweder Beth oder Lila«, antwortete Crispy ohne zu zögern. »Das klingt natürlich seltsam, wenn man weiß, zu welcher Art Mensch Lila geworden ist, aber damals habe ich sie bewundert. Sie war ein patziges kleines Luder, aber sie hatte Stil. Wie die junge Katharine Hepburn. Sie trug immer Kleidung, die aussah, als habe sie sie von einer alten Jungfer, vielleicht einer Tante, geerbt, aber sie trug sie mit einer solchen Selbstsicherheit, daß ich sie beneidete. Ich hielt sie für wesentlich reifer als alle anderen. Ich nehme an, daß sie im Grunde unzufrieden war, aber ich hielt sie für kultiviert.«

»Sie haben sie also mehr bewundert als Beth?«

»Nicht *mehr*. Nur auf eine andere Art. Beth war einfach perfekt, aber irgendwie unnahbar und ohne wirkliche Ecken und Kanten, die sie interessant gemacht hätten. Als wäre sie ständig damit beschäftigt, nicht wie ihre Mutter zu werden. Die arme Mrs. Vaughn – wenn sie denn wirklich eine ›Mrs.‹ gewesen ist. Sie hat sich um Beths willen

133

solche Mühe gegeben, sich anzupassen! Sie kam zu allen Elternsprechtagen und so weiter, trug aber immer zuviel Make-up, war in eine Wolke aus billigem Parfüm gehüllt und hatte eine Stimme, die ständig ein wenig zu schrill zu sein schien. Beth war ein Mädchen, das sich wahrscheinlich nicht traute, enge Freundschaften zu schließen, weil man Freunde ja gemeinhin auch zu sich nach Hause einlädt. Und das hätte möglicherweise all ihren Ambitionen ein Ende gesetzt. Trotzdem bewunderte ich ihren Stil, ihre Anmut und ihre Klugheit.«

»Was war mit Pooky? Wie war sie früher?«

»Schon immer ziemlich unterbelichtet. Sah aber umwerfend aus. Sie würden es heute nicht mehr vermuten, aber sie sah wirklich phänomenal aus. Die Art von Schönheit, nach der sich Fremde auf der Straße umdrehen.«

»Ich weiß. Ich habe ihr Foto im Jahrbuch gesehen.«

»… aber so dämlich! Ich hatte einen ganzen Haufen Geschichten parat, um sie in Verlegenheit zu bringen, aber als ich ihr ruiniertes Gesicht sah, brachte ich es einfach nicht übers Herz, sie zu erzählen. Ich war darauf vorbereitet, dieses eitle Wesen klein und häßlich zu machen, aber das Leben hat ihr das bereits angetan. Sie war das blonde Dummchen, über das so viele Witze gerissen werden. Die Jungen waren verrückt nach ihr. Wie könnte es anders sein. Sie war auch eine ziemlich gute Sportlerin. Sie lief schnell wie der Wind, machte akrobatische Übungen und konnte toll tanzen. Sie führte die Cheerleader an und war Schlußballkönigin, aber man konnte ihren Schädel dazu benutzen, um Salat zu trockenzuschleudern. Es muß schlimm für sie gewesen sein, ihr gutes Aussehen zu verlieren, da sie auf nichts anderes zurückgreifen konnte – kein Grips, keine besonderen Fähigkeiten, keine Persönlichkeit. Eigentlich ist es ausgesprochen tapfer von ihr, daß sie zum Klassentreffen gekommen ist.

Jetzt, wo sie nicht mehr schön ist, ist sie eigentlich eine ziemlich nette Frau.«

»Vorsicht«, warnte sie Jane. »Ihre Gehässigkeit verliert an Biß.«

Crispy grinste und zündete sich eine weitere Zigarette an. »Dann sollten wir jetzt auf Avalon zu sprechen kommen. Das bringt mich wieder in Kampfstimmung.«

»Sie haben sie also früher nicht gemocht?«

»Was gab es da zu mögen? Sie war ein egoistischer Schlappschwanz und ist es immer noch. Sie schlich herum wie ein kranker Schatten, zeichnete ihre ach so kostbaren kleinen Bilder und sah immer so aus, als würde sie jeden Augenblick in Tränen ausbrechen. Sie besaß diese gewisse Schüchternheit, die mit Egozentrik gepaart ist, entdeckte immer Gründe, um sich verletzt zu fühlen, und dachte ständig, daß andere über sie reden würden – und dabei fiel sie fast niemandem auf! Und sie nutzte jede Gelegenheit, um die Märtyrerin zu spielen. Das tut sie immer noch. Sie hört doch zum Beispiel nicht auf, über ihre lieben kleinen behinderten Pflegekinder zu reden.«

»Wie kommt es, daß sie bei den Schaflämmchen aufgenommen wurde? Ich dachte, es sei ein ziemlich exklusiver Klub gewesen? Es klingt nicht unbedingt so, als würde sie ins Bild passen.«

»Das tat sie auch nicht, aber jedes Jahr wurde irgendeine Möchtegernkünstlerin aufgenommen, um dem Ganzen einen Anschein von Demokratie zu geben. Fast so, als wenn man sich eine Bulldogge als Haustier hält – nur um zu demonstrieren, daß man imstande ist, hinter das äußere Erscheinungsbild zu blicken. Sie hat Ted beinahe in den Wahnsinn getrieben.« Crispy verstummte plötzlich.

»Ted?« ermunterte sie Jane zum Weiterreden.

Crispy blickte zur Seite. »Ted war mein Freund. Mein

einziger wirklicher Freund«, sagte sie. »Wir wuchsen zusammen auf wie Bruder und Schwester. Er war ein Einzelkind, genau wie ich. All die anderen Mädchen waren hinter ihm her, um mit ihm auszugehen, eine Beziehung, die ihnen einen gewissen Status verliehen hätte. Sie haben ihn alle benutzt, sogar Beth. Ganz besonders Beth. Aber ich war diejenige, mit der er geredet hat, richtig geredet hat. Manchmal denke ich, wenn er nicht gestorben wäre, hätten wir beide uns mit der Zeit vielleicht – nun, es ist dumm, darüber zu spekulieren. Er ist nun einmal gestorben, dieser Mistkerl!«

»Eigentlich müßten Sie Beth doch hassen«, sagte Jane.

»Oh, man hat Ihnen also die Geschichte erzählt, wie sie sein armes, schwaches Herz gebrochen hat und er außerstande war, sich dem Leben zu stellen, stimmt's? Glauben Sie mir, er hat sich nicht ihretwegen umgebracht«, sagte Crispy.

»Nein?«

»Nein. Er machte sich schon längst nicht mehr besonders viel aus ihr. Die Rose hatte sozusagen ihren Duft verloren, wie man so schön sagt. Er wußte, daß sie nur noch wegen seines Vaters mit ihm zusammen war, wegen der Stellung, die er innerhalb juristischer Kreise einnahm.«

Das könnte auch die Version sein, an die du gerne glauben möchtest, dachte Jane.

»Nein, was für einen Grund er auch gehabt haben mag, Beth ist es auf keinen Fall gewesen.«

»Was war es dann?«

»Ich habe es nie herausbekommen. Ich bin nicht einmal sicher, daß er tatsächlich Selbstmord begangen hat – zumindestens nicht freiwillig.«

»Wie meinen Sie das?«

»Nun, Sie hatten sich beim Schulabschlußball getrennt. Wahrscheinlich war er ziemlich geschockt und beleidigt, daß sie mit ihm Schluß gemacht hat, bevor er sich entschließen konnte, mit *ihr* Schluß zu machen. Er hat sich betrunken, wurde zornig und ging nach Hause. Ich denke, daß er einfach die Absicht hatte, eine Weile dort zu bleiben – vielleicht wollte er später noch einmal zu ihr nach Hause gehen, um ihr seine Meinung zu sagen. Möglicherweise hatte er auch vor, zu mir zu kommen und über alles zu reden. Jedenfalls könnte er ja einfach nach Hause gekommen sein und den Motor angelassen haben, während er nach oben lief, um etwas zu holen. Und dann hat er vielleicht seine Meinung geändert, den Wagen vergessen oder ist einfach ohnmächtig geworden ...«

»Aber hat Avalon nicht erzählt, daß sie gehört hat, wie der Wagen *gestartet* wurde, als sie das Kutschenhaus zeichnete? Erinnern Sie sich noch daran? Es war, als sie uns dieses Bild zeigte, das sie mitgebracht hat. Sie sagte, sie habe es in jener Nacht gemalt.«

»Oh, sie war nur ein bißchen melodramatisch«, erwiderte Crispy. »Und selbst wenn sie gehört haben sollte, wie der Wagen gestartet wurde, könnte es immer noch so gewesen sein. Er kam nach Hause, um etwas zu holen, wollte gerade wieder fahren und erinnerte sich an etwas, das er noch von oben holen mußte.«

»Ich muß mit meiner Arbeit weitermachen«, sagte Jane. Plötzlich hatte sie das Gefühl, mehr als genug über den toten Ted gehört zu haben. Der Gedanke an einen Teenager, der im Alter ihres eigenen Sohnes durch einen Unfall oder mit Absicht gestorben war, war zu deprimierend, um sich weiter damit zu beschäftigen.

»Es tut mir leid. Ich habe Sie gekränkt.«

»Nein, das haben Sie nicht«, versicherte ihr Jane. »Aber ich habe Edgar versprochen, daß ich ihm helfen würde, und er kann jede Minute wieder hier sein. Ich muß zusehen, daß ich etwas getan bekomme.«

»Vielen Dank, daß Sie mir zugehört haben. Es tut mir leid, daß ich das alles bei Ihnen abgeladen habe.« Sie lachte. »Sie gehören eigentlich nicht zu denen, die ich dafür strafen wollte, daß sie damals, als ich ein siebzehn Jahre alter Fettklops war, nicht meine verborgenen goldenen Qualitäten erkannt haben.«

»Sind Sie deshalb zu diesem Klassentreffen gekommen?«

»Im Grunde ja. Aber jemand anderes scheint in meine Rolle als Rächerin vergangener Ungerechtigkeiten geschlüpft zu sein.«

»Und hat Lila umgebracht?«

»Genau. Und all die Streiche gespielt.«

»Wenn Sie eine Vermutung äußern sollten ...«, begann Jane.

»Ich würde keine Vermutung äußern«, fiel ihr Crispy mit fester Stimme ins Wort. »Und eine kluge Frau wie Sie sollte das auch nicht tun. Es könnte ein gefährliches Spiel werden.«

Erst als sie die Treppe mit ihren Reinigungsutensilien hinaufstieg, erinnerte sich Jane daran, daß sie Crispy eigentlich hatte fragen wollen, was in Lilas Notizbuch stand.

Pooky hatte gerade damit begonnen, ihr Zimmer sauberzumachen, als Jane kam, um dort ebenfalls mit dem Putzen zu beginnen. »Gehen Sie ruhig, und unterhalten Sie sich mit Ihren Freundinnen«, sagte Jane. »Ich werde das hier erledigen.«

»Ich würde lieber hierbleiben und Ihnen helfen. Die anderen sind alle in Kathys Zimmer und unterhalten sich über Politik und solche Sachen.«

»Dann lassen Sie uns mit dem Bett beginnen«, schlug Jane vor. »Ich habe frische Bezüge mitgebracht. Ich glaube, ich würde es auch vorziehen, eine Diskussion über Politik, an der Kathy teilnimmt, zu verpassen. Ich kann es Ihnen nicht verübeln.«

»Es ist nicht so, daß ich keine eigene Meinung über solche Dinge hätte«, erwiderte Pooky, zog die Bettdecke herunter und faltete sie mit großer Sorgfalt zusammen, obwohl sie sie doch bald schon wieder über das Bett breiten würden. »Ich war Reisebegleiterin und habe die schönsten Plätze der Welt gesehen. Acapulco, Hawaii, die Französische Riviera ...«

»Waren Sie schon einmal an diesen Orten?« erkundigte sich Pooky.

139

»An einigen schon. Mein Vater arbeitet im Außenministerium, und ich bin überall auf der Welt aufgewachsen. Ich habe in ungefähr siebzehn Ländern gelebt.«

»Dann wissen Sie ja, was ich meine. Man kann auf Reisen eine Menge lernen. Aber das Zeug, über das Kathy andauernd spricht, hat mich noch nie interessiert. Es macht mich nur depressiv. Wie Natursendungen im Fernsehen. Früher habe ich sie mir gerne angeschaut – wenn zum Beispiel Pinguine und Blumen darin vorkamen –, aber heutzutage schaffen sie es irgendwie immer, daß man sich nur noch mies fühlt. Die Sendungen sind immer voll mit Berichten, wie furchtbar die Menschen alles zerstören. Ölkatastrophen und Ozon und der Regenwald. Was kann *ich* denn schon dagegen unternehmen? Das sagen sie einem ja nie. Sie bringen mich dazu, daß ich mich schlecht fühle, und dann kommt auch schon wieder ein Werbespot.«

Jane blickte sie erstaunt an. »Wissen Sie ... Sie haben recht!« Sie hatte eigentlich nicht beabsichtigt, es so erstaunt klingen zu lassen.

Aber Pooky war nicht beleidigt. »Kathy ist genauso. Andauernd ärgert sie sich über Leute, die ihrer Meinung nach nicht das richtige tun, aber sie spricht nie darüber, was denn nun überhaupt das richtige ist. Sie war schon immer so. Andauernd *gegen* irgend etwas, statt sich *für* etwas einzusetzen. Was soll das denn nur bringen?«

»Also hat sie sich seit der Highschool nicht verändert?«

»Nein, im Grunde hat das keine so richtig. Außer Mimi. Ist sie nicht wunderschön?«

»Das kann man wohl sagen.«

»In der Schule war sie auch schon niedlich. Aber sie hat sich mit den Jahren richtig gut entwickelt. Ausgeglichen und höflich. Sie war ziemlich wild und – ich komme nicht auf das richtige Wort ...«

140

»Ausgeflippt?« schlug Jane vor.

Damit war Pooky einverstanden. »Ja, genau das war sie. Das habe ich gemeint.«

»Was ist mit Avalon? Hat sie sich verändert?« frage Jane und zog frische Bezüge über die Kissen, während Pooky die Ecken der Laken unter die Matratze stopfte.

»Oh, überhaupt nicht. Avalon ist wundervoll. Sie ist so talentiert. Haben Sie das Bild gesehen, das sie vom Kutschenhaus gezeichnet hat? Ist das nicht phantastisch? Ich hatte so gehofft, daß sie es mir geben würde, aber ich vermute, sie hat einfach nicht verstanden, *wie* sehr es mir gefällt, und schließlich hat sie es an diesen Edgar verschenkt, dem das Haus hier gehört. Wenn ich ihn darum bitten würde, ob er mir wohl …«

»An Ihrer Stelle würde ich das nicht tun. Er hat mir das Bild heute morgen gezeigt. Er ist ganz vernarrt darin.«

»Oh, wie schade! Nun, vielleicht zeichnet sie mir ja noch einmal eins. Avalon ist wirklich sehr nett. Das ist das Tolle an ihr. Wissen Sie eigentlich, daß sie Pflegekinder aufzieht? Sie nimmt sich der Behinderten an, die kein anderer haben möchte.«

»Davon habe ich gehört. War sie damals in der Schule auch schon so ein netter Mensch?«

»Also, das weiß ich gar nicht mehr. Sie ist mir nicht richtig in Erinnerung geblieben. Ich entsinne mich nur noch, daß wir zusammen im Hauswirtschaftsunterricht waren. Sie ist sehr still gewesen, wissen Sie, und ich war immer sehr beliebt und mit irgendwelchen Dingen beschäftigt. Aber im Hauswirtschaftsunterricht hat sie mal ein phantastisches Kleid genäht. Es bestand aus allen möglichen Sorten von Stoffresten, wie kleine hübsche Flicken, die da und dort eingesetzt worden sind. Sie hatte nicht einmal ein Schnittmuster, können Sie sich das vorstellen? Grün und Blautöne und auch purpurrot. Ich glaube, sie hatte auch noch einige Bänder verarbeitet – sie hätte vermutlich als Modedesignerin Karriere machen können. Also, *das* ist eine großartige Branche. Sie wäre berühmt geworden, wenn sie sich für diesen Beruf entschlossen hätte.«

Jane lächelte. Kathy wollte Avalon dazu bringen, ihre Talente zu nutzen, um die Welt zu verbessern, und Pooky hätte es gerne gesehen, wenn sie der Modewelt zu Hilfe geeilt wäre. »Was macht Avalon denn sonst noch, außer auf die Kinder aufzupassen?«

»Sie hat einen Kunstgewerbeladen unten in den Ozarks. Sie verkauft Sachen, die einige Frauen dort herstellen, und auch ihre eigenen Dinge. Quilts und ähnliches Zeug.«

»Irgend jemand hat gesagt, daß sie Drogen nehmen würde«, sagte Jane. Tatsächlich hatte sowohl Lila als auch Kathy so etwas behauptet.

Pooky hätte beinahe die Bettdecke fallen lassen, die sie gerade erst wieder in die Hand genommen hatte. »Nein! Ich kann mir nicht vorstellen, daß irgend jemand so etwas von ihr denkt! Ich wette, Lila hat das gesagt. Lila ist – war – eine große Lügnerin.«

»Kommen Sie, lassen Sie uns die Decke wieder über das Bett legen. Lila scheint einer Reihe von Leuten gedroht zu haben. Hat Sie es auch bei Ihnen versucht?«

Pooky schlug die Bettdecke einmal kräftig in die Luft, und während der Stoff langsam auf das Bett hinabsank, sagte sie: »Nein! Nein, es gibt nichts, womit man mir drohen könnte.« Tiefe Furchen erschienen auf ihrem ruinierten Gesicht, und ihre Hände begannen zu zittern. Ganz offensichtlich log sie.

Janes Schuldbewußtsein war stärker als ihre Neugier. »Es tut mir leid. Es lag nicht in meiner Absicht, Sie aufzuregen.«

»Das haben Sie nicht! Ich bin nicht aufgeregt! Wo sind denn die Handtücher? Oh, ich sehe schon. Ich werde die alten gegen diese hier austauschen. Und geben Sie mir noch etwas von dem Reinigungszeug mit!«

Sie stürmte ins Badezimmer, und Jane hörte, wie sie dort herumhantierte. Allerdings war es ihr ein Rätsel, wie jemand, hauptsächlich mit Handtüchern bewaffnet, so viel Lärm veranstalten konnte.

Jane zerrte den Staubsauger vom Flur ins Zimmer herein und fuhr mit der Düse über den Boden, bis Pooky wieder aus dem Badezimmer herauskam. »Es tut mir wirklich leid«, sagte Jane noch einmal. »Es muß hart für Sie sein, hier zu wohnen, wo Ted früher einmal gelebt hat. Man hat mir erzählt, daß Sie eine Weile mit ihm befreundet waren.« Sie hatte sich überlegt, daß diese Aussage in zweifacher Hinsicht ihren Zweck erfüllen würde – einmal gab sie Pooky eine Entschuldigung für ihre Nervosität, und zum anderen ließ sie sich auf diese Weise vielleicht einige interessante Informationen entlocken.

Was das erste betraf, so lag sie richtig. Pooky stürzte sich auf diese Rechtfertigung, als handele es sich um ein Rettungsboot. »Es ist *wirklich* hart, hier zu sein. Ich habe in den letzten Jahren eigentlich kaum an Ted gedacht, und jetzt plötzlich erinnere ich mich andauernd an ihn. Er war wirklich ein toller Kerl. Gescheit, gutaussehend. Kapitän des Footballteams und Präsident des Lateinklubs. Das war eine angesehene Sache, dieser Lateinklub. Ich glaube, die Kinder lernen heutzutage gar kein Latein mehr. Na, was soll's. Ich habe sowieso nie verstanden, warum irgend jemand etwas für eine Sprache übrig haben sollte, in der man sich nicht einmal unterhalten kann. Aber ich wette, Ted wäre imstande gewesen, eine Unterhaltung auf Latein zu führen, wenn er nur gewollt hätte.«

»Waren Sie lange mit ihm befreundet?« erkundigte sich Jane. Sie wickelte die Schnur des Staubsaugers auf.

»Fast das ganze zweite Jahr an der High-School und auch

143

noch ein Teil des dritten. Dann entschied Ted – das heißt, *wir* entschieden –, daß es besser sei, uns zu trennen. Es war eine gute Entscheidung. Wir waren ja noch Kinder.« Aber nach all den Jahren war immer noch Schmerz in ihrer Stimme.

»Danach war er dann mit Lila befreundet«, sagte Jane.

»Oh, aber nur ganz kurze Zeit. Sie war immer so kalt. Hat andauernd an anderen Leuten herumkritisiert. Jungs mögen so etwas nicht. Sie haben lieber Mädchen, die fröhlich sind, mit denen sie Spaß haben können. Sie wollen keine Freundin, die immer jammert. Nein, eigentlich war er hauptsächlich mit Beth befreundet.«

»Hauptsächlich? Soll das heißen, daß sie beide noch ab und zu miteinander ausgegangen sind?«

»Nur ganz selten.« Pooky bemühte sich, die Sache herunterzuspielen. »Aber ich wollte nicht, daß Beth davon erfährt. Es hätte ihre Gefühle verletzt. Und das wäre das letzte gewesen, was ich gewollt hätte.«

»Sie mochten Beth also?«

»Sie war meine beste Freundin. Sie hatte ihre Jobs und lernte viel, und ich war als Cheerleader aktiv. Dadurch waren wir beide sehr beansprucht. Aber wir bemühten uns, so viel Zeit wie eben möglich zusammen zu verbringen.« Dies war so unwahrscheinlich, daß es fast schon unmöglich erschien, aber Pooky hatte sich selbst ganz offenbar davon überzeugt, daß es so gewesen war.

Pooky griff nach der Flasche mit Fensterreiniger und spritzte etwas davon auf den Spiegel. Jane bemerkte, daß Pooky es fertigbrachte, den Spiegel zu reinigen, ohne hineinzusehen. Jane wurde klar, daß Crispy recht gehabt hatte – sie war wirklich ein tapferer Mensch. *Grips zu haben ist nicht immer das Wichtigste im Leben.*

»Aber es muß Sie doch furchtbar mitgenommen haben, als sich Ted wegen der Trennung von ihr umbrachte.«

Pooky lachte. »Oh, er hat sich nicht wegen ihr umgebracht.«

»Warum dann? Warum hat er es getan?«

Pooky drehte sich mit verstörtem Gesicht zu ihr um. »Ich weiß es nicht. Ich habe es nie verstanden. Vielleicht ist er einfach nicht damit fertig geworden, daß wir alle erwachsen wurden und wegzogen. Oder vielleicht war er auch einfach betrunken und hat sich selbst bemitleidet. Jeder versinkt von Zeit zu Zeit einmal in Selbstmitleid. Ich habe wirklich keine Ahnung.«

»Crispy ist der Ansicht, es könnte ein Unfall gewesen sein und kein Selbstmord«, sagte Jane und begann, die Reinigungsutensilien zusammenzusuchen.

»Ein Unfall? Aber wie denn? Oh, ich weiß schon, es ist alles aus Versehen passiert, richtig? Ich finde das sehr unwahrscheinlich. Aber vielleicht – es wäre wundervoll, wenn es ein Unfall gewesen wäre. Ich wollte damit sagen – nicht wundervoll, aber irgendwie nicht so schlimm.«

»Haben Sie Crispy in der Schule gut gekannt?«

»Nicht wirklich gut. Aber ich mochte sie, glaube ich. Nun ja, möglicherweise war ich auch ein bißchen eifersüchtig auf sie, das muß ich zugeben. Sie und Ted waren wirklich gute Freunde. Das soll nicht heißen, daß sie zusammen waren. Sie war so fett und sah so schlampig aus, war wirklich total vermurkst. Ich habe ihr einmal angeboten, daß ich ihr mit der Frisur und so weiter helfen könnte, wenn sie nur eine Diät anfangen und damit aufhören würde, an ihren Nägeln zu kauen, aber sie hat mir beinahe den Kopf abgerissen. Sie hat sich unglaublich zu ihrem Vorteil verändert. Sie hat einen eigenen Stil entwickelt. Mit ihrem Haar ließe sich allerdings mehr anfangen. Dieser Strubbel-Look ist einfach out, aber die Frisur paßt gut zu ihrer Gesichtsform.«

Jane lächelte in sich hinein. Es lag schon eine gewisse

Ironie darin, daß Pooky, deren Erscheinung fast schon furchteinflößend genannt werden konnte, immer wieder auf das Aussehen der Leute und ihren Modegeschmack zurückkam. Irgendwo tief in ihrem Inneren war sie immer noch dieses umwerfend gut aussehende junge Mädchen. Und es war gut so. Offenbar schaffte sie es auf diese Weise, von einem Tag zum anderen, von einem Spiegel zum nächsten zu kommen.

Jane legte kurz ihre Hand auf Pookys dünnen Arm und lächelte. »Vielen Dank, daß Sie mir geholfen haben. Es hat mir wirklich Spaß gemacht, mich mit Ihnen zu unterhalten.«

»Nett von Ihnen, daß Sie das sagen. Mir hat es auch Spaß gemacht, mit Ihnen zu reden. Sie hören mir zu. Das tun nicht viele Menschen. Ich bin eigentlich nicht so dumm, wie die meisten Leute denken.« Bevor Jane überhaupt die Gelegenheit hatte, darauf eine taktvolle Antwort zu formulieren, fuhr Pooky fort: »Und ich werde Ihnen auch bei den restlichen Zimmern helfen, Jane.«

»Pooky, das ist wirklich großzügig von Ihnen, aber nicht nötig. Es macht mir nichts aus, diese Arbeit zu tun.«

»Wenn ich Ihnen nicht helfen kann, muß ich wieder in Kathys Zimmer zurück«, erwiderte Pooky grinsend.

»Okay, schon verstanden. Dann sollten wir als nächstes Avalons Zimmer machen.«

Pooky schob den Staubsauger über den Flur, während Jane mit den Reinigungsutensilien vorausging. Jane klopfte an Avalons Tür und öffnete sie, als sie keine Antwort erhielt.

Ein Tornado schien durch das Zimmer gefegt zu sein. Überall lagen Kleidungsstücke herum, Schubladen waren herausgezogen worden. Die Frisierkommode war von der Wand gerückt, Bilder hingen schief, und der obere Teil der Matratze hing über das Bettgestell hinaus.

Jane blieb so abrupt stehen, daß Pooky ihr den Staubsauger in die Fersen schob. »Jane, es tut mir l… o mein Gott. Was ist denn hier passiert?« flüsterte Pooky.

»Pooky, laufen Sie los, und schauen Sie vorsichtig nach, ob Avalon in Kathys Zimmer ist.« Sollte Avalon in *diesem* Zimmer sein, dann war sie in Schwierigkeiten, und Jane wollte nicht schon wieder diejenige sein, die eine Leiche entdeckt. Mit klopfendem Herzen beobachtete sie, wie Pooky auf Zehenspitzen den Flur entlangschlich und in die halbgeöffnete Tür von Kathys Zimmer spähte. Erst als Pooky zu ihr schaute und nickte, begann Jane wieder zu atmen.

Pooky kam zurück, und gemeinsam betraten sie den Raum. »Was geht hier vor sich?« fragte Pooky mit zitternder Stimme.

»Ich weiß es nicht, aber ich finde es scheußlich. Das hier ist kein Scherz mehr«, erwiderte Jane und hörte das Zittern in ihrer eigenen Stimme.

In diesem Moment ertönte ein Schrei aus dem Nebenzimmer.

147

Das Problem ließ sich bereits erschnuppern, bevor sie es überhaupt sehen konnten. Der Schrei war aus Beths Zimmer gekommen, und Jane und Crispy kollidierten beinahe miteinander, als sie aus verschiedenen Richtungen auf den Raum zuliefen. Ein fürchterlicher stinkbombenähnlicher Geruch zog bereits auf den Flur hinaus.

Das Zimmer war leer, aber der Gestank war so stark, daß Jane beim Betreten des Raumes zurückprallte. Sie nahm einen tiefen Atemzug und rannte erneut hinein. Beths Kreischen ertönte aus dem Badezimmer, und sie bearbeitete die Tür mit ihren Fäusten. Jane versuchte mit klopfendem Herzen die Tür zu öffnen, aber sie war verschlossen.

»Schließen Sie die Tür auf!« rief sie und versuchte, den Drang zu unterdrücken, sich zu übergeben. »Beruhigen Sie sich! Drehen Sie an dem kleinen Knauf.« Oh, Gott, wenn sie doch nur einen Atemzug frischer Luft bekommen könnte!

Sie hörten, wie Beth wild an der Tür herumhantierte. Dann flog sie plötzlich auf, und Beth stolperte heraus. Dabei rannte sie Jane beinahe um.

Jane folgte ihr auf den Fersen.

Die anderen, die sich auf dem Flur versammelt hatten, versuchten, sich Beth zu nähern, aber sie wichen sofort wieder zurück. Der Gestank kam von ihr. »In meinem Deo«, keuchte Beth.

Sie war in ein großes Handtuch gewickelt, ein weiteres hatte sie sich um ihr nasses Haar geschlungen. Sie wich mit unruhigen Bewegungen zurück, als versuche sie, vor sich selbst zu fliehen.

Crispy packte sie am Arm und begann, Befehle zu erteilen.

»Jane, öffnen Sie die Fenster. Zuerst das in Beths Zimmer. Geht alle in eure Zimmer und öffnet die Fenster! Beth, komm mit in mein Zimmer und geh dort unter die Dusche. Wasch das Zeug runter, Teufel noch mal!«

Avalon und Kathy waren bereits unterwegs zu ihren eigenen Zimmern. Sie hielten sich die Hände vor den Mund. Während Jane noch einmal in Beths Zimmer stürzte und das Fenster aufriß, bemühte sie sich, nur zu hecheln. Es war ein kühler Morgen, und sie schnappte schließlich nach Luft, als wäre sie beinahe ertrunken. Dann rannte sie wieder zurück auf den Flur und lief in die anderen Zimmer, um auch dort die Fenster zu öffnen. Innerhalb weniger Augenblicke waren alle geöffnet.

»Was in Gottes Namen ...«, rief Edgar oben von der Treppe herab. »Was ist denn das für ein höllischer Gestank?«

»Schon wieder ein Streich, Edgar«, erwiderte Jane. »Wenn Sie dort oben einen Ventilator an der Decke haben, dann sollten Sie ihn anstellen, bis wir diesen Geruch aus dem Haus haben. Und bringen Sie mir bitte einen Plastikbeutel, ja?«

Jane nahm sich eine Hand voll Wischlumpen und ging zuerst in Crispys Zimmer. Die Dusche lief, faulig riechender Dampf quoll aus der halbgeöffneten Badezimmertür, und Crispy, die mit der Hand auf die Nase gepreßt davorstand, sagte: »Nimm dir, was du an Seife finden kannst. Gieß die ganze Flasche Shampoo über dir aus, wenn es sein muß. Es wird schon besser. Ganz bestimmt.«

Jane machte sich wieder auf den Weg zurück zu Beths Zimmer. Nachdem sie noch einmal einen tiefen Atemzug getan hatte, betrat sie das Badezimmer. Der Übeltäter lag auf dem Boden, wo Beth ihn hingeworfen hatte: es handelte sich um ein Deodorant mit Flüssigkeit und einem Rollball zum Auftragen. Hector hatte es bereits aufgestöbert und schnupperte daran herum, als handele es sich um einen halbwegs angenehmen Duft. »Hector! Mach, daß du von dem Zeug wegkommst!« sagte Jane und schob ihn zur Tür hinaus. Dann stürzte sie sich auf die Plastikflasche, schraubte sie zu und wickelte sie in mehrere Lagen Wischlappen. Anschließend kehrte sie noch einmal zu Crispys Zimmer zurück. Hector gab sich unterwegs alle Mühe, sie zu Fall zu bringen. Der Gestank hatte etwas nachgelassen. »Ist sie in Ordnung?« erkundigte sich Jane bei Crispy.

Crispy sah bleich und mitgenommen aus. »Ich denke schon.«

Edgar klopfte an die Tür, ehe er seinen Arm ins Zimmer streckte. Er hielt die Plastiktüte in der Hand, um die Jane gebeten hatte. Jane stopfte das ganze Bündel dort hinein. »Packen Sie vorsichtshalber noch zwei andere Tüten darum, Edgar, sonst wird es die ganze Nachbarschaft vollstinken.«

»Was ist denn das für ein Zeug?«

»Irgend jemand hat das Deodorant verseucht.«

»Jemand hat *das* hier benutzt? Obwohl es derartig stinkt?«

»Ich nehme an, sie hat es einfach aufgedreht und aufgetragen, ehe sie den Gestank bemerkte. Sie sollten es besser der Polizei melden. Es könnte sich um eine gefährliche Substanz handeln. Gift oder so etwas.«

»Nein, tun Sie das nicht!« rief Beth hinter der Badezimmertür. Die Dusche lief nicht mehr. »Es ist nur ein widerlicher Geruch. Ich bin vollkommen in Ordnung.«

»Sind Sie sicher?« rief Edgar fragend.

»Absolut sicher.«

»Edgar, bevor Sie sich entscheiden, werfen Sie bitte erst einen Blick in Avalons Zimmer«, sagte Jane.

»In Ordnung, fang ganz von vorne an«, bat Mel.

Er hatte versichert, daß er anschließend, nachdem er mit Jane unter vier Augen gesprochen hatte, einen offiziellen Bericht von Edgar aufnehmen würde. Sie saßen in Mels Wagen, der in der Auffahrt parkte. Dort konnte sie niemand hören. Jane atmete immer noch gierig die frische Luft ein und fragte sich, ob sie wohl jemals den Gestank aus ihren Haaren und der Kleidung herausbekommen würde. Mel kam ihr nicht sehr nahe. Während sie auf ihn wartete, hatte sie sich einige Notizen gemacht, die sie nun durchlas. »Zuerst wurde der Inhalt von Pookys und Avalons Taschen vertauscht. Davon habe ich dir ja schon früher erzählt.«

»Ist etwas gestohlen oder beschädigt worden?«

»Offenbar nicht.«

»Wann genau ist das passiert?«

»Am Ankunftstag. Irgendwann am Mittwochnachmittag. Als nächstes passierte dann nachts die Sache mit den Weckern. Es waren so billige zum Aufziehen, und irgend jemand hatte sie in verschiedenen Gästezimmern versteckt. Sie gingen alle paar Stunden los. Aber ich glaube, das habe ich dir auch schon erzählt.«

»Wer hatte sie im Zimmer?« erkundigte sich Mel mit matter Stimme.

»Beth, Mimi und Kathy.«

»Okay, niemand wurde verletzt. Keine Beschädigung von Eigentum«, sagte Mel, während er sich eine Notiz machte. »Was geschah als nächstes?«

»Ich glaube, dann waren die Türklinken an der Reihe. Scheinbar gibt es in der Klinke, die sich auf der Flurseite befindet, eine Schraube, die beide Seiten zusammenhält. Irgend jemand hatte diese Schrauben aus einigen Klinken entfernt, und als die Frauen in diesen Zimmern versuchten, die Türen zu öffnen, hielten sie die Klinke mitsamt der Stifte in den Händen.«

»Hätte im Falle eines Feuers gefährlich werden können«, sagte Mel. »Aber es bestand keine unmittelbare Gefahr.«

»Die Klinken tauchten in einem Mehlbehälter in der Küche wieder auf. Mit allen fehlenden Schrauben«, fügte Jane hinzu. »Es ist also kein wirklicher Schaden entstanden. Als nächstes verschwand dann, glaube ich, Crispys Unterwäsche. Irgendwann gestern im Laufe des Vormittags, während die Polizei im Haus war.«

»Ist sie wieder aufgetaucht?«

»O ja«, Jane erzählte ihm über die Ausstellung im Wohnzimmer und die Erweiterung des Sortiments.

»Also, alles, was gestohlen wurde, tauchte anschließend wieder auf, ohne daß Eigentum beschädigt wurde. Was geschah dann?«

»Pookys Zimmer wurde durchsucht, auf den Kopf gestellt, und ein antikes Schreibset, das sie für einen Klassenkameraden besorgt hatte, wurde gestohlen. Wir haben es dann in einem Abfalleimer wiedergefunden. Ohne einen Kratzer. Keine Beschädigung von Eigentum«, fügte sie hinzu, bevor er es tun konnte.

»Was geschah noch?«

»Avalons Zimmer wurde heute morgen verwüstet.«

»Verwüstet?«

»Nein, entschuldige, ich wollte sagen, fürchterlich in Unordnung gebracht. Schubladen herausgezogen, Bettzeug heruntergerissen. Aber sie sagt, daß nichts fehle. Und es wurde trotz allem auch nichts zerrissen oder zerbrochen. Und dann war da schließlich der gemeine Streich mit Beths Deodorant.«

»Die Laborleute sind sich ziemlich sicher, daß wir es mit einer Substanz zu tun haben, die man in Geschäften für Angel- und Jagdbedarf kaufen kann. Etwas, mit dem Tiere entweder angelockt oder verscheucht werden, ich weiß nicht mehr genau, was es war«, murmelte Mel.

»Was denkst du?« fragte Jane.

Er lächelte sie an. Umwerfend, wie sie fand. »Worüber? Streiche im allgemeinen? Finde ich blöd, und diese hier sind nicht gerade besonders originell oder witzig. Nicht so, als würde man ein Pferdehaar in die Zigarette von irgend jemand einschmuggeln.«

»Und *das* würdest du dann als witzig bezeichnen? Der männliche Verstand und seine Auswüchse verblüffen mich immer wieder. Nein, ich wollte eigentlich hören, was du von diesen speziellen Streichen hältst, mit denen wir es hier zu tun haben.«

»Ich weiß nicht. Ich nehme nur den Bericht auf. Was ist denn deine Meinung, Jane? Du hast diese Frauen doch näher kennengelernt. Wer ist deiner Meinung nach dafür verantwortlich?«

»Ich habe nicht den leisesten Schimmer. Ganz offensichtlich war es aber nicht Lila. Einige der Streiche wurden erst gespielt, nachdem sie tot war.«

Mel ging die Liste durch und zählte einige Namen auf. »Opfer der Streiche waren Pooky, Avalon, Beth, Mimi, Kathy, Avalon, Pooky, Beth, Crispy, Pooky, Avalon, Beth. Ziemlich gleich verteilt. Benutzt du wirklich diese albernen Namen, wenn du mit ihnen sprichst? Ich meine, sagst du sie ihnen ins Gesicht?«

Jane ignorierte die Frage. »Mimi und Kathy ist am wenigsten passiert. Nur die Sache mit den Weckern.«

»Könnte eine der beiden vielleicht für die Streiche verantwortlich sein und hat sich nur selbst miteingeschlossen, um nicht verdächtigt zu werden?«

»Theoretisch möglich. Ich kann mir allerdings nicht vorstellen, daß Mimi irgendwelche geschmacklosen, vulgären Sachen anstellt. Ganz bestimmt nicht den Streich mit der Unterwäsche. Und sie war richtig wütend, als dieses antike Schreibset verschwand. Sie ist diejenige, die alle dazu gebracht hat, es zu suchen. Außerdem ist sie einfach zu nett, um solche gemeinen Sachen auszuhecken.«

Mel warf ihr einen fragenden, beinahe zweifelnden Blick zu. Jane wollte gerade gegen diese Infragestellung ihres Urteilsvermögens protestieren, konnte sich aber im letzten Moment noch bremsen. Was wußte sie denn eigentlich wirklich über Mimi? Daß sie den Eindruck eines angenehmen, offenen und ehrlichen Menschen machte. Aber andererseits hatten ihr mindestens zwei Leute erklärt, was für eine großartige Schauspielerin sie sei. Vielleicht war ihr ganzes Verhalten ja bloße Schauspielerei, die sie gründlich geplant und geprobt hatte.

»Was ist mit Kathy? Wäre sie dazu imstande?«

»Das glaube ich nicht. Sie benimmt sich zwar daneben, hat aber überhaupt keinen Sinn für Humor, nicht einmal einen schlechten, mit dem sie sich solche Streiche ausdenken könnte. Und wenn sie wirklich Streiche spielen würde, dann hätten sie eine Pointe. Irgendeine Anspielung auf Ökologie oder Antiatomkraft. In dieser Hinsicht ist sie fast schon fanatisch und würde sicherlich besser geplante, politisch pointierte Streiche spielen, wenn sie so etwas vorhätte.«

»Okay, betrachten wir die Angelegenheit einmal aus einem anderen Blickwinkel. Was für einen Sinn hatten die Streiche? Das Vertauschen der Tascheninhalte …«

»Bloßer Unfug«, fiel ihm Jane ins Wort. »Vielleicht auch, um eine von ihnen oder auch beide in Verlegenheit zu bringen, und das sollte wohl dadurch verursacht werden, daß eine andere Person erfuhr, was sich in der Tasche befand. Aber keine von beiden schien dort irgend etwas aufzubewahren, was nicht hineingehört hätte.«

»Die Wecker«, fuhr Mel fort.

»Wieder bloßer Unfug. Um drei Ecken gedacht, wollte man vielleicht sichergehen, daß die ganze Nacht hindurch jemand im Haus wach blieb – das erscheint mir aber weit hergeholt.«

»Es handelt sich immerhin um die Mordnacht.«

»Ja, aber du hast gesagt, daß sie um Mitternacht bereits tot gewesen ist, und die Wecker begannen erst gegen zwei Uhr morgens zu läuten.«

»Und der Streich mit der Unterwäsche?« fragte Mel.

»Auch erst wieder bloßer Unfug. Crispy wußte ja nicht, daß sie die Sachen wieder zurückbekommen würde, und mußte sich neue kaufen – erinnere mich bitte daran, daß ich dir noch etwas anderes über diese Einkaufstour erzähle. Das Wiederauftauchen der Dessous war ganz offensichtlich dazu gedacht, sie in Verlegenheit zu bringen, und das hat es auch getan. Sie war ärgerlich und fühlte sich gedemütigt.«

»Und die Angelegenheit mit der Antiquität?« erkundigte sich Mel und beantwortete die Frage gleich selbst. »Das war vielleicht ein echter Diebstahl, und der Abfalleimer diente lediglich als Versteck, damit das Set später dort abgeholt und aus dem Haus geschafft werden konnte.«

»Das glaube ich nicht. Es lag in einem leeren Abfallei-

155

mer im Geräteraum. Lag dort ganz allein auf dem Boden des Eimers. Hätte irgend jemand wirklich die Absicht gehabt, es zu verstecken, dann hätte er oder sie es doch wenigstens abgedeckt.« Der Wind war etwas aufgefrischt, und Jane fröstelte unter ihrem Pullover. Sie zog den Kragen hoch und schnüffelte daran. »Entweder läßt der Gestank nach oder ich gewöhne mich langsam daran.«

»Ich glaube, er verflüchtigt sich. Ich kann auch nichts mehr riechen. Ich werde dich in einer Minute wieder ins Haus gehen lassen, Jane. Bist du sicher, daß nichts aus Avalons Zimmer verschwunden ist?«

»Sie sagt nein. Zum Glück ist das ja hier nicht ihr Zuhause. Dort würde sie wahrscheinlich eine halbe Ewigkeit brauchen, um herauszufinden, ob etwas fehlt. Aber wenn man reist, hat man nur eine begrenzte Anzahl von Dingen dabei. Es ist also recht einfach zu überprüfen, ob etwas fehlt.«

»Bleibt noch das Bravourstück mit dem Deodorant. Welche Absicht steckte um Himmels willen nur dahinter?« fragte Mel.

»Ich nehme an, Beth sollte in Verlegenheit gebracht werden. Und das hat sehr erfolgreich funktioniert. Sie ist ein äußerst reservierter, würdevoller Mensch, und da rannte sie nun schreiend und würgend den Flur entlang, nur mit einem Handtuch bekleidet. Von allen Streichen war der hier wirklich gelungen. Vielleicht war es ja das große Finale. Ich hoffe es jedenfalls.«

Mel tippte geistesabwesend mit seinem Kugelschreiber aufs Lenkrad. Jane fragte sich erneut, wer ihm wohl solch ein hübsches Schreibgerät geschenkt haben könnte. »Lassen wir es uns ein letztes Mal aus einem anderen Blickwinkel betrachten«, sagte er. »Widmen wir uns der Geographie. Bei dreien der Streiche wurden die Vorbereitungen außerhalb des eigentlichen Tatortes getroffen.«

»Was meinst du damit?«

»Die unanständige Unterwäsche muß irgendwo gekauft und dann hierher mitgebracht worden sein. Ebenso die Wecker und das stinkige Zeug für das Deodorant. Alles leicht zu verstauende Dinge, die sich problemlos transportieren lassen. Aber obwohl eine Planung im Vorfeld nötig war, hätten die Sachen für alle verwendet werden können. Nichts war speziell auf eine einzelne Person zugeschnitten.«

»Und?« Es war interessant zu beobachten, wie sein Verstand arbeitete und die »Beweise« unter verschiedenen Aspekten untersuchte. Obgleich interessant, erwies sich das alles jedoch nicht als nicht besonders fruchtbar.

»Das Vertauschen der Handtascheninhalte fand an Ort und Stelle statt«, fuhr er fort. »Und auch hier hätte es genausogut zwei andere Frauen treffen können, da bei beiden nichts Ungewöhnliches enthüllt wurde. Auch das Durchwühlen von Avalons Zimmer hat keine besondere Bedeutung und hätte ebensogut jedes andere Zimmer treffen können. Es hat nichts weiter gebracht, außer dir mehr Arbeit zu verursachen und das Opfer ein wenig zu erschrecken.«

»Hm-mm.«

»Aber der Diebstahl der Antiquität sticht hervor. Das hätte nicht jede andere treffen können.«

»Aber warum denn nicht? Ich bin sicher, alle haben irgend etwas von Wert dabei. Schmuck oder Kreditkarten oder sonstwas.«

Mel nickte. »Da hast du wohl recht, nehme ich an. Hatte sie dieses Schreibset oder was auch immer es gewesen sein mag, vorher schon einmal erwähnt? Bevor es gestohlen wurde, meine ich.«

»Mir gegenüber nicht. Aber vielleicht hat sie mit anderen darüber gesprochen.«

»Und ich nehme an, daß es inzwischen fast jede einmal in den Fingern gehabt hat?«

»Du meinst wegen der Fingerabdrücke? Ja, wir haben es herumgehen lassen, nachdem es wieder aufgetaucht war, und haben es alle bewundert. Tut mir leid.«

Er wischte die Bemerkung beiseite. »Wußten diese Frauen genau Bescheid, wer früher kommen würde?«

»Ich glaube nicht, es sei denn, daß einige von ihnen noch in Verbindung standen. Shelley selbst wußte bis zur letzten Woche nicht, wer kommen würde, und sie hat auch keine Liste versandt.«

»Machen die anderen den Eindruck, als würden sie gegenwärtig noch in Kontakt stehen?«

»Soweit ich das beurteilen kann, nein. Beth sagte wohl, daß sie und Kathy einen gemeinsamen Freund hätten, der sie immer mal wieder über Kathys Leben auf dem laufenden hält. Avalon und Pooky schreiben sich möglicherweise. Sie scheinen sich ein klein wenig besser zu kennen als die anderen, vielleicht aber haben sie sich hier auf Anhieb einfach nur besser verstanden. Die meisten waren natürlich über Beths beruflichen Erfolg informiert. Nein, im ganzen würde ich sagen, daß sie untereinander keinen Kontakt gehalten haben. Als sie am ersten Tag hier ankamen, haben sie nur über die Zeit nach der Schule geredet – auf welches College bist du schließlich gegangen? Bist du verheiratet? Hast du Kinder? Fragen in der Art. Bei Lila lag die Sache allerdings anders …«

»Inwiefern?«

»Sie muß sich, bevor sie hierherkam, über einige informiert haben. Zumindestens über Kathy.«

»Wer war noch einmal Kathy? Die Farmersfrau im Overall?«

»In gewisser Weise ja. Warte, bis du sie wiedersiehst. Sie hat ihre Schauspielerei aufgegeben.«

»Ihre Schauspielerei?«

Jane erläuterte, wie Kathy vorgegeben hatte, arm und voller Idealismus zu sein, bis Jane selbst die Wahrheit entdeckt hatte.

»Und sie behauptet, daß Lila von allem gewußt hat und versucht hat, sie zu erpressen?«

»Versucht, ja, aber sie hatte keinen Erfolg damit. Kathys Problem ist, daß sie sich inzwischen mehr Sorgen um ihr Geld macht als um ihr Image. Sie hätte es eher riskiert ›aufzufliegen‹, als Lila auch nur einen Pfennig zu geben.«

»Möglich ...« sinnierte Mel. »Was ist mit den anderen? Hat sie es sonst noch bei jemandem versucht?«

»Ich glaube, sie hatte etwas gegen Pooky in der Hand, aber das ist lediglich eine Vermutung. Ich habe Pooky ganz offen gefragt, und sie hat es verneint, regte sich aber trotzdem auf. Oh, fast hätte ich es vergessen – am ersten Abend erwähnte irgend jemand, daß Pooky ein Jahr wiederholen mußte. Das ist ihr offensichtlich sehr peinlich.«

»Und der Rest von ihnen wußte das nicht?«

»Keine Ahnung. Aber es kommt mir nicht unbedingt wie etwas vor, das sich für eine Erpressung eignet. Lila machte am ersten Abend außerdem einige subtile Andeutungen über Avalon und Drogen. Ich glaube, sie wollte darauf hinaus, daß Avalon in der High-School Drogen genommen hat. Nicht gerade eine Enthüllung, die ein Leben ruinieren könnte, denke ich. Und sie ließ noch eine Bemerkung darüber fallen, daß Beths Leben einer genauen Untersuchung unterzogen werde, wenn man sie an den Obersten Gerichtshof berufen sollte. Es hörte sich mehr an wie ein Schuß ins Blaue und schien Beth überhaupt nicht zu beunruhigen. Oh, und dann hat sie noch darauf angespielt, daß Mimis Mann politisch fragwürdig sei.«

»Wie hat Mimi reagiert?«

»Sie war zu Tode gelangweilt.«

»Was ist mit Crispy? Hat sie sie auch als Zielscheibe benutzt?«

»Nicht, daß ich wüßte. Oh, doch. Sie machte einige ziemlich grausame Bemerkungen, wie sehr Crispy einmal in den toten Ted verliebt gewesen sei.«

»Toter Ted?« erkundigte sich Mel.

»Ted lebte in diesem Haus, als sie alle die High-School besuchten. Er hat im Kutschenhaus Selbstmord begangen. Es scheint so, als sei jede von ihnen damals irgendwann mal in ihn verliebt gewesen. Übrigens, Mel, du hast mir noch gar nicht gesagt, wie Lila ermordet wurde.«

»Sie wurde mit einem Farbkanister bewußtlos geschlagen und anschließend erstickt«, erwiderte er ruhig.

»Irgendwelche Fingerabdrücke?«

Er schüttelte den Kopf. »Der Drahthenkel am Kanister wurde abgewischt. Wirklich eine teuflische Waffe. Man kann das Ding am Henkel halten und an einer dunklen Stelle kräftig ausholen, ohne daß das Opfer es heransausen sieht. Und auf Lumpen sind Fingerabdrücke eh nicht so gut auszumachen.«

»Komm schon, Mel. Erzähl mir mehr, das, was du *wirklich* weißt.«

»Bisher ist es erst wenig. Wir sollten besser hineingehen. Du frierst, und ich muß Edgars offizielle Aussage aufnehmen.«

»Mel, was ist mit den Streichen? Was haben sie mit dem Mord zu tun? Sind sie einfach als ein Ablenkungsmanöver gedacht? Oder reine Gehässigkeit? Oder was?«

»Ich habe keinen blassen Schimmer«, erwiderte er. »Noch nicht.«

Jane ließ Mel vorgehen und blieb noch einen Moment in der Einfahrt stehen, um über das nachzudenken, was sie besprochen hatten. Nur ein Verrückter war zu einem Mord fähig. Das war offensichtlich. Und man mußte auch ziemlich verrückt sein, um diese dummen Streiche zu spielen. Im Grunde konnte es sich also nur um ein und dieselbe Person handeln, da es ihr reichlich unwahrscheinlich erschien, daß zwei von den Anwesenden vollkommen übergeschnappt sein sollten. Zwei von sieben. Zwei von sechs eigentlich, denn Lila konnte weder der Killer noch der Scherzbold gewesen sein.

LILA!

Jane erinnerte sich wieder an das Notizbuch. Noch einen Augenblick zuvor hatte sie eigentlich Mel davon erzählen wollen, hatte es dann, aus Angst, sich zu verzetteln, doch noch unerwähnt gelassen.

Sie hastete ins Haus zurück, aber Mel war mit Edgar in der Bibliothek. Zu ihrer Überraschung hockten Mimi und Pooky vor dem Fernseher. Jede hielt ein Nintendo-Controlpad in der Hand. Während sie sich gegenseitig abschossen, kommentierten sie lautstark ihre Erfolge.

»Ich hab' dich erwischt!« quietschte Pooky.

»Ich habe immer noch zwei Leben übrig und drei Flaschen vom Zaubertrank!« erwiderte Mimi, beugte sich weiter vor und führte ein schwieriges Manöver durch, zu dem sie beide Hände und eine Menge Körpereinsatz benötigte.

»Könnten Sie das Spiel bitte für einen Augenblick unterbrechen?« bat Jane. Nachdem die beiden auf »Pause« gedrückt hatten, sagte sie: »Ich mache mich wieder an die Arbeit. Wenn Detective VanDyne hier fertig ist, bitten Sie ihn doch, noch einen Augenblick zu warten. Und geben Sie mir dann bitte Bescheid?« Sie wollte ihnen gerade erläutern, daß sie vergessen habe, ihm etwas Wichtiges mitzuteilen, überlegte es sich dann aber anders. »Ich muß ihn noch wegen unserer Verabredung nächste Woche sprechen.«

»Nächste Woche? Sie treffen sich auch privat?« erkundigte sich Pooky. »Wow! Er sieht wirklich toll aus! Oh, deshalb haben sie sich also so oft mit ihm unterhalten! Es hat gar nichts mit uns zu tun, es liegt daran, daß er ihr Freund ist!«

Jane spürte, wie sie rot wurde, und begann zu stammeln. »Ich – ich muß mit den Zimmern fertig werden.«

»Ich werde Ihnen wieder helfen«, bot Pooky an.

»Nein, amüsieren Sie sich lieber ein wenig. Ich bin sowieso schon fast fertig.«

Jane machte sich davon, bevor Pooky noch etwas sagen konnte.

Beth war in ihrem Zimmer. Sie saß im Schaukelstuhl am Fenster und las in einem Stapel von Papieren. Eine Spur des schrecklichen Geruchs war noch wahrnehmbar. Ob er nun von Beth selbst kam oder noch im Raum hing, ließ sich unmöglich feststellen.

»Keine Pause für den Workaholic?« erkundigte sich Jane.

»Eher keine Pause für die chronisch Unterbesetzten und Unterbezahlten.«

»Geht es Ihnen wieder gut?«

Beth lächelte, und für einen Moment wurde Jane klar, was für ein hübsches Mädchen sie einmal gewesen sein mußte. »Bei mir ist alles in Ordnung, danke. Ich habe mich heute morgen wirklich zur Närrin gemacht. Es ist mir ausgesprochen peinlich. Normalerweise reagiere ich nicht so hysterisch.«

»Das wäre doch jeder so gegangen! Da hat man Ihnen ja auch übel mitgespielt. Haben Sie eine Ahnung, wer ...?«

»Nicht die geringste«, entgegnete Beth.

Jane hatte bereits vermutet, daß Beth zu diskret sein würde, um Vermutungen zu äußern oder sich auf irgendeinen Klatsch einzulassen, aber sie war dennoch enttäuscht, daß sie recht gehabt hatte.

»Wissen Sie, was es gewesen ist? Dieser Gestank?« fragte Beth. Ihre Stimme klang ein wenig zittrig.

»Irgendein Zeug, mit dem man Fische ködert, glaube ich. Harmlos.«

»Harmlos ...«, murmelte Beth nachdenklich. »Ich hatte keine Ahnung ...«

»Keine Ahnung wovon?«

»Daß jemand eine solche Abneigung gegen mich hat.« Beim letzten Wort versagte ihr fast die Stimme.

»Lassen Sie sich von dieser Sache nicht so verletzen«, sagte Jane aufmunternd. »Ich bin sicher, daß es sich, wie bei den anderen Streichen, gar nicht um einen persönlichen Angriff gehandelt hat. Vielleicht waren Sie lediglich die einzige, die eine solche Deodorantflasche mit Roller dabeihatte, in die sich ja die Flüssigkeit gut hineinfüllen ließ. Ich bin sicher, daß es so gewesen ist.«

Beth lächelte. »Es ist nett von Ihnen, so etwas zu sagen. Ich hoffe, Sie haben recht.« Sie schniefte einmal leicht, setzte sich aufrechter hin und wandte sich wieder ihren Papieren zu. Ganz offensichtlich war sie es nicht gewöhnt, mit irgend jemandem über ihre Gefühle zu reden. Es schien ihr jedenfalls großes Unbehagen zu bereiten.

»Stört es Sie, wenn ich ein wenig aufräume?« erkundigte sich Jane. Das Zimmer war zwar peinlich sauber, aber sie hatte den Auftrag, das Bettzeug und die Handtücher zu wechseln.

»Nicht im geringsten. Ich kann nur noch einmal betonen, wie großzügig es von Ihnen ist, daß Sie Shelley helfen. Sie hat Glück, eine Freundin wie Sie zu besitzen.« Im Gegensatz zu Pooky kam Beth nicht auf die Idee mitzuhelfen.

»Ich habe auch Glück. Es hat einige schlimme Zeiten in meinem Leben gegeben, die ich ohne Shelley nicht durchgestanden hätte.«

»Wirklich? Tut mir leid, daß zu hören.«

Es lag etwas Einladendes in ihrer Stimme, aber Jane ging nicht darauf ein. Sie wußte selbst, wie man Leute zum Reden bringen konnte, und entdeckte deshalb schnell, wenn der Spieß umgedreht wurde und jemand das gleiche bei ihr versuchte. »Die Sache mit Lila ist wirklich bedauernswert, nicht wahr?« Sie begann, daß Bett abzuziehen.

»Niemand sollte eines gewaltsamen Todes sterben«, erwiderte Beth taktvoll.

»Wie war sie damals, als Mädchen? Bei allen anderen kann ich mir vorstellen, wie sie gewesen sind, aber bei ihr fällt es mir irgendwie sehr schwer.« Jane war fest entschlossen, einige Informationen oder eine aufrichtige Meinung aus Beth herauszuquetschen – das war sie sich selbst schuldig. Beths knappes Eingeständnis, daß ihre Gefühle verletzt worden waren, bewies, daß es gelingen konnte.

164

»Lila als Mädchen ...«, antwortete Beth. »Klug, das war Sie ganz gewiß. Ein bißchen versnobt, aber sie kam ja auch aus einer sehr alten, angesehenen Familie. Ich glaube, sie war ehrgeizig, aber ohne dabei ihren Ehrgeiz auf etwas Besonderes zu konzentrieren, wenn Sie verstehen, was ich meine.«

»Ich denke schon. Aber die meisten Menschen sind so. Sie sind da eine Ausnahme.«

»Ich?«

»Die anderen erzählten, daß Sie schon in der High-School die Absicht hatten, einmal Anwältin zu werden.« Jane schüttelte ein frisches Laken auf und begann, die Matratze damit zu beziehen.

»Ich glaube, das stimmt auch. Es ist schon so lang her, es war fast in einem anderes Leben. Als ich noch ein anderer Mensch war.«

»Sie sind also der Meinung, daß Sie sich sehr verändert haben?« erkundigte sich Jane überrascht. Aus den Bemerkungen der anderen war sie zu dem Schluß gekommen, daß sich Beth am wenigsten verändert hatte.

»Natürlich! Jeder tut das doch. Schauen Sie sich doch nur einmal selbst an. Versuchen Sie, sich daran zu erinnern, wie sie sich selbst und ihre Eltern und Freunde gesehen haben, als sie achtzehn waren. Wahrscheinlich haben Sie ihnen gegenüber heute ganz andere Gefühle.«

»Das stimmt schon. Aber ich neige zu der Auffassung, daß die Menschen grundsätzlich eher dieselben bleiben und sich nicht großartig verändern.«

»In bezug auf grundlegende Charaktereigenschaften, meinen Sie? Möglicherweise. Und einige, wie zum Beispiel Kathy, versuchen verzweifelt, so zu bleiben, wie sie sind.«

Jane war ein wenig schwindlig von dieser Unterhaltung, die sich im Kreis bewegte. Beth würde sich nicht noch einmal eine Blöße geben. Wahrscheinlich passierte es nur

165

einmal alle zehn Jahre. Vielleicht wäre eine Schocktaktik angebracht.

»Es muß sehr schwer für Sie sein, an diesem Ort hier zu übernachten, wo Ted gestorben ist.«

Einen Moment lang herrschte eine empörte, beleidigte Stille. Dann antwortete Beth überraschenderweise: »Nicht so schwer, wie ich eigentlich gedacht hatte. Wenn sich ein Jugendlicher umbringt, kann das für alle Beteiligten verheerende Folgen haben. Als es damals geschah, war es schrecklich für mich, aber mit den Jahren wurde mir klar, daß es nichts mit mir zu tun gehabt hat. Selbstmord liegt immer ausschließlich in der Verantwortung der Person, die ihn begeht. Es ist charakteristisch für die menschliche Natur, daß wir versuchen, andere für unsere Probleme verantwortlich zu machen, aber am Ende sind unsere Probleme oder zumindest die Art und Weise, wie wir mit ihnen umgehen, eben doch ganz allein unsere eigene Sache. Selbst wenn es um sehr schwerwiegende Dinge geht. In dem Fall, den ich gerade bearbeite – nun ja, wie auch immer. Ich wollte nicht philosophisch werden«, fügte sie mit einem Lachen hinzu. »Ich werde Ihnen jetzt besser nicht mehr im Weg sitzen.«

Und bevor Jane auch nur irgend etwas sagen konnte, hatte Beth ihre Papiere eingesammelt und das Zimmer verlassen. *Sei nicht enttäuscht,* sagte sich Jane im stillen. *Sie hat nicht das, was sie jetzt ist, erreicht, weil sie gerne mit Aushilfskräften plauscht.*

»Ein Notizbuch? Das dem Opfer gehörte?« fragte Mel. »Warum in Gottes Namen hast du mir nicht eher davon erzählt?« Er machte wirklich einen wütenden Eindruck.

»Ich wollte ja, aber ich habe es immer wieder vergessen.«

»Sie hatte es also in deinem Wagen liegengelassen?«

»Ja, Crispy hat ein ganz ähnliches und wollte einmal

sehen, was in Lilas Buch stand, deshalb hat sie die beiden irgendwie vertauscht und Lilas nachher aus meinem Wagen mitgenommen.«

»Was stand drin?«

»Keine Ahnung. Da mußt du Crispy fragen.«

Also wurde Crispy ordnungsgemäß herbeizitiert. Sie trug einen pinkfarbenen Sportanzug, unauffällige Perlenohrringe und sah umwerfend gut aus. *Das ist ein Sportanzug, in dem nie Sport getrieben werden wird,* dachte Jane.

»Das Notizbuch? Zum Gähnen«, antwortete sie, ohne auch nur im geringsten aus der Fassung zu geraten, weil sie es nicht der Polizei übergeben hatte. »Ein paar Zahlen in einer Art Tabelle, die so aussahen, als habe sie die Kosten verschiedener Autoversicherungen verglichen. Eine Quittung für Humus. Ein paar Lebensmittelcoupons. Die Adresse eines Juweliers in New York. Warten Sie – dann noch einige Ankunfts- und Abflugszeiten. Ihr Flug, nehme ich an. Nichts Verwendbares.«

»Vielleicht überlassen Sie es mir, diese Entscheidung zu treffen«, erwiderte Mel mit scharfer Stimme.

»Das würde ich mit Vergnügen, aber es geht leider nicht. Das Notizbuch ist verschwunden.«

»Was?«

»Ich habe es zu der Unterwäsche gelegt, die ich gekauft hatte. Ich ließ die Tüte auf dem Bett liegen, um die Sachen später wegzuräumen. Als ich dann in mein Zimmer zurückkam, war es weg. Nicht die Wäsche, aber das Notizbuch.«

»Warum haben Sie denn nichts gesagt?« fragte Jane, die nun auch ärgerlich wurde.

»Ich habe es einfach vergessen. Die Notizen darin waren wertlos, das können Sie mir glauben. Bloß Zeug, das man sich gewöhnlich auf der Rückseite von Einkaufszetteln notiert und in die Handtasche steckt.«

»Falls es wieder auftauchen sollte, werden Sie es uns

natürlich mitteilen, nicht wahr?« erkundigte sich Mel trocken.

Crispy sprang auf die Füße. »Aber sicher.«

Mel trommelte mit seinen Fingerspitzen auf den Tisch der Bibliothek. »Jane, wärst du gestern damit herausgerückt, hätte ich das ganze Haus durchsuchen lassen können, und wir hätten es wahrscheinlich gefunden. Niemand hat gestern das Grundstück verlassen. Aber heute sind sie in alle vier Winde zerstreut.«

Das entsprach der Wahrheit. Es war ein wunderschöner Tag, und selbst die Stubenhockerinnen hatten sich zu einem Spaziergang nach draußen getraut. Avalon und Pooky waren mit Freunden in der Stadt zum Frühstück verabredet. Das Notizbuch konnte inzwischen schon meilenweit entfernt sein.

Aber andererseits war die Untersuchung dieses Mordfalles Mels Job. Und es war sein einziger Job, während Jane auf drei Kinder aufpassen mußte, im Gasthaus saubermachte und beim Kochen aushalf, sich Zeit abzwackte, um an ihrem Roman zu arbeiten, und auch noch an Elternabenden teilnahm. Außerdem war sie, obwohl es nicht zu ihren Aufgaben gehörte, bei den Streichen immer helfend zur Stelle gewesen. Ihr Kopf war völlig zu. Aber im Interesse ihrer Beziehung zu Mel erwähnte sie nichts von alledem. Statt dessen sagte sie: »Es tut mir aufrichtig leid.«

Eigentlich wollte sie fragen, was die Polizei über die Frauen herausgefunden hatte, aber dafür war jetzt wohl nicht der richtige Zeitpunkt. Außerdem war auch Mel recht gut, wenn es darum ging, diskret zu sein. Sie wußte schon, was er ihr antworten würde: »Jane, wenn jemand nicht vorbestraft ist, dann existiert er oder sie, soweit es uns angeht, überhaupt nicht. Natürlich kann ich alles über das Leben eines Menschen herausbekommen, aber erst, wenn diese Person als dringend tatverdächtig in

Frage kommt.« Sie hatte eine ähnliche Unterhaltung schon früher einmal mit ihm geführt.

Also ließ sie ihn, immer noch verärgert, ziehen und machte sich auf den Weg, um Edgar bei den Vorbereitungen für das Mittagessen zu helfen. »Wir sind fast fertig«, verkündete Edgar. »Heute abend wird es übrigens nur ein leichtes Essen geben, sie gehen alle zu einer Cocktailparty im Gemeindezentrum.« Er schüttelte sich bei dem Gedanken an die Sorte von Essen, das man ihnen dort vermutlich vorsetzen würde. »Also, heute mittag gibt es gebackene Seezunge, eine leckere überbackene Käseschnitte und einen grünen Salat mit einer Zitronen-Joghurt-Soße. Alles schön leicht und feminin. Heute abend dachte ich dann an Chili und Butterbrote. Das ist Macho. Viel Sellerie und Crackers. Als Beilage Käse und Zwiebeln.«

»Ich würde noch einmal über die Bohnen nachdenken«, schlug Jane vor.

Edgar lachte. »Ich werde nicht so viele nehmen. Ob Shelley wohl jemals wieder zurückkommt?«

»Wenn sie klug ist, wohl kaum«, erwiderte Jane.

Sie hatten gerade damit angefangen, die Reste vom Mittagessen wegzuräumen, als das Telefon klingelte. Edgar reichte Jane den Hörer hinüber.

»Oh, Mom!« schluchzte Katie.

»Was ist passiert?« erkundigte sich Jane ängstlich.

»Ich habe meine Sportschuhe vergessen!«

Jane atmete erleichtert auf. »Ich werde zu Hause vorbeifahren und sie holen. Warte am Vordereingang auf mich.«

»Laufen Sie ruhig los«, sagte Edgar. »Ich kann das hier allein fertigmachen. Und ich werde auch Sie für das Abendessen nicht benötigen. Ich schaffe es schon.«

Jane machte ein halbherziges Angebot, doch noch ein-

169

mal zurückzukommen, aber Edgar ließ sich nicht darauf ein, und sie nutzte ihre Chance und machte sich aus dem Staub.

Als Jane bei der Junior-High-School ankam, sprang Katie auf den Wagen zu. »Stell dir mal vor, Mom! Jenny und ich sind heute abend mit zwei Jungen *verabredet!*«

»Nein, das bist du nicht.«

»Jetzt hör doch erst mal eine Minute zu! Jennys Vater fährt uns, und Jennys Mutter hat schon zugestimmt.«

Das überraschte Jane. Jennys Mutter war genau wie sie selbst wild entschlossen, ihrer Tochter erst dann die Erlaubnis für ein Rendezvous mit einem Jungen zu geben, wenn sie mindestens fünfunddreißig Jahre alt war. »Jennys Mutter ist damit einverstanden?«

»Ja, sie hat gesagt, es sei okay. Sprich doch einfach mit ihr, Mom. Der Typ ist wirklich Klasse, und Mom, du solltest dich langsam mit der Tatsache abfinden, daß ich kein Kind mehr bin!«

Jane war versucht, darauf hinzuweisen, daß Katie die leibhaftige Verkörperung eines Kindes war, aber sie antwortete nur: »Ich werde mit Jennys Mutter reden. Das soll aber nicht heißen, daß ich bereits zugestimmt habe.«

Aber das hatte sie natürlich doch. Katie sprang davon wie eine überglückliche Gazelle. Jane blickte sich um und wollte gerade losfahren, als sie Shelleys Wagen bemerkte. Eine Sekunde später trat Shelley aus der Schule. Jane winkte, stieg aus, und ging zu ihr hinüber. »Was machst du denn hier?«

»Irgendein Idiot hatte sich gedacht, daß dies ein perfekter Tag sei, um mir wegen der Impfungen der Kinder auf die Nerven zu fallen. Ich mußte eine Bescheinigung im Büro vorbeibringen.«

»Du siehst nicht sehr ausgeruht aus«, sagte Jane.

»Ausgeruht! Ich bin die aussichtsreichste Bewerberin

für die Wahl zum PMS-Poster-Girl! Übrigens, es besteht keine Notwendigkeit, daß du mich heute abend zu dieser verdammten Sache im Gemeindezentrum begleitest.«

»Was du nicht sagst. War auch gar nicht meine Absicht. Du scheinst ja wieder aus deinem Schneckenhaus hervorgekrochen zu sein.«

»Schneckenhaus? Wenn ich ein solches Häuschen hätte, würde ich irgend jemandem damit den Schädel einschlagen.«

»Na, na«, sagte Jane beruhigend. »Wie sagen sie einem doch immer so schön im Kreißsaal: Bald ist es ja vorbei.«

»Wenn das Schlimmste noch bevorsteht«, fügte Shelley mit einem Lachen hinzu.

»Hazel, hast du den Verstand verloren?« sagte Jane einige Minuten später zu Jennys Mutter.
»Jane, wo bist du nur gewesen? Ich versuche seit zwei Tagen, dich zu erreichen. Nein, das ist eine ganz tolle Sache. Hör es dir erst einmal an. Komm herein.«

»Keine Zeit«, erwiderte Jane.

Sie nahmen auf der kleinen gußeisernen Bank neben der Eingangstür Platz. »Also, das Ganze wird folgendermaßen ablaufen: Diese Jungs haben die beiden ins Kino eingeladen. Einer dieser fürchterlich männlichen Schinken. Zwei Stunden voller Autojagden, Schießereien und literweise herumschwappendem Testosteron. Howard will den Film auch sehen – ich werde Männer wohl nie verstehen – und hat zugestimmt, die vier mitzunehmen. Verstehst du jetzt?«

Jane lächelte. »Die Mädchen werden den Film hassen, die Jungs hassen und die Tatsache, daß sie ein Elternteil begleitet, ebenfalls hassen. Mit viel Glück wird ihnen dabei der Geschmack vergehen, sich jemals wieder zu verabreden.«

»Genau! Ich wußte, es würde dir gefallen!«

»Tut es, aber trotzdem ist es ein erster kleiner Anfang ...«

»Jane, es gibt nicht mehr so viele Klöster, in die man seine Töchter stecken kann.«

»Schade drum. Okay. Ich werde mitspielen. Aber wenn das hier nicht funkioniert, wirst du Katie adoptieren müssen.«

»Mit Vergnügen. Wir könnten ja einfach tauschen. Ich bin so froh, daß die Mädchen sich wieder vertragen haben. Jenny hat uns das Leben zur Hölle gemacht. Sowohl Bruder als auch Vater drohten bereits, von zu Hause auszuziehen. Und ich war soweit, ihnen beim Packen behilflich zu sein. Bist du sicher, daß du nicht einen Augenblick Zeit hast, mit hineinzukommen?«

»Nein, ich muß mich wieder auf den Weg machen.«

Janes nächster Stop war das Einkaufszentrum, wo sie im hinteren Teil die Wäscheabteilung des dortigen Kaufhauses aufsuchte. Eine hochaufgeschossene, kräftig gebaute Blondine bediente gerade zwei ältere Damen und tippte den Preis ihrer Einkäufe in die Kasse. »Ich bin sicher, daß Sie hieran Freude haben werden, meine Damen, und falls es irgendwelche Probleme geben sollte, bringen Sie die Sachen einfach wieder zurück. Auf Wiedersehen und vielen Dank«, sagte sie, schaute ihnen nach und winkte freundlich, während sie von dannen zogen.

»Falls sie diese verdammten Korsetts zurückbringen sollten, werde ich ihnen ihre mickrigen Hälse umdrehen«, sagte sie, an Jane gewandt. »Na, wie läuft es so bei dir, Janie? Triffst du dich immer noch mit diesem knuffigen Bullen?«

»Wir sehen uns ab und an. Hör mal, bevor dich die nächste Kundin mit Beschlag belegt, muß ich dich etwas fragen. Warst du gestern um die Mittagszeit hier?«

»Ich bin seit ewigen Zeiten hier. Mittlerweile gehöre ich schon zum Inventar. Es gibt Leute, die behaupten, daß ich früher mal mitten in einem Feld gestanden habe und man das Einkaufszentrum einfach um mich herumgebaut hat.«

»Erinnerst du dich an eine Kundin, die nicht hier aus der Gegend stammt? Ungefähr Ende dreißig, sehr gestylt, hat einen ganzen Haufen Zeug gekauft.«

»Und das war ein ganz schön teurer Haufen, würde ich sagen. Eine Freundin von dir?«

»Nein, von Shelley. Ich habe sie nur hergefahren.«

»Sie sagte, irgend jemand habe ihr einen Streich gespielt, und ihre gesamte Unterwäsche gestohlen. Seltsamer Streich, wenn du mich fragst«, sagte Suzie. »Hoppla, eine Sekunde. Ich muß mal gerade ein paar Apfelkörbchen an die Frau bringen.«

Jane wartete, bis Suzie damit fertig war, einer weiteren Kundin strapazierfähige Unterwäsche zu zeigen, und machte sich dann wieder an sie heran. »Also, meine Frage lautet: Ist dir aufgefallen, ob die Frau noch etwas anderes in ihre Tüte gesteckt hat?«

»Laß mich nachdenken.« Suzie schloß die Augen und konzentrierte sich. »Ach, ja. Sie hatte ein rotes Notizbuch in der Hand, mit dem sie herumspielte. Las darin, während ich die Sachen in die Kasse eintippte. Hat versucht, es in die Handtasche zu stecken, aber es war zu groß. Ich glaube, sie hat es dann zu der Unterwäsche gelegt. Ja, ich bin ziemlich sicher, daß sie das getan hat. Warum in aller Welt interessiert dich das?«

»Weiß noch nicht genau. Die Frage hat mich einfach beschäftigt. Du hast nicht zufällig gesehen, was drin stand, oder?«

»Jane, sehe ich etwa so aus, als hätte ich für so etwas Zeit oder einen Grund? Tut mir leid, aber ich muß wieder an die Arbeit. Gib diesem VanDyne einen von mir.«

»Einen was?«

»Was immer du ihm so gibst«, antwortete sie mit einem Augenzwinkern.

Also hatte Crispy die Wahrheit gesagt und das Notizbuch wirklich in die Einkaufstüte gesteckt, dachte Jane, als sie zum Auto zurückging. Bedeutete dies, daß auch der Rest ihrer Geschichte der Wahrheit entsprach? Daß sie die Einkaufstüte auf das Bett gelegt hatte, weggegangen war und bei ihrer Rückkehr bemerkte, daß das Buch sich in Luft aufgelöst hatte? Und was war mit ihrer Behauptung, daß sich nur langweilige Notizen darin befunden hatten? Hätte Lila wohl einen solchen Wirbel veranstaltet, um es wiederzufinden, wenn das der Fall gewesen wäre?

Dann erinnerte sich Jane an das letzte Mal, als sie verschiedene Autoversicherungen verglichen hatte. Wenn ihr damals ihre Notizen abhanden gekommen wären und sie erneut das ganze verwirrende Zeug hätte durchkauen müssen, wäre sie wohl auch unter die Decke gegangen.

Die Vorbereitungen für Katies Verabredungen konnten es ohne weiteres mit denen für die Operation Wüstensturm aufnehmen. Zuerst stand eine rasant schnelle Einkaufstour nach der Schule auf dem Programm, die ein Vermögen kostete und damit endete, daß Jane in der letzten Minute den Saum eines für die Gelegenheit völlig unangemessenen Kleides umnähen mußte. Dann geriet sie sich mit Katie wegen falscher Wimpern in die Haare – eine Auseinandersetzung, aus der sie als Siegerin hervorging – und anschließend noch einmal wegen der Benutzung von Parfüm, wobei sie dann allerdings die Unterlegene war.

»Mom! In der Küche sieht es chaotisch aus!« brüllte Katie um Viertel vor sieben. »Was ist, wenn sie hereinkommen, um mich abzuholen?«

»Darf ich darauf hinweisen, daß ich nicht diejenige bin, die für das Chaos verantwortlich ist«, schnappte Jane erschöpft zurück. »Und sie kommen bestimmt nicht herein, da wir vor der Tür auf sie warten, sobald der Wagen in die Einfahrt biegt.«

»Wir? *Wir!* Mom, du hast doch nicht etwa vor …«

»Ich werde mir ansehen, mit wem du verabredet bist. Ende der Diskussion.«

Jenny war genauso aufgeputzt wie Katie, und obwohl sie gereizt war, hatte Jane doch einen Kloß im Hals, als sie die beiden Mädchen betrachtete. Sie sahen so niedlich und so fröhlich aus. Die Jungen waren bereits in eine erwartungsvolle Diskussion über den Film vertieft und feuerten sich gegenseitig an. Jennys Vater saß grinsend am Steuer. »Wir gehen ins Kino und anschließend zum Eisessen. Ich bringe sie gegen zehn wieder zurück«, sagte er zu Jane.

»Mom, darf ich mit zu Elliot und bei ihm übernachten? Er hat ein neues Spiel, und seine Mutter sagt, sie würde uns zum Pizzaessen mitnehmen«, überfiel sie Todd, als sie wieder ins Haus zurückkam.

»Ich denke schon. Wo bist du gewesen?«

»Hab' mich im Keller versteckt«, gab Todd zu. »Dieser ganze Mädchenkram, igitttt!«

Mike lag schlafend auf dem Sofa. Jane stellte den Fernseher aus, und er fuhr hoch, als hätte ihm jemand einen Stock in die Seite gestoßen. »Was hast du denn heute abend vor?« erkundigte sich Jane.

Er rieb sich heftig die Augen. »Nichts. Muß lernen. Mensch, Mom, ich bin die Schule so leid, und dieses Jahr muß ich mir sämtliche Beine ausreißen, nur damit ich noch vier weitere Jahre lernen darf.«

Sie setzte sich auf das Sofa und lehnte sich gegen ihn. Willard, der Angst hatte, daß außer ihm noch jemand eine Streicheleinheit erhalten könnte, sprang an ihren Beinen hoch und versuchte, sich über alle vier Knie zu legen. »Es ist wirklich höllisch, was?« erwiderte sie teilnahmsvoll.

»Sollen wir uns zum Abendessen etwas Chinesisches bestellen?«

»Hört sich gut an. Du kannst ja schon mal anrufen, während ich schnell dusche. Ich hole die Sachen dann ab. Verzieh dich, Willard-Billard!«

Der Hund folgte ihm nach unten.

Jane wartete, bis die Dusche abgestellt wurde, und telefonierte dann ihre Bestellung durch. Sie schaute nachdenklich zu, als Mike den Wagen aus der Einfahrt zurücksetzte. Das war auch so eine Angelegenheit, die sie demnächst in Angriff nehmen mußte. Ein Auto für Mike. Ihre vermögende Schwiegermutter Thelma bot ihm andauernd an – oder besser gesagt, drohte ständig damit –, ihm einen Wagen zu kaufen. Aber sie war auch diejenige, die die Wahl treffen würde, und Mike hatte bereits Horrorvisionen, was sie für einen Wagen aussuchen könnte. »Mom, es wird irgendeine Alte-Dame-Karre sein! Schlimmer noch, sie kauft sich vielleicht ein neues Auto und vermacht mir dieses graue Schlachtschiff, das sie da fährt. Das würde ich nicht überstehen«, jammerte er, als er von dem Angebot erfuhr. Jane gefiel der Gedanke gar nicht, in Thelmas Schuld zu stehen, denn Thelma gehörte zu der Sorte Mensch, die einen dies nie vergessen ließ.

Jane mußte an Geld kommen. Die Lebensversicherung ihres verstorbenen Mannes war in Treuhandvermögen für ihre Kinder angelegt – sie waren vermögender als sie selbst, und daher mußte sie sich keine Gedanken machen, wo sie das Geld fürs College hernehmen sollte. Aber den täglichen Lebensunterhalt bestritt sie ausschließlich aus Steves Anteil an den Profiten der Apothekenkette, die seine Familie besaß. Obwohl er nicht mehr am Leben war und nicht mehr dort arbeitete, entsprach sein Anteil dem seiner Mutter und seines Bruders, und Jane legte hartnäckig die Hälfte davon für das Treuhandvermögen zur

Seite. Im Grunde gehörte das Geld ja mehr den Kindern als ihr selbst. Das Schlimmste an der Sache mit dem Geld aus den Apothekenumsätzen war, daß Thelma es ihr Monat für Monat persönlich in die Hand drückte – und das auf so unwillige Art und Weise, als handele es sich um ein Geschenk, das für den Empfänger eigentlich viel zu gut war.

Dies war einer der Gründe, warum sie – je nach Lust und Laune – immer weiter an ihrem Buch arbeitete. Nicht etwa, daß sie davon träumte, damit das große Geld zu machen. Nun ja, sie träumte schon davon, aber sie nahm diese Träume nicht ernst. Außerdem hatte sie kürzlich damit begonnen, sich in der Bibliothek Bücher über die Immobilienbranche auszuleihen. Zwar erzählte ihr jeder, daß der Markt im Moment nicht boomte, aber wenn die Geschäfte erst einmal wieder besser liefen, wäre es vielleicht gar keine schlechte Sache, als Immobiliemaklerin zu arbeiten. Dann hätte sie endlich auch die Gelegenheit, Leute zu treffen, was natürlich nicht der Fall war, wenn sie im Keller an ihrem Roman arbeitete. Und sie wäre dadurch auch etwas unabhängiger. Wie gerne würde sie zu Thelma sagen: »Was für ein Scheck? Oh, *den* Scheck meinst du. Den hatte ich ganz vergessen.« Dann würde sie fröhlich lachen und ihn in die Handtasche stecken, ohne überhaupt einen Blick auf den Betrag zu werfen.

Als Mike mit dem Essen zurückkam, war sie immer noch in diese Phantasien vertieft. Sie aßen am Sofatisch im Wohnzimmer. Mike zappte die ganze Zeit mit der Fernbedienung durch die Fernsehkanäle. Nachdem Jane den Tisch abgeräumt hatte, holte sie ein Puzzle aus dem Schrank und kippte es auf den Tisch. »Hast du Zeit, die Ränder mit mir zu legen?« fragte sie.

»Na, klar. Mathe kann warten«, antwortete Mike.

Innerhalb weniger Minuten stolzierte Miau im Puzzle

herum und beschnupperte die Teile. »Ich hatte ganz vergessen, daß die Katzen nach diesem Puzzle so verrückt sind«, sagte Jane.

»Ich glaube, Todd hat einmal ein Thunfischbutterbrot darauf abgelegt. Mitten auf die Scheune. Sie sind immer hinter den roten Teilen her.«

Sie legten die Ränder, retteten rote Teile vor den Katzen und schauten eine Weile fern. »Wie kommt es, daß du heute abend nicht bei dieser Sache da bist?« erkundigte sich Mike, während er zwei größere Stücke miteinander verband.

»Du meinst bei dem Klassentreffen? Shelley hat mir freigegeben.«

»Mir geht das mit diesen Klassentreffen nicht in den Schädel«, sagte Mike. »Wenn ich erst einmal die High-School hinter mir habe, dann war es das. Es gibt niemanden, den ich jemals wiedersehen möchte.«

»Nicht einmal Scott?«

»Oh, Scott werde ich wohl nie loswerden«, erwiderte Mike lachend. »Aber wir sind ja keine Freunde, nur weil wir in dieselbe Schule gehen. Wir sind einfach so Freunde.«

»Aber du würdest zu keinem Klassentreffen gehen wollen?«

»Kannst du mir einen guten Grund nennen? Diese Typen kennen einen doch bloß als dummen Jungen. Ich möchte wirklich ›jemand sein‹, ohne daß mich ein Haufen von Leuten daran erinnert, wie ich bei meiner ersten Verabredung dem Mädchen ein Glas Limonade übers Kleid gegossen habe oder wie ich einmal eine Maus in meine Tuba gesteckt habe und mich dann übergeben mußte, als ich bemerkte, daß ich das Ding die ganze Zeit darin herumgeblasen hatte. Oder wie ich bei meiner Führerscheinprüfung durchgefallen bin, weil ich eine rote

Ampel übersehen habe …«

»Mike! Du hast mir doch gesagt, daß du beim schriftlichen Teil durchgefallen seist!«

»Ich habe gelogen, Mom. Es war zu deinem eigenen Besten«, fügte er mit einem Grinsen hinzu. »Aber, puhhh, wer will schon an so ein Zeug erinnert werden?«

»Ich verstehe den Sinn solcher Treffen auch nicht«, gab Jane zu. »Aber andererseits bin ich auch nie lange genug in eine Schule gegangen, um mich überhaupt an meine Klassenkameraden erinnern zu können. Aber ich denke, daß einige Leute sie gerade wegen der Dinge mögen, die du da eben erwähnt hast. Sie wurden erwachsen und sind nun ›jemand‹, und sie kommen zurück, damit alle davon erfahren. Und diejenigen, die es nicht zu etwas gebracht haben, kommen trotzdem und tun, so als ob.«

»Vertane Zeit«, urteilte Mike. »Für mich ist das hier die schlimmste Zeit meines Lebens. Zumindest soweit es diese Woche betrifft. Es kann nur noch besser werden, und ich möchte das Ganze nicht noch einmal durchleben. Todd erzählte, er habe gehört, daß eine dieser Frauen gestorben sei. Ich sagte ihm, er habe eine zu rege Phantasie.«

»Eine von ihnen ist tatsächlich gestorben«, erwiderte Jane.

»Woran denn? Herzanfall?«

»Ich weiß es nicht genau«, anwortete Jane. Sie wollte ihm nicht sagen, daß es sich um Mord handelte, weil er sich dann nur unnötig um sie sorgen würde. Was auch immer der Grund gewesen sein mochte, es hatte auf jeden Fall nichts mit ihr zu tun, und daher war sie nicht in Gefahr. Außerdem war das Treffen fast vorüber. Noch ein Picknick morgen nachmittag, Abendessen und Tanz im Country-Club, und am Sonntagmorgen würden sich dann alle wieder auf den Nachhauseweg machen. Mit etwas Glück würde sie keine von ihnen jemals wiedersehen.

Mike machte es sich mit seinen Büchern wieder in der Sofaecke gemütlich, und Jane fuhr fort, ihr Puzzle zu legen. Sie pflückte ein grünes Teil von Willard Nase, als er vorbeilief, sie tupfte es auf einer Serviette ab und legte es an die richtige Stelle.

Gegen halb zehn schellte es an der Tür.

»Shelley, was machst du denn hier?«

»Bin auf der Suche nach einem Versteck.«

»Komm herein.« Das Telefon begann zu läuten, als sie daran vorbeikamen. Sie nahm den Hörer ab, lauschte und sagte dann: »Mike? Es ist für dich.« Sie bedeckte die Muschel mit einer Hand und flüsterte: »Es ist ein Mädchen.«

Sie wartete ab, bis er oben an den anderen Apparat gegangen war, und legte dann vorsichtig den Hörer auf. »Ich frage mich, was wohl geschehen würde, wenn ich zu einer von denen sagen würde: ›Hör mal zu, du kleines Flittchen! Laß meinen Sohn in Ruhe!‹«

»Nicht viel. Pauls Mutter redet immer noch so mit mir.«

Jane lachte. »Ob es dir wohl besser ginge, wenn ich dir sagen würde, daß du umwerfend aussiehst?«

»Nicht wirklich, aber du kannst es ja versuchen. Jane, ich muß dringend mit dir reden ...«

181

»**Du hast sie also** zu einer Verabredung mit einem Jungen gehen lassen?« erkundigte sich Shelley ein paar Minuten später, als sie ihre Schuhe ausgezogen und ein halbes Glas Diätcola ausgetrunken hatte.

»Eine wahrhaft höllische Verabredung. Hazel und ich haben große Hoffnungen.«

»Also hat sie sich wieder mit Jenny vertragen? Warum hatten sie sich eigentlich gestritten?« Shelley hatte sich auf ihrem Stuhl zurückgelehnt und die Augen geschlossen.

»Aus Eifersucht. Wegen des neuen Mädchens. Glaube ich zumindest.«

»Ist es nicht erstaunlich, worüber sich Kinder aufregen können?« fragte Shelley.

»Oh, ich weiß nicht, ob die Kinder wirklich so schlimm sind. Keine von beiden hat der anderen etwas ins Deodorant geschüttet, wie das so manche Erwachsenen tun, die ich kenne.«

»Ist das Ganze nicht ein einziger Alptraum?«

»Was glaubst du, wer für die Streiche verantwortlich ist? Von dem Mord an Lila ganz zu schweigen ...«

»Du denkst also, es handelt sich um ein und dieselbe Person?« fragte Shelley.

»Ich glaube schon. Es sei denn, wir haben es mit zwei Übergeschnappten zu tun.«

»Ich fürchte, sie sind alle übergeschnappt!«

»Glaubst du das wirklich?«

Shelley setzte sich gerade hin. »Nein, natürlich nicht. Das ist ja das Seltsame an der ganzen Sache. Sie haben alle einen ausgeprägten Charakter, einige sind wirkliche Persönlichkeiten, aber keine von ihnen macht den Eindruck, als sei sie ein Mensch, der zu solchen dummen Tricks fähig ist, noch weniger imstande, irgend jemanden umzubringen. Ich denke immer noch, es muß sich um jemanden von außen handeln. Es muß einfach so sein, Jane!«

»Vielleicht …«

»Schau, Lila mag sich ja den Schaflämmchen gegenüber abscheulich benommen haben, aber sie ist nicht einfach über Nacht so geworden. Sie hat über Jahre hinweg Erfahrungen gesammelt, wie man Menschen unglücklich macht. Sie hatte möglicherweise einen Feind, der ihr hierher gefolgt ist und sie dann um die Ecke brachte, weil er sicher sein konnte, daß jemand anders dafür verantwortlich gemacht werden würde.«

»Das erscheint mir ein bißchen an den Haaren herbeigezogen.«

»Oh, ich habe ganz vergessen, dir etwas zu erzählen. Curry Moffat, unser Klassensprecher, sagte heute abend bei der Party, daß er jemanden kenne, der wiederum Lila gekannt hat. Ziemlich interessanter Klatsch. Offenbar war sie mit irgendeinem halslosen Bodybuilder verheiratet, dem sie half, eine Privatdetektei aufzubauen. Sie war wohl der Kopf des Unternehmens. Wie auch immer, jedenfalls lernte er gerade mal so viel übers Herumspionieren, um etwas über sie herauszubekommen, dann ließ er sich von ihr scheiden. Curry war sich nicht sicher, um welches kompromittierende Zeug es sich dabei handelte, aber es muß ziemlich explosiv gewesen sein. Er hat sie geschröpft. Der Bodybuilder. Nicht etwa Curry.«

»Was soll das heißen?«

»Der Mann hat alles behalten. Das Haus, die Detektei, die Bankkonten. Deshalb war sie so knapp bei Kasse. Das Familienvermögen ist aufgebraucht, wenn überhaupt jemals so viel dagewesen ist. Ich glaube gar nicht, daß jemals besonders viel Geld existiert hat, wohl eher ein Haufen illustrer Vorfahren.«

»Davon wirst du Mel berichten müssen.«

»Das habe ich schon. Er war auf der Cocktail-Party. Hat der Sache einen kleinen Dämpfer versetzt, weißt du.«

»Ich hatte bereits so eine Vermutung, daß du nicht hier sitzen würdest, wenn die Party toll wäre.«

»Oh, so schlimm war es auch wieder nicht. Ich war es einfach leid, zu lächeln und anderen zuzunicken. Und ich habe schon seit Tagen keine richtige Gelegenheit mehr gehabt, mich mit dir zu unterhalten.«

»Ist es Constanza schon gelungen, deinen Safe zu knacken?«

Shelley kicherte hinterhältig. »Sie hat eine große Schau abgezogen. Angeblich hat sie etwas verschüttet und hat bei der Suche nach einem sauberen Tischtuch *rein zufällig bemerkt,* daß wir einen Safe besitzen. Warum sie oben in einem Wandschrank nach einem Tischtuch gesucht hat, wo doch im Wäschezimmer ein ganzer Stapel davon liegt, konnte sie mir dann allerdings nicht erklären. Sie hat versucht, sich herauszuwinden. Allein dafür haben sich die Kosten des Safes bereits rentiert.«

»Hat sie versucht, die Kombination herauszubekommen?«

»Mehrere Male. Sie hat Paul in Singapur angerufen und ihm irgend so eine hirnverbrannte Geschichte erzählt, daß sie ein wertvolles Armband mitgebracht habe und sich viel besser fühlen würde, wenn sie es an einem sicheren Platz aufbewahren könnte.«

»Und?«

»Paul sagte ihr, daß er die Kombination nicht kenne. Was der Wahrheit entspricht. Als sie zu mir kam, habe ich behauptet, daß ich die Kombination vergessen hätte, was natürlich nicht stimmt, aber ich habe ihr vorgeschlagen, sie direkt zur Bank zu fahren, damit sie ihr fürchterlich wertvolles Armband in unser Schließfach legen kann. Daraufhin beschloß sie, daß das Armband doch nicht wertvoll sei und sie es weiterhin tragen werde. Was soll's – jedenfalls war die Party gar nicht so schlimm. Curry Moffat sieht aus wie das Kuchenteigmännchen von Pillsbury und hat seine süße kleine Frau und sein knuddeliges Baby mitgebracht.«

Jane hatte keine Lust, etwas über den Klassensprecher zu erfahren. »Hast du noch mehr Klatsch aufgeschnappt?«

»Nicht viel. Der Typ, dem Pooky das Schreibset mitgebracht hat, ist ein stinklangweiliger alleinstehender Facharzt für plastische Chirurgie. Sie schienen sich auf Anhieb gut zu verstehen. Vielleicht hängt da eine Romanze in der Luft.«

»Na, hoffentlich. Mittlerweile habe ich Pooky richtig gern. Ich weiß, daß sie den IQ eines Küchenmixers hat, aber sie ist ein gutherziger Mensch.«

»Ist sie das? Ich habe nicht so richtig die Gelegenheit gehabt, mit ihr zu reden. Und als sie bei unserer Versammlung zur Beschaffung von Geldern den Mund aufmachte, hätte ich ihr am liebsten jedes Mal eine gedonnert. Ihre Vorschläge waren so dämlich! Gutherzig mag sie ja sein, aber so dumm, daß es fast schon kriminell ist. Eine Telethon-Modenschau, also ich bitte dich!«

»Ich habe nie daran gedacht, sie zu fragen ... Hat sie eigentlich Kinder?«

Shelley dachte einen Moment lang nach. »Ich glaube, es gab da ein Kind in einer Ehe. Aber es gehörte wohl weder ihr noch ihrem Mann. Avalon erwähnte es im Wagen. Ihr Mann war offenbar vorher schon einmal verheiratet gewesen, und dies war sein Stiefkind. Als seine Frau starb, hat er dann Pooky geheiratet. Nach der Scheidung blieb das Kind bei ihm. Scheinbar belastet es Pooky sehr.«

»Arme Pooky. Waren auf der Party alle von Crispy beeindruckt?«

»Sie waren sprachlos.«

Ein Schlüssel drehte sich in der Küchentür, Katie rief gute Nacht und stürmte dann ins Wohnzimmer. »Mom! Oh, hallo, Mrs. Nowack.«

»Katie, hast du dich gut amüsiert?« erkundigte sich Shelley.

»Amüsiert? Amüsiert! Mit diesen beiden Pfeifen?«

Jane und Shelley brachten es beide fertig, keine Miene zu verziehen.

»Es war ein schrecklicher, dämlicher Film. All diese bescheuerten Autojagden. Und Johnny hat nicht einmal angeboten, sein Popcorn mit mir zu teilen. Was für Riesenhirnis! Und hinterher sind wir noch Eis essen gegangen, und das einzige, worüber sie gesprochen haben, waren Autos, Autos, Autos. Sogar Jennys Vater! Apropos! Ich muß Jenny anrufen.«

»Du bist doch gerade erst drei Stunden mit ihr zusammen gewesen.«

»Aber wir konnten uns nicht richtig unterhalten. Nacht, Mom.«

In stiller Übereinstimmung hatten Jane und Shelley gar nicht erst begonnen, eine ernsthafte Unterhaltung zu führen, da sie damit rechneten, schon bald unterbrochen zu werden. Nachdem Katie nun nach oben verschwunden war, beugte sich Shelley nach vorne und sagte leise: »Also, was hat Mel dir erzählt?«

»Praktisch nichts. Er ist sauer auf mich. Wegen des Notizbuches.«

»Welches Notizbuch?«

»Welches Notizbuch! Wir haben *tatsächlich* so einiges aufzuholen, wenn du nicht einmal über dieses verdammte Notizbuch Bescheid weißt.« Jane erläuterte Shelley, wie Crispy Lilas Notizbuch in die Hände bekommen hatte und es dann angeblich gestohlen wurde. »Aber du weißt ja, wie hektisch die Dinge gelaufen sind. Ich wollte ihm davon erzählen, aber es kam irgendwie immer etwas anderes dazwischen. Dabei hätte es gar keine Rolle gespielt, wenn ich ihm eher davon berichtet hätte, denn es verschwand bereits innerhalb von einer Stunde, nachdem Crispy es zu fassen bekommen hatte.«

»Glaubst du, daß sie die Wahrheit sagt? Daß wirklich nichts Wichtiges darin gestanden hat? Und daß es tatsächlich gestohlen wurde?«

»Was den Inhalt angeht, so denke ich schon, daß sie die Wahrheit sagt, ja. Aber soweit es den Diebstahl betrifft, nein. Allerdings habe ich wirklich keinen Grund, ihre Worte zu bezweifeln. Ich vertraue aber auf meinen Instinkt. Ich glaube, daß es sich immer noch in ihrem Besitz befindet und sie versucht, eine Bedeutung aus den Notizen abzuleiten.«

»Genau das denke ich auch. Das, oder …«

»Oder was?«

Shelley stand auf und lief eine Minute lang auf und ab, wobei sie ihre Zehen tief in den Teppich hineindrückte. Willard rappelte sich auf, trottete neben ihr her und blickte erwartungsvoll zu ihr auf. Shelley tätschelte geistesabwesend seinen Kopf. »Schau, Lila hat versucht, Leute zu schröpfen, sie wegen Geld zu erpressen, richtig?«

»Scheint so, wenn man dem glauben darf, was Kathy sagt.«

»Was auch immer sie über die anderen wußte, stand vielleicht im Notizbuch.«

»Du meinst, sie hat es nicht einfach im Kopf behalten?«

»Nicht, wenn es sich um ganz bestimmte Dinge handelte, mit denen sie die anderen konfrontieren wollte. Beispielsweise ein genauer Betrag über Kathys Beteiligung an einem südafrikanischen Unternehmen. Einfach, um sie zu überzeugen, daß sie wußte, wovon sie sprach. Erpressung gehört nicht zu meinen Künsten, aber ich vermute doch, daß man im Besitz einer konkreten Information sein sollte, um Erfolg zu haben.

»Okay, das kaufe ich dir ja gerne ab …«

»Sie hat es vielleicht als harmlose Notizen getarnt für den Fall, daß sie das Buch einmal verlieren sollte – was ja auch geschehen ist. Oder falls jemand anderes einmal einen Blick hineinwerfen sollte. Man kann wohl kaum erwarten, daß sie den einzelnen Seiten Überschriften verpaßt hat wie ›Was ich für die Erpressung von Kathy herausgefunden habe‹. Also ist es durchaus möglich, daß Crispy gedacht hat, es handele sich um langweilige Zahlen.«

Jane dachte eine Minute lang nach. »Oder sie nahm zumindest an, daß es sich um langweilige Zahlen handelte, bis sie zu dem Teil kam, wo es um sie selbst ging.«

»Hat Lila denn auch vorgehabt, sie zu erpressen?«

»Darüber hat sie nie gesprochen. Bei dir hat sie es doch wohl nicht etwa auch versucht?«

»Mein Leben ist zu langweilig, als daß sich eine Erpressung lohnen würde«, erwiderte Shelley. »Aber ich glaube, sie hat sich einmal zumindest herangetastet. Sie machte irgendeine Bemerkung über Paul und daß sie sich vorstellen könnte, daß er bei all seinen Franchise-Unternehmen wohl Probleme mit den Leuten von der Steuerbehörde haben müßte. Ich sagte nein, überhaupt nicht, was eine glatte Lüge war. Paul liegt dauernd mit ihnen im Clinch. Na ja, jedenfalls habe ich es damals überhaupt nicht so empfunden, aber später wurde mir dann klar, daß sie die Vorarbeiten zu einer Drohung hinter sich gebracht hatte. Etwa in der Art: Paul *wird* Probleme mit der Steuerbehörde bekommen, falls du nicht – was auch immer machst. Irgendwie kann ich mir nicht vorstellen, daß sie etwas gegen Crispy in der Hand hat, worüber Crispy selbst nicht wahnsinnig gerne reden würde. Sie liebt es, Leute zu schockieren.«

»Nein, soweit es Crispy betrifft, schienen ihre Anspielungen sich immer nur auf Crispys hoffnungslose Schwärmerei für Ted zu beziehen.«

»Ted! Ich bin es wirklich leid, immer wieder von diesem Ted zu hören. Das Ganze hat sich ja zu einem ›Ted-Francisco-Erinnerungstreffen‹ entwickelt!«

»Was meinst du, ist wirklich mit Ted passiert? Ob er wohl Selbstmord begangen hat?«

»Was für eine seltsame Frage! Natürlich hat er das. Es sei denn, du hast ihn kürzlich hier herumschwirren sehen.«

»Nein, das nicht, aber Crispy denkt, daß es ein Unfall war. Daß er den Wagen angelassen hat und dann noch einmal zurückging, um etwas zu holen, betrunken aufs Bett fiel und später starb.«

»Das ist wahrscheinlich von ihrer Seite aus ein Wunschdenken«, sagte Shelley, »aber es ist durchaus möglich. Ganz interessant …«

»Was denkst du? War Ted der Typ, der sich umbringt?«

Shelley lachte. »O Jane. Ted hätte mich nicht beachtet, selbst wenn er über mich gestolpert wäre. Ich gehörte nicht zu seiner Clique. Ich kannte ihn nicht einmal richtig und habe ihn nur aus der Ferne bewundert. Aber wenn du schon so fragst – oberflächlich betrachtet erschien es nicht nachvollziehbar. Das tut Selbstmord allerdings wohl nie. Du glaubst doch hoffentlich nicht, daß Ted etwas mit der Sache hier zu tun hat, oder?«

»Großer Gott! Das wollen wir doch wirklich nicht hoffen! Nein, ich bin einfach neugierig. Wahrscheinlich, weil alle so oft über ihn reden.«

»Laß uns wieder auf das zurückkommen, was uns jetzt ernsthaft beschäftigt«, empfahl Shelley mit ihrer besten Frau-Vorsitzende-Stimme.

»Okay. Lila und ihre Erpressungsversuche. Die meisten gemeinen Dinge, die sie erwähnte, schienen mehr mit der High-School-Zeit als mit der Gegenwart zu tun zu haben.«

»Wie meinst du das?«

»Nun ja, sie deutete an, daß Avalon in der High-School Drogen genommen hatte. Hat sie das eigentlich wirklich?«

»Keine Ahnung. Es würde mich nicht überraschen. Was ist mit Pooky? Hatte sie wohl etwas gegen sie in der Hand?«

»Ich bin mir ziemlich sicher, daß es so war, aber Pooky gibt es nicht zu.« Jane wiederholte ihre Unterhaltung mit Pooky, bei der es um Lila und Pookys Sorgen gegangen war.

»Was für tiefe, dunkle Geheimnisse können Schülerinnen denn schon haben?« fragte Shelley. »Heute wäre das ja etwas anderes, aber damals?«

»Tja, Drogen. Abtreibung vielleicht. Ich weiß es nicht. Wie steht's mit einer Verurteilung wegen Trunkenheit am Steuer?«

»Damals wäre das sicherlich eine delikate Angelegenheit gewesen, aber heute doch wohl kaum. Die meisten Frauen in unserem Alter würden lediglich sagen: ›Ja, ist es nicht schrecklich? Ich habe einen furchtbaren Fehler begangen. Gott sei Dank gehört er nun der Vergangenheit an.‹ Und damit wäre der Fall erledigt. Wir alle haben dumme Sachen angestellt, bei denen wir noch heute zusammenzucken, wenn uns jemand daran erinnert, aber nichts, wofür wir denjenigen, der es erwähnt, gleich umbringen würden.«

»Was ist so schützenswert, daß man dafür einen anderen Menschen umbringt?« fragte Jane.

Sie dachten beide einen Moment lang angestrengt nach, ehe Shelley sagte: »Ein Kind? Vielleicht hat Lila damit gedroht, daß sie im Besitz von Informationen ist, die dazu führen könnten, daß einer Frau das Kind weggenommen wird. Laß uns mal nachdenken. Beth hat keine Kinder. Kathy hat einen ganzen Haufen, aber bei ihr hat Lila etwas anderes versucht. Avalon hat ein eigenes und ihre Pflegekinder. Crispy selbst hat keine eigenen Kinder, aber ein halbes Dutzend Stiefkinder aus ihren verschiedenen Ehen.«

»Ich glaube, Mimi hat zwei«, fügte Jane hinzu. »Sie hat mir ein Foto von zwei kleinen Mädchen gezeigt. Pooky hat keine, wie du sagst. Wo wir gerade von Kindern reden …« Jane wandte den Kopf zur Treppe. Von oben waren die Geräusche eines eskalierenden Kampfes zu hören. »Ich glaube, meine Lieblinge, die sich beide für selbständige Erwachsene halten, zanken sich wegen des Telefons.«

Sie stand auf, um die Sache zu klären.

»Wir packen es irgendwie vollkommen falsch an«, rief Shelley ihr hinterher.

»Das zumindest ist ganz offensichtlich«, gab Jane zurück. »*Michael! Katherine!*«

»**Ich sterbe vor Hunger.** Hast du irgend etwas zu essen da?« erkundigte sich Shelley, nachdem Jane die Kinder genug angeschrien hatte und wieder zurückgekommen war. »Am liebsten etwas Salziges und Knuspriges mit einem möglichst hohen Fettgehalt.«

»Cracker und Käse?«

»Hört sich eigentlich nicht fettig genug an, muß aber reichen.«

Shelley ließ sich auf einen Küchenstuhl plumpsen, während Jane die Snacks hervorholte. »Wie wäre es mit einer heißen Schokolade, um die Kalorienzahl nach oben hin abzurunden?« fragte Jane.

»Klingt wundervoll.«

Während Jane sich am Herd zu schaffen machte, sagte Shelley: »Ich glaube einfach nicht an Cholesterin. Ich bin sicher, daß sich die Mediziner innerhalb der nächsten zehn Jahre ihre armen, kleinen Gehirne zermartern werden, und dem aktuellen Trend entsprechend zu dem Ergebnis kommen, daß sie von Anfang an falsch lagen und die Menschen in Wirklichkeit so viel gesättigte Fette benötigen, wie sie verdrücken können. Sie sind ja jetzt schon dabei, ihre Meinung über Eier zu revidieren.«

»Interessante Theorie.«

»Jane, du mußt folgendes bedenken: Menschen sind Fleischfresser. Die Spezies hat sich im Dschungel weiterentwickelt, wo sie andere Kreaturen verschlang, deren Eier stahl und vielleicht ab und zu, zur Abwechslung oder aus reiner Verzweiflung, auch einmal die eine oder andere Pflanze gegessen haben mag. Ich denke, Fleisch und Eier sind genau das, was wir Menschen brauchen.«

Jane setzte ein Tablett mit zwei Tassen dampfendem Kakao ab. Sie hatte sogar einige kleine Marshmallows in die Tassen gegeben. »In diesem Fall bin ich ja mit meinen Schränken voller ehemals verpönter Nahrungsmittel aufs Beste vorbereitet. Shelley, um noch einmal auf das Thema von vorhin zu sprechen zu kommen: Heute morgen befragte mich Mel wegen dieser Streiche, und er tat dabei etwas wirklich Interessantes, das wir auch einmal versuchen sollten.«

»Was war es denn?«

»Er fertigte eine Liste der Streiche an und ging sie dann immer und immer wieder durch, wobei er sie jedes Mal unter einem anderen Gesichtspunkt betrachtete. Wie zum Beispiel: Ist jemand verletzt worden? Wer war das Opfer? Könnten die Streiche eine besondere Bedeutung haben? Waren Vorbereitungen dazu notwendig?«

»Hm. Und, ist es ihm gelungen, irgendeine Schlußfolgerung daraus zu ziehen?«

»Nicht, daß ich wüßte. Zumindest nicht in dem Moment. Aber es ist eine interessante Möglichkeit, Dinge zu betrachten.«

»Und ...?«

»Also laß uns das gleiche mit dem Mord anstellen. Wir sollten alles in einer geordneten, logischen Weise durchgehen.«

»In Ordnung. Wo fangen wir an?« Shelley biß ausgesprochen undamenhaft kräftig in ihren Cracker, auf den sie eine verschwenderische Menge Käse gestrichen hatte.

»Tja, wie wäre es hiermit – wenn wir davon ausgehen, daß Lila umgebracht wurde, weil sie jemanden erpreßte ...«

»Können wir das denn mit Bestimmtheit sagen?«

Jane dachte einen Moment lang nach. »Nein, mit *Bestimmtheit* eigentlich nicht. Aber die Wahrscheinlichkeit ist doch sehr groß.«

»Wahrscheinlich bedeutet aber nicht sicher.«

»Das ist richtig, aber warum sonst sollte sie umgebracht worden sein?«

»Oh, da gibt es eine Vielzahl von Gründen, angefangen bei der Tatsache, daß sie in jeder Hinsicht ein unangenehmes Luder gewesen ist.«

»Ja, aber davon gibt es auf der Welt ja ziemlich viele, und die meisten von ihnen sind quicklebendig.«

»Leider«, erwiderte Shelley grinsend.

»Okay, wir können unsere Ausgangsannahme ja später noch einmal näher unter die Lupe nehmen. Aber für den Moment laß uns einmal so tun, als *wüßten* wir, daß Lila umgebracht wurde, weil sie irgend jemand erpreßte.«

»Warum nicht. Dann fahren Sie fort, Sherlock.« Shelley nippte einmal vorsichtig an ihrem Kakao und schloß einen Augenblick lang anerkennend die Augen. »Du weißt wirklich, wie man mit Fertigmischungen umgehen muß, Jane.«

»Danke. Dann sollten wir nun vielleicht einen Blick auf unsere Liste der Verdächtigen werfen«, fuhr Jane fort.

»Wer steht denn überhaupt auf dieser Liste?«

»Die Schaflämmchen«, antwortete Jane mit einem nervösen Lächeln.

»Und wer sonst noch?«

»Sonst wüßte ich niemanden. Shelley, du weißt doch ganz genau, daß es nur eine von ihnen getan haben kann.«

»Nein, das weiß ich genausowenig wie du.«

Jane erkannte, wann sie sich auf dünnem Eis bewegte. »Du magst ja recht haben. Aber da wir keine Ahnung haben, um wen es sich bei den anderen Verdächtigen handeln könnte, sollten wir uns vielleicht über die unterhalten, die uns bekannt sind.«

Shelley nickte widerwillig.

»Also, dann laß uns zuerst einmal darüber nachdenken, wer die Gelegenheit zu der Tat hatte.«

»Alle, würde ich sagen. Es kommt darauf an, wann genau sie getötet wurde, oder nicht? Schließlich war sie draußen im Kutschenhaus und wurde gefunden, nachdem alle Türen verriegelt worden waren. Aber vielleicht wurde sie ja auch schon vorher getötet. Vor halb elf.«

»Dann müßte es also zwischen halb zehn und halb elf geschehen sein. Richtig?«

»Sie und wer es auch gewesen sein mag, konnten aber in dieser Zeit nicht durch die Küchentür nach draußen gelangen, stimmt's?« fragte Shelley.

»Wohl kaum. Irgend jemand war immer in der Küche. Aber das Haus hat ja mehrere Türen, die hinausführen.«

»Jane, ich glaube nicht, daß uns das hier viel bringt. Es hat doch nur wenige Minuten in Anspruch genommen, ihr einen Farbkanister gegen den Schädel zu schlagen – so ist es doch geschehen, oder nicht? – und sie zu ersticken. Und es ist nicht so eine dreckige Angelegenheit, wie beispielsweise jemanden mit einem Messer umzubringen. Die Mörderin mußte sich nicht wieder ins Haus zurückschleichen, um Blut von der Kleidung zu waschen oder sonstwas, sondern einfach leise durch die Tür schlüpfen, um dann da wieder anzuknüpfen, wo sie aufgehört hatte – ganz so, als sei sie nur auf der Toilette gewesen.«

»Hmmm.«

»Übrigens war Mel heute nachmittag wieder da und hat

alle noch einmal befragt. Genaue Aufenthaltsorte und Uhrzeiten. Er tat mir im Grunde richtig leid.«

»Machte er einen deprimierten Eindruck, nachdem er fertig war?«

»Ziemlich. Verständlicherweise. In unserem normalen Alltagstrott wäre wohl jede von uns problemlos in der Lage, ziemlich genau Rechenschaft darüber abzulegen, was sie getan hat. Wir sind an feste Tagesabläufe oder Bürostunden oder sonstwas gebunden. Aber dies hier war als kurzer Urlaub gedacht. Alle Leute, die ich kenne, stellen ihre innere Uhr ab, sobald sie in Ferien sind. Ich jedenfalls tue es garantiert.«

»Und hinzu kommt ja noch, daß es einige Nachtstunden betrifft«, sagte Jane. »So daß die einzig vernünftige Antwort auf die Frage ›Wo waren sie?‹ eigentlich lauten müßte: ›Im Bett‹. Selbst wenn es für eine von ihnen nicht zutraf.«

»Jane, diese Methode scheint uns also ebensowenig weiterzubringen, wie es bei Mel der Fall war.«

»Dann sollten wir das Ganze einmal aus einem anderen Blickwinkel betrachten. Wer hatte bei Lilas Erpressungen das meiste zu verlieren?«

»Da wir nicht wissen, was sie gegen jede einzelne in der Hand hatte …«

»Halt, gehen wir einen Moment lang davon aus, daß sie gegen jede etwas wirklich Schreckliches in der Hand hatte. Wer hatte das meiste zu verlieren?«

»Alle, denke ich. Wenn sie wirklich über jede einzelne etwas absolut Fürchterliches herausgefunden hatte, das sie beispielsweise hinter Gitter bringen konnte, dann, würde ich sagen, alle.«

»Aber ich möchte bezweifeln, daß es so gewesen ist. Die einzige Angelegenheit, über die wir inzwischen Bescheid wissen, ist die mit Kathy und ihrem geheimgehaltenen Reichtum. Und das war ja lediglich peinlich. Das andere bestand sicherlich aus Variationen von ähnlicher Qualität. Es sei denn, wir nehmen an, daß eine von ihnen tatsächlich etwas wirklich Schreckliches getan hat, Militärgeheimnisse verraten oder eine Bank ausgeraubt hat. Dinge in der Art.«

»Nun, dann würde ich auf Beth tippen. Sie ist diejenige, bei der ein makelloser Ruf ganz wesentlich für ihr Leben ist. Aber ich kann mir einfach nicht vorstellen, daß Beth jemals etwas tun würde, das ihrer Reputation auch nur eine Schramme versetzen könnte.«

»Aber die Ansicht ist doch ziemlich weit verbreitet, daß der gute alte Ted sich das Leben nahm, weil sie die Beziehung beendete. Das ließe sich doch als kleiner Schönheitsfehler ansehen«, wandte Jane ein.

»Wie du schon richtig sagst, ist es ›ziemlich verbreitet‹ und wahrlich kein Geheimnis. Und wie du selbst bereits berichtet hast, tendieren einige zu der Annahme – oder wollen es zumindest gerne glauben –, daß es einfach ein Unfall war, der dem Alkohol zuzuschreiben ist, aber nichts mit ihr zu tun hatte.«

»Hmmm ... tja, dann vielleicht irgendeine Verhandlung, bei der sie das Urteil sprach, es aber eine Verbindung zu dem Angeklagten gab, die sie nicht zugeben wollte?«

»Kannst du dir das wirklich vorstellen? Sie hat sich derartig unter Kontrolle, wie ich es selten bei einem Menschen erlebt habe. Sie macht ständig den Eindruck, als würde sie neben sich stehen und sich sagen: ›Besteht die Möglichkeit, daß dies falsch ausgelegt werden könnte? Wenn ja, dann werde ich es nicht tun‹. Ganz besonders, wenn es sich um ihre Karriere dreht, die ja ihr Leben ist.«

»Da hast du recht. Gut, wie steht es denn um Kathy? Nehmen wir einmal an, es handelt sich um mehr als nur einen Haufen Geld. Was wäre, wenn sie Insiderhandel betrieben hat?«

»Ich glaube, man muß Börsenmakler sein, um sich überhaupt des Insiderhandels schuldig machen zu können.«

»Es sollte ja auch nur als Beispiel dienen. Dann ist sie vielleicht für irgendeinen faulen Zauber in Verbindung mit Aktien verantwortlich. Den nötigen Grips dazu hätte sie.«

Shelley stand auf und schüttete ihnen beiden noch eine Tasse Kakao ein. »Okay, das kauf' ich dir ab. Aber woher konnte Lila davon wissen?«

Jane zuckte die Schultern. »Keine Ahnung. Aber Lila war nicht gerade auf den Kopf gefallen, und sie hat einmal eine Detektei geleitet. Was für eine sonderbare Beschäftigung für jemanden, der so formell und korrekt war! Jedenfalls wußte sie, wo und wie sie sich nach Informationen über Leute umtun mußte.«

»Was ist mit den anderen? Zum Beispiel Crispy? Was hätte sie zu verlieren? Ihr Leben und die zahlreichen Ehen sind nicht nur ein offenes Buch, sondern auch ein Buch, das sie jedem aufdrängt, der sich in Hörweite befindet.«

»Bigamie?« schlug Jane vor.

Shelley schüttelte den Kopf. »Dafür werden Leute heutzutage weder gesteinigt noch eingesperrt. Es ist eine rein zivilrechtliche Angelegenheit, die ein Haufen teurer Anwälte ohne weiteres zurechtbiegen kann.«

»Was wäre, wenn sie überhaupt nicht reich ist? Möglicherweise ist sie ja arm wie eine Kirchenmaus und hält nur alle zum Narren. Das Gegenteil von dem, was Kathy uns weismachen wollte?«

»Was würde es bringen, eine arme Kirchenmaus zu erpressen?«

Jane lachte. »Guter Punkt. Was Vorstellungskraft anbelangt, bin ich besser weggekommen als beim logischem Denken.«

»Dann versuch dich doch mal an Pooky«, erwiderte Shelley. Sie hatten die Cracker aufgegessen, und Shelley leckte sich die Finger ab. Dann tupfte sie die restlichen Krümel auf, die noch in der Packung waren.

»Pooky – in Ordnung, aufgepaßt. Sie hat diesen Riesenprozeß gegen den Kerl gewonnen, der ihr Gesicht ruiniert hat, nicht wahr? Was wäre, wenn Lila wußte, daß er eigentlich gar nichts falsch gemacht hatte, sondern daß Pooky selbst dafür verantwortlich ist? Man soll doch beispielsweise nach einem Face-Lifting nicht rauchen, weil die Narben sonst nicht richtig verheilen.«

»Damit will man doch wohl kaum sagen, daß du wie Pooky aussehen wirst, wenn du einmal einen Zug nimmst.«

Jane wurde langsam ungeduldig, versuchte aber, sich nichts anmerken zu lassen. »Shelley, ich konstruiere ja auch lediglich Beispiele. Was wäre denn, wenn – ach ja, wenn sie mit einem relativ harmlosen Zeug auf dem Gesicht nach Hause geschickt wurde und sich dann mit irgend etwas gewaschen hat, das eine chemische Reaktion verursachte? Wenn Lila darüber Bescheid gewußt hat und drohte, es auszuplaudern, wäre Pookys Prozeß vielleicht wieder aufgenommen worden, und sie hätte das ganze Geld zurückgeben müssen.«

»Du gehst also davon aus, daß Lila genau im richtigen Moment durch das Badezimmerfenster gespäht hat?«

»Shelley, du bist eine richtige Spielverderberin. Ich weiß nicht, wie sie davon erfahren hat, aber angenommen, es ist so gewesen?«

»Also, ich gebe dir dafür einen Gummipunkt, mehr auch nicht. Was ist mit Mimi?«

»Oh, Mimi ist ein einfacher Fall: Stichwort Einwanderungsbehörde. Möglicherweise ist etwas nicht ganz korrekt gelaufen, als ihre Eltern die ganze Familie in dieses Land brachten. Lila könnte im Besitz von Informationen gewesen sein, die die ganze Familie in Gefahr brachten, wieder nach China zurückgeschippert zu werden. Mimi mag ja inzwischen ihre Herkunft akzeptiert haben, aber ich kann mir nicht vorstellen, daß es ihr gefallen würde, wieder nach China zurückkehren zu müssen. Außerdem ist sie mit einem Soong verheiratet. Es könnte auch etwas Politisches sein.«

»Ganz so, als wenn man mit einem Smith verheiratet ist. Aber ich gestehe dir zu, daß es im Bereich des Möglichen liegt. Nicht sehr wahrscheinlich, aber durchaus möglich. Dennoch stellt sich auch hier wieder die Frage: Warum sollte Mimi sie umbringen? Würde sie sich nicht eher auf schnellstem Wege an einen Anwalt wenden, um die Sache in Ordnung bringen zu lassen?«

»Und wenn es keine Möglichkeit gäbe, sie in Ordnung zu bringen? Über wen haben wir noch nicht gesprochen?«

»Avalon.«

»Drogen«, sagte Jane wie aus der Pistole geschossen. »Lila schien darauf anzuspielen, daß Avalon in der High-School mit Drogen experimentiert hat. Aber vielleicht bezog sie sich ja auch auf die Gegenwart. Was wäre, wenn sie illegale Drogengeschäfte meinte?«

Shelley brach in schallendes Gelächter aus. »Und die wurden natürlich über einen Handarbeitsladen in den Ozarks abgewickelt! O Jane, du bist wirklich goldig!«

Jane gab sich Mühe, verstimmt dreinzuschauen, mußte aber selbst lachen. »Okay, dann laß uns aber festhalten, daß du lachst, weil es so unwahrscheinlich klingt. Welche bessere Tarnung könnte es geben als eine, die alle für unwahrscheinlich halten? Beantworte mir das mal!«

»Schon gut, schon gut, aber es ist nun einmal so, als würde man versuchen, sich Staatschef Noriega im Overall und mit einer Maiskolbenpfeife im Mundwinkel vorzustellen.«

Die beiden lachten immer noch, als sie ein leichtes Klopfen an der Küchentür hörten. Sie blickten sich alarmiert an. Auf der Küchenuhr war es Viertel vor elf.

»Wahrscheinlich einer von Mikes Freunden«, sagte Jane.

Sie ging zur Tür und zog den Vorhang zur Seite, bevor sie öffnete. »Mel? Was machst du denn hier?«

»Ich hoffe, es ist nicht zu spät. Ich habe gesehen, daß bei dir noch Licht brennt.«

»Komm herein. Shelley und ich haben uns gerade den Bauch vollgeschlagen.«

Er sah ein bißchen enttäuscht aus, als er Shelleys Namen hörte, sagte aber: »Hallo, Mrs. Nowack.«

Sie hatten sich von dem Moment an, als sie sich kennenlernten, nicht besonders leiden können, und Shelley war es, die bis heute auf der Anrede ›Mrs. Nowack‹ bestanden hatte.

»Kommen Sie herein, Detective VanDyne«, sagte sie. »Und erzählen Sie uns alles, was Sie herausgefunden haben.«

Das war keine Bitte, sondern ein Befehl.

Shelley mußte beobachtet haben, wie Janes Rücken sich versteifte, denn sie fügte schnell hinzu: »Natürlich nur, wenn es Ihnen nichts ausmacht, darüber zu sprechen. Und ich finde, wir sollten uns mit Vornamen anreden. Um Janes willen.«

Mel schaute kurz zu Jane hinüber, die ihm einen Blick zuwarf, der besagte: »Wage es nicht, einen sarkastischen Kommentar abzugeben.«

»Ich halte das für eine sehr gute Idee, Shelley«, antwortete er höflich.

Mel nahm gegenüber von Shelley am Küchentisch Platz, und die beiden begannen eine schauderhaft höfliche Plauderei, während Jane hektisch Regale und Kühlschrank nach weiteren Snacks durchwühlte. In der Hoffnung, daß sie nicht sehen konnten, was sie tat, schnibbelte sie schnell einen winzigen Schimmelfleck von einem ansehnlichen Rechteck Cheddar-Käse. Dann warf sie einige Weizencracker, die schon so alt und weich waren, daß man sie biegen konnte, auf ein Backblech und schob es in den Ofen.

»Jane erzählte mir, wie Sie die Streiche mit ihr durchgegangen sind und auch von der Methode, die Vorfälle aus verschiedenen Blickwinkeln zu betrachten«, sagte

202

Shelley und klang dabei ziemlich formell. »Wir haben versucht, diese Methode auf den Mord anzuwenden, aber Janes Phantasie ging mit ihr durch, und am Ende standen wir mit kolumbianischen Drogenbossen in den Bergen von Arkansas da.«

»Wirklich?« erwiderte er, nicht im geringsten amüsiert.

Shelley zählte die Überlegungen auf, die sie angestellt hatten. Jane nahm an, daß Shelley ihm, wenn auch keine Informationen, so doch zumindest eine Auflistung einiger Fakten präsentierte, in der Hoffnung, ihm auf diese Weise einige Neuigkeiten zu entlocken – sozusagen zum Ausgleich. Aber in dieser Hinsicht war er ein hoffnungsloser Fall. Mel würde ihnen nur so viel mitteilen, wie er wollte, und kein Wort mehr.

»Aber wir gingen von zwei Annahmen aus, die ich für fraglich halte«, endete Shelley. »Zum einen soll Lila ermordet worden sein, weil sie jemanden erpreßte, und zum anderen soll es eine von den Schaflämmchen getan haben.« Zweifel schwang in ihrer Stimme mit.

»Was den zweiten Punkt angeht, denke ich, daß wir davon ausgehen *müssen*«, erwiderte er zu Shelleys offensichtlichem Mißfallen. »Die Leute vom Labor haben das ganze Haus gründlich untersucht und Beweise dafür gefunden, daß jemand einen Stein zwischen die Tür des Geräteraumes gelegt hat, um sie offenzuhalten. Die Tür muß ziemlich kräftig gegen den Stein geschlagen sein, deshalb gibt es klare Übereinstimmungen zwischen den Kratzspuren und einem Zierstein.«

»Aber …«

Er hielt eine Hand in die Höhe, um sie zu unterbrechen. »Die Tür ist erst vor einer Woche angebracht worden. Edgar und Gordon hatten bis zu dem Augenblick, als Ihre Freundinnen eintrafen, keinen Grund, etwas dazwischenzulegen, um sie offen zu halten. Der Schlüssel war in ihrem Besitz, wenn Sie sich noch erinnern. Es scheint so, als ob eine der Frauen nach dem Abschließen sichergehen wollte, daß sie wieder ins Haus gelangen konnte, ohne daß es jemand bemerkte.«

»Gibt es denn keinen Alarm, der in solch einem Fall losgeht?« erkundigte sich Jane.

»Den wird es geben, sobald der Gasthof offiziell eröffnet wird, aber da Shelley die Zimmer schon vorher benötigte, sind eben einige Dinge noch nicht ganz fertig.«

Jane rettete die Cracker, die schon verbrannt rochen.

»Das bedeutet also, daß sie zwischen halb elf, als Edgar abgeschlossen hat, und halb eins – oder wann auch immer die Jungen die Leiche entdeckten – umgebracht wurde«, sagte Shelley mit niedergeschlagener Stimme. »Und es bedeutet auch, daß es jemand getan haben muß, der aus dem Gasthaus kam.«

»Mit großer Wahrscheinlichkeit«, entgegnete Mel.

»Was soll das heißen, ›mit großer Wahrscheinlichkeit‹?« sagte Shelley aufgebracht. »Ich dachte, das sei der Punkt, um den es Ihnen geht.«

»Nein, Sie ziehen voreilige Schlüsse. Wahrscheinlich die richtigen, das will ich gerne zugeben, aber voreilig. *Bewiesen* ist damit lediglich, daß irgend jemand nach halb elf nach draußen gegangen ist, später wieder zurückkam, den Stein in den Garten zurückgeworfen oder getreten hat und dann dafür sorgte, daß die Tür ins Schloß fiel. Lila nun ist ganz offensichtlich nach draußen gegangen, kam aber nicht wieder zurück. Theoretisch hätte auch jemand hinausgegangen sein können, um sich mit ihr zu treffen, fand sie tot vor und kehrte schnell wieder ins Haus zurück.«

»... oder ist aus einem ganz anderen Grund nach draußen gegangen«, warf Jane ein. »Und hat sich dem Kutschenhaus vielleicht nicht einmal genähert.«

Mel nickte. »... und konnte es sich am nächsten Morgen nicht erlauben, es zuzugeben. Obwohl ich nicht einsehe, was für einen Grund es gegeben haben könnte, sich heimlich aus dem Haus zu schleichen. Wir haben es ja schließlich hier nicht mit Kindern zu tun, die zu Stubenarrest verdonnert worden sind.«

Jane stellte das Tablett mit den Crackern und dem Käse ab und setzte sich neben Mel. »Willst du damit sagen, daß das für dich auch in Betracht kommt? Daß jemand aus einem anderen Grund hinausgegangen ist und sie gefunden hat?«

»Nein, ich denke, das ist höchst unwahrscheinlich. Aber es ist nun einmal eine Möglichkeit, die wir in Erwägung ziehen müssen. Ich will damit lediglich sagen, daß der Beweis mit der Tür nicht notwendigerweise mit dem Mord in Zusammenhang steht.«

Und uns zugleich mitsamt unseren Phantastereien in die Schranken verweisen, dachte Jane.

»Was ist mit unserer ersten Annahme, daß Lila wegen ihrer Erpressungsversuche getötet wurde?« fragte Shelley.

»Nun, das ist das Ergebnis endloser Befragungen und bloßer Intuition, nicht aber stichhaltiger Beweise«, erwiderte Mel.

»Das mag ja sein, aber was halten Sie davon?« beharrte Shelley. Sie schien kurz davor, ihn offen nach dem zu fragen, was sie eigentlich wissen wollte, nämlich, welche zusätzlichen Informationen Mel über die Verdächtigen besaß.

»Ich denke – und das ist meine ganz persönliche Meinung –, daß angesichts der Tatsache, daß sie bei mindestens einer der Frauen einen solchen Versuch unternommen hat und auch anderen gegenüber Andeutungen über geheime Informationen machte, es doch sehr wahrscheinlich ist. Aber es gibt eine Menge Gründe, um zu morden, und einige sind manchmal ziemlich verrückt.«

»Verrückt …«, sagte Jane nachdenklich. »Ist irgendeine von ihnen jemals wegen geistiger Verwirrtheit in einer Klinik gewesen? Was ist, wenn es sich lediglich um die Tat einer Verrückten ohne jedes Motiv handelt?«

Mel widmete sich dieser Frage mit der geringen Aufmerksamkeit, die sie verdiente. »Wenn das der Fall sein sollte, werden wir mit der Zeit tief genug graben, um darauf zu stoßen.«

»Mit der Zeit«, sagte Shelley. »Es ist dumm, daß sie alle an unterschiedlichen Orten leben. Das wird die Weiterverfolgung des Falles erschweren, nicht wahr? Welche anderen Motive haben Sie in Betracht gezogen?«

»Erbschaft war der erste Hinweis, dem wir nachgegangen sind«, antwortete Mel. »Aber es stellte sich heraus, daß sie nicht viel besaß, um es irgend jemand zu vermachen. Bisher sind nur jede Menge Rechnungen aufgetaucht, und wenn nach ihrer Begleichung überhaupt noch Vermögen vorhanden sein sollte, dann geht es an einen Cousin zweiten Grades, der sich den ganzen Monat über in Frankreich aufhält und sich kaum zu erinnern scheint, wer Lila überhaupt war.«

»Was ist mit Rache?« fragte Jane und knabberte an einem der Cracker. Er schmeckte wirklich ein bißchen verbrannt. »Was wäre, wenn sie einem der Schaflämmchen vor Jahren einmal etwas wirklich Gemeines angetan hat und dies nun die erste Gelegenheit für das Opfer war, nahe genug an sie heranzukommen, um sie abzumurksen?«

Aus Mels Gesichtsausdruck schloß sie, daß er diese Möglichkeit bisher nicht in Betracht gezogen hatte, sie aber, nachdem er nur eine Sekunde lang darüber nachgedacht hatte, schnell verwarf. »Aber wenn du vorhättest, sie zu töten, und ungeschoren davonkommen wolltest, würdest du doch dafür sorgen, daß dein Aufenthalt in ihrer Nähe *nicht* bekannt ist«, wandte er ein.

Shelley sagte: »Das mag nun wirklich dumm klingen – ich bin mir dessen vollkommen bewußt, also geht mir nicht sofort an die Gurgel –, aber ich habe letzte Woche ein Buch gelesen, in dem sich ein Mann umbrachte und alles so aussehen ließ, als habe es seine Frau getan. Er wollte sich damit wegen irgend etwas an ihr rächen. Das wäre wohl nicht im entferntesten möglich, oder? Lila war mit Sicherheit hinterhältig genug, um jemand anderes mit sich ins Verderben zu ziehen. Und sie schien wirklich an einem Tiefpunkt in ihrem Leben angekommen zu sein, da sie versuchte, Leute zu erpressen. Und wir sollten nicht vergessen, daß diese Versuche wenig erfolgreich waren. Wenn dieses Klassentreffen nun ihr letzter Versuch gewesen ist, sich ans Leben zu klammern, und dann lief alles schief ... Schließlich ist sie dort gestorben, wo sich auch Ted vor so vielen Jahren das Leben genommen hat. Im Kutschenhaus.«

Jane blickte beunruhigt zu Mel hinüber. Sie befürchtete, er würde Shelleys Theorie mit Bemerkungen abtun, die sie wieder zu der formellen Anrede *Mrs. Nowack* und *Detective van Dyne* zurückbringen würden – und sie stünde wieder einmal mittendrin und müßte die Wogen glätten.

Aber er meisterte die Situation wie ein Champion.

»Die Möglichkeit besteht, und auf die seelische Situation bezogen mag einiges dafür sprechen«, entgegnete er, »aber die Tatsachen widerlegen es. Sie hätte sich wohl kräftig genug mit dem Farbkanister an den Kopf schlagen können, um sich eine schwere Wunde zuzufügen, aber dann hätte sie bei Bewußtsein bleiben müssen, um die Fingerabdrücke vom Kanister zu wischen, wie es jemand getan hat. Und anschließend hätte sie sich noch ersticken müssen. Das ist ziemlich schwierig zu bewerkstelligen. Andererseits aber auch nicht unmöglich. Sie hätte ihr

Gesicht in die Lappen drücken können, aber dann hätte sie mit dem Gesicht nach unten dagelegen und nicht auf dem Rücken, wie wir sie gefunden haben.«

Shelley lächelte ihm zu. Soweit Jane sich erinnern konnte, war es das erste Mal, daß Shelley Mel wirklich aufrichtig anlächelte. »Danke«, sagte sie. »Nur um die Theorie ganz und gar beiseite schieben zu können – ich nehme nicht an, daß diese Jungen, die die Leiche entdeckten, sie umgedreht haben?«

»Sie waren schon von dem bloßen Anblick traumatisiert, ich glaube, selbst wenn man ihnen eine geladene Pistole an den Kopf gehalten hätten, wären sie dazu nicht imstande gewesen.«

Sie saßen einen Moment lang ruhig da. Shelley starrte in ihren Kakao, der mittlerweile kalt geworden war und eine häßliche Haut auf der Oberfläche gebildet hatte. Jane aß einen weiteren ekligen Cracker.

»Wann wirst du mich denn endlich fragen?« erkundigte sich Mel schließlich und durchbrach damit die Stille.

»Dich was fragen?« entgegnete Jane.

»Was ich über die Schaflämmchen herausgefunden habe – Gott, was für ein Name! Ich kann es kaum über mich bringen, ihn auszusprechen. Es ist so, als wenn man im Restaurant ein Gericht bestellt, das einen unheimlich dämlichen Namen hat.«

»Wir haben nicht geglaubt, daß Sie uns etwas darüber erzählen würden«, erwiderte Shelley.

Mel nahm einen Cracker, biß hinein und sah unangenehm überrascht aus.

»Oh, spuck ihn schon hier in die Serviette«, sagte Jane.

Er schluckte einmal melodramatisch und tätschelte *ausgesprochen* freundschaftlich ihren Oberschenkel. »Meine Damen, Sie wissen, daß es mir verboten ist, Ihnen irgendwelche Informationen zu geben, aber angesichts der Tatsache, daß Sie sich beide in der fraglichen Nacht im Gasthaus aufgehalten haben und weil sie mich gelegentlich mit der einen oder anderen interessanten Auskunft versorgten, die mir bei der Lösung eines Falles hilfreich war ...«

»Hilfreich!« rief Jane. »Wir waren es, die die Lösung ...«

Er hob aufs neue seine Hand. »Du könntest dich als Schülerlotse bewerben, wenn du deinen Job irgendwann einmal leid sein solltest«, sagte Jane. »Okay, ich werde den Mund halten. Erzähl uns einfach, was du weißt.«

»Ich möchte ausdrücklich klarstellen, daß das hier streng vertraulich ist, in Ordnung?«

Sie nickten beide.

»Auf immer und ewig?«

Jane lachte. »Wir schwören beim Barte des Propheten. Vielleicht gibt es ja auch irgendeinen Schwur der Schaflämmchen, den wir ablegen könnten, Shelley? Zum Beispiel: Ich schwöre feierlich, tä-ä-ä-äglich aufs neue zu meinem Wort zu stehen ...«

»Ich dachte, du hättest deine infantile Phase endlich überwunden«, antwortete Shelley kühl.

»Dachte ich auch. War wahrscheinlich nur ein klitzekleiner Rückfall. Also, wir versprechen es hoch und heilig, Mel.«

»Gut. Wie ich Jane bereits einmal mitteilte, können meine Leute nur dann leicht etwas über verdächtige Personen herausfinden, wenn sie schon einmal mit dem Gesetz in Konflikt geraten sind. Sei es nun aufgrund einer Verhaftung oder eines Rechtsstreits ...«

»Und eines der Schaflämmchen ist vorbestraft?«

»Eine ist vorbestraft, und eine andere war in einen Rechtsstreit verwickelt. Eure Pooky.«

»Oh, darüber wissen wir Bescheid«, sagte Shelley. »Sie hat den Mann, der ihr Gesicht ruiniert hat, verklagt und erhielt eine große Abfindung.«

»Von diesem Rechtsstreit rede ich nicht. Es geht um einen sehr schmutzigen Scheidungsprozeß, bei dem es zur Anklage wegen verbrecherischer Machenschaften kam. Deborah …«

»Du meinst Pooky?« fragte Jane.

»Ja«, erwiderte Mel. »Ich sehe mich außerstande, eine erwachsene Frau mit ›Pooky‹ zu bezeichnen. Deborah war mit einem Mann verheiratet, der den Sohn seiner ersten Frau adoptiert hatte. Nach ihrem Tod hat er Deborah geheiratet, die das Kind ebenfalls adoptierte. Zwischen den Zeilen gelesen, hat ihr Mann wohl in dem Augenblick das Interesse an ihr verloren, als sie ihr gutes Aussehen verlor, war aber sehr interessiert an dem Geld, das ihr als Entschädigungssumme zugesprochen wurde. Sie ließen sich scheiden, und es lief alles ganz gut, bis es um die Frage nach dem Sorgerecht für das Kind ging. Da der Junge mit keinem von beiden genetisch verwandt war, schien es wahrscheinlich, daß man Deborah das Sorgerecht zusprechen würde. Aber im letzten Moment reichte ihr zukünftiger Exmann eine Klage gegen sie ein, worin er sie beschuldigte, den Jungen sexuell mißbraucht zu haben.«

»Nein!« rief Jane schockiert. »Das ist unmöglich!«

»Das war auch die Meinung des Richters. Es muß wohl ein letzter verzweifelter Versuch gewesen sein, durch den Jungen an ihr Geld zu kommen. Der Ehemann wollte Unterhalt und Zahlungen für das Kind und außerdem noch eine Entschädigungsumme wegen der psychischen Schäden, die der Junge erlitten haben sollte.«

»Was für ein Ekel!« sagte Shelley. »Die arme Pooky! Als hätte ihr das Leben nicht schon schlimm genug mitgespielt.«

»Wie ich schon sagte, der Richter sah die Sache auch anders als der Ehemann, aber trotzdem entschied er, daß der Junge bei seinem Adoptivvater bleiben sollte, bei dem er bereits vor der Ehe mit Deborah gelebt hatte. Der Mann sah keinen Pfennig, aber er bekam das Kind.«

»Ja!« rief Jane plötzlich. »Jetzt erinnere ich mich! Lila erwähnte so etwas, daß sich Pooky mit der Psyche von Jungen auskennen würde. Ich dachte, sie spielte damit auf die Zeiten in der High-School an, um anzudeuten, daß sie von einem Bett ins andere gehüpft ist, aber ich wette, daß sie genau diese Sache hier gemeint hat. Und die Anschuldigung steht in den Gerichtsakten«, sagte Jane. »Und die sind allen zugänglich, die wissen, wie und wo sie suchen müssen.«

»Beispielsweise Leute wie Lila«, warf Shelley ein. »Die arme Pooky …«

Mike kam nach unten, begrüßte Shelley und Mel, nahm sich eine Packung Orangensaft und verschwand wieder nach oben. Nachdem er außer Hörweite war, wandte sich Shelley noch einmal an Mel. »Sie erwähnten auch, daß eine der Frauen vorbestraft sei, richtig?«

Er nickte. »Es handelt sich um Avalon – und Jane lag gar nicht so falsch.«

»Drogenbosse in den Ozarks?«

»Nicht gerade Drogenbosse, aber irgendein Zeug hat definitiv in ihrem Haus den Besitzer gewechselt. Die Drogenfahndung verfolgte damals einen Dealer. Avalon und ihr Mann behaupteten, nichts von den Vorgängen gewußt zu haben, und es gab keine Beweise, die eine direkte Beteiligung belegen konnten, außer, daß sie die Parteien in ihr Haus gelassen hatten. Dennoch wurden ihnen die Pflegekinder für ein Jahr weggenommen. Es kam zu einer Anklage, die aber später aus Mangel an Beweisen fallengelassen wurde. Sie haben die Kinder schließlich wieder zurückbekommen. Einige zumindest.«

»Also hätte Lila aus Gerichtsakten davon erfahren haben können«, sagte Jane.

»Aber warum sollte sie versucht haben, Avalon damit

zu erpressen?« fragte Shelley. »Wenn sie all diese Kinder aufzieht, kann sie schließlich nicht besonders viel Geld haben. Und sonst betreibt sie nur noch diesen kleinen Kunstgewerbeladen und lebt irgendwo in den Bergen ...«

»Es gibt immerhin in diesen Bergen riesige Anwesen«, erwiderte Mel. »Und wenn Lila davon ausgegangen war, daß Avalon und ihr Mann immer noch in Drogengeschäfte verwickelt sind, dann war es nicht so abwegig, mit einer Menge Geld zu rechnen. Das sie ja vielleicht auch wirklich besitzen. Hat sie jemals über ihr Haus gesprochen? Wie sie lebt?«

Jan und Shelley warfen sich fragende Blicke zu. »Nicht, wenn ich in der Nähe war«, antwortete Shelley.

»Ich kann mich auch nicht erinnern, daß sie darüber geredet hätte«, fügte Jane hinzu. »Sie hat nur einmal im Zusammenhang mit einer Rampe, die sie wegen eines Rollstuhls zur Veranda hochbauen wollten, über ihr Zuhause gesprochen. Aber sie erwähnte nichts hinsichtlich der Größe.«

»Was Crispy oder Mimi angeht, haben Sie nichts gefunden?« fragte Shelley.

»Einen Haufen Scheidungen im ersten Fall. Bei Mimi gibt es nur eine Riesenzahl von Strafzetteln wegen falschen Parkens, das ist aber in einer Universitätsstadt nichts Ungewöhnliches.«

Janes Gedanken wanderten direkt zu Mike. Bedeutete dies etwa, daß sie nächstes Jahr, wenn er zum College gehen würde, auch noch für seine Strafzettel aufkommen mußte? Wer hätte das gedacht!

»Was ist mit Kathy?« bohrte Shelley weiter.

Mel zuckte die Schultern. »Nichts. Eine Stütze der Gesellschaft Oklahomas. Ihr Nachwuchs ist ein bißchen wild und steckt hin und wieder in Schwierigkeiten. Ein Sohn kassierte eine Anzeige wegen Fahrens ohne Führerschein, ein anderer wegen Zerstörung von Eigentum nach einer Sauftour mit Freunden. Die Anklage wurde fallengelassen, nachdem alle Eltern für den entstandenen Schaden aufgekommen waren. Ich denke, daß man heutzutage nicht einmal mehr einen Südstaatler mit solchen Sachen in Verlegenheit bringen kann. Viele empfinden so etwas nicht als außergewöhnlich.«

»Wer bleibt denn noch übrig? Nur noch Beth«, sagte Jane.

»Es wäre leicht gewesen, etwas über sie herauszufinden, aber es gibt nichts Fragwürdiges«, antwortete Mel. »Hochrespektierte Richterin. Hat mit einer endlosen Reihe von Behörden zu tun. Wirkt allerdings immer mehr hinter den Kulissen, wie es scheint.«

»Was meinst du damit?« erkundigte sich Jane.

»Nur, daß sie in Beratungsausschüssen tätig ist, weniger draußen in den Schützengräben. Aber das ist in ihrer Position auch nicht ungewöhnlich. Keine Schulden, keine Ehen oder Scheidungen, lebt maßvoll, trinkt nicht, raucht nicht. Beschäftigt eine Haushälterin, einen Gärtner und mehrere Rechtsgehilfen.«

»Klingt, als ob du bei ihr ein wenig gründlicher nachgeforscht hättest«, sagte Jane mißtrauisch.

»Einfach nur, weil sie, falls Erpressung wirklich der auslösende Faktor gewesen sein sollte, logischerweise das beste Opfer darstellte. Aber falls es irgend jemandem gelungen sein sollte, etwas Nachteiliges über sie herauszufinden, so hat er bessere Ermittler als wir«, erwiderte Mel.

»Es machte nicht den Eindruck, als sei Lila in bezug auf das Herumschnüffeln ausgesprochen begabt. Sie schien mir eher nur an der Oberfläche zu kratzen.«

»Wir wüßten besser darüber Bescheid, wenn wir im Besitz ihres Notizbuches wären«, bemerkte Mel säuerlich.

»Mel, ich habe dir doch bereits gesagt …«

»Ich kritisiere dich ja gar nicht. Ich habe lediglich angemerkt, wie hilfreich dieses Buch sein würde.«

»Oder vielleicht auch nicht. Wenn Crispy die Wahrheit sagt, befand sich nichts darin, was dir weiterhelfen würde.«

»›Wenn‹ ist das Wort, auf das es hier ankommt. Glauben Sie, daß sie lügt?« wandte er sich fragend an Shelley.

»Sie wollen wissen, ob sie überhaupt fähig ist, zu lügen?« erwiderte sie. »Wahrscheinlich. Aber ich kannte sie in der High-School nicht besonders gut, und heute schon gar nicht. Warum sollte sie jedoch lügen? Wenn sie den Inhalt schon gelesen hat, warum sollte sie das Notizbuch nicht einfach der Polizei übergeben?«

»Vielleicht steht etwas drin, das ihr geschadet hätte«, wandte Jane ein.

»Wäre das der Fall, hätte sie doch einfach diese Seite herausreißen können«, entgegnete Shelley.

»Aber das wäre doch zu offensichtlich gewesen, es Mel mit einer fehlenden Seite zu übergeben.«

»Sie hätte ja behaupten können, daß sie schon gefehlt hat, als sie das Buch fand. Ich hätte ihr das möglicherweise nicht geglaubt, ihr aber auch nicht das Gegenteil beweisen können«, sagte Mel.

»Nehmen wir einmal an, daß es ihr wirklich gestohlen wurde«, schlug Jane vor. »Wo könnte es versteckt worden sein?«

»Es ist kein Problem, in einem so großen, alten Haus ein Versteck zu finden«, erwiderte Shelley.

»Aber wir haben das Schreibset doch schnell gefunden«, gab Jane zu bedenken.

»Das sollten wir ja auch«, erinnerte sie Shelley. »Es lag einfach in einem ansonsten leeren Abfalleimer. Wenn jemand wirklich die Absicht gehabt hätte, es zu verstecken, wären wir wohl heute noch auf der Suche.«

»Warum hast du keinen Durchsuchungsbefehl beantragt, um nach diesem Notizbuch zu suchen?« fragte Jane.

Mel seufzte. »Weil diese Dinger nicht so einfach zu kriegen sind, nicht einmal in einem Mordfall. Schau, solange ein Team am Tatort arbeitet, kann es diesen anfangs so weit fassen, wie es ihm notwendig erscheint. Es könnte den Tatort also auf das ganze Haus erstrecken, sogar auf den ganzen Wohnblock. Zudem sind wir autorisiert, den Tatort so lange versiegelt zu halten, wie wir wollen. Der Gesetzgeber läßt uns in dieser Hinsicht viel Freiraum. Wenn wir rechtzeitig von diesem Notizbuch erfahren hätten, wären wir in der Lage gewesen, alles und jeden danach zu durchsuchen.

»Wenn aber das Team erst einmal abgezogen ist, bewegt man sich, sobald man den Tatort noch einmal untersuchen muß, rechtlich gesehen in einem Sumpf. Sollte es zu einem Prozeß kommen, macht die Verteidigung Hackbraten aus den Beweisen, wenn sie erst bei einer erneuten Untersuchung aufgetaucht sind. Deshalb müssen wir von Beginn an so sorgfältig arbeiten. Und aus eben diesem Grunde sträuben sich Richter auch so sehr, wenn es darum geht, Durchsuchungsbefehle auszustellen, sobald der Tatort entsiegelt wurde.«

»Im übrigen waren schon längst Leute ein und ausgegangen, als ich mich überhaupt das erste Mal daran erinnerte, daß ich dir die Sache mit dem Notizbuch erzählen wollte«, sagte Jane zerknirscht. »Es tut mir wirklich leid.«

»Möglicherweise spielt es ja keine Rolle«, erwiderte Mel großzügig.

Shelley stand auf und reckte sich. »Ich muß langsam nach Hause.«

Mel stand auch auf. Er deutete fragend auf den Kühlschrank. Jane sagte: »Bediene dich ruhig. Hast du kein Abendessen gehabt?«

»Kein besonderes«, antwortete er, während er die Kühlschranktür aufzog und verwirrt auf den Inhalt blickte.

»Shelley, wie sieht der Plan für morgen aus?« erkundigte sich Jane.

»Oh, gut, daß du fragst. Ich hatte ganz vergessen, dir wegen des Frühstücks Bescheid zu sagen. Du mußt Edgar morgen früh nicht helfen.«

»Er bereitet kein Frühstück zu? Wie willst du sie denn alle abfüttern?«

»Ich dachte, daß ihr beide einmal eine Pause verdient habt. Ich fahre morgen früh bei McDonalds vorbei und hole dort Frühstück für alle.«

»Allein der Gedanke daran dürfte Edgar entsetzen«, sagte Jane lächelnd.

»Und ob. Er ist sicher, daß ich seinen guten Ruf ruinieren werde, wenn mich jemand dabei beobachtet, wie ich die Schachteln ins Gasthaus bringe. Er bestand tatsächlich darauf, daß ich sie alle erst in einen abgedeckten Korb verfrachte, bevor ich mich überhaupt mit dem Wagen nähere. Aber andererseits ist er auch ziemlich erschöpft von den zusätzlichen Strapazen, die wir ihm aufgebürdet haben, und deshalb hat er es nicht geschafft, das Angebot auszuschlagen. Außerdem wird ihn unser Klassensprecher, Curry Moffat, mit einem weiteren großen Auftrag bedenken.«

Mel brachte Brotaufstriche zum Vorschein und stapelte sie auf der Arbeitsplatte. Jane hoffte, daß er nicht auf irgend etwas Widerliches stoßen würde, was ihre Beziehung gefährden könnte. Wenn man bedachte, wie lange es her war, daß sie den Kühlschrank zuletzt gesäubert hatte, lag das durchaus im Bereich des Möglichen.

»Um was für einen Auftrag handelt es sich denn?« erkundigte sie sich bei Shelley.

»Das Abendessen morgen.«

»Aber ich dachte, das findet im Country-Club statt!«

»Sollte es ursprünglich auch. Aber Curry ist in Panik. Ein Haufen Leute, die sich angekündigt hatten, sind nicht erschienen. Zudem ist die Hälfte derjenigen, die wirklich gekommen sind, durch den Mord so aus der Fassung geraten, daß sie schon nach dem Picknick morgen Mittag abreisen werden. Ein paar sind bereits abgefahren.«

»Aber er kann die Reservierung im Country-Club doch so spät nicht mehr stornieren, oder?«

»Tja, da scheint auch irgend etwas Seltsames vor sich zu gehen. Er hat Gerüchte gehört, daß das Küchenpersonal zu streiken beabsichtigt. Auf jeden Fall ist der Country-Club wohl gewillt, wenn nicht sogar ausgesprochen erpicht darauf, die Reservierung zu stornieren.«

»Hast du Edgar die gute Nachricht schon mitgeteilt?«

»Ja, direkt, nachdem ich darauf bestanden hatte, das Frühstück mitzubringen.«

»Wird er es machen?«

»Für einen ganz anständigen Batzen Geld«, erwiderte Shelley mit einem gequälten Lächeln. »Curry und er versuchen gerade, sich über die Details zu einigen. Gott sei Dank habe ich damit nichts am Hut!«

»Warum nur kann ich das Gefühl nicht loswerden, daß *ich* etwas damit am Hut haben werde?« fragte Jane.

»Nur ein klitzekleines bißchen«, antwortete Shelley. »Edgar wird ein kaltes Büfett vorbereiten. Du wirst nur gebraucht, um ab und zu die Schüsseln aufzufüllen.«

Jane stöhnte. »Muß ich dazu eine Serviererinnenuniform tragen? Vielleicht ein kurzes Röckchen und Netzstrümpfe?«

»Bloß nicht! Du wirst dieses aprikosefarbene Seidenkleid anziehen, das du dir auf meinen Rat hin letzten Monat im Ausverkauf gekauft hast.«

Jane salutierte. »Jawohl, Ma'am. Du hast allerdings

auch versprochen, daß du mir deine Perlenkette dazu leihen würdest, wenn ich es anziehe.«

»Jane, hast du keine Mayonnaise?« fragte Mel.

»Mel, in einem Haus voller Teenager ist Mayonnaise das Lebenselixier. Schau noch einmal nach. Okay, Shelley. Ich werde morgen um eins zur Stelle sein, um eine Wagenladung Leute zum Picknick zu kutschieren, die ich nachher auch wieder zurückbringen muß«, sagte Jane und zählte die einzelnen Termine an ihren Fingern ab. »Wann muß ich dann zu meinen Pflichten fürs Abendessen antreten?«

»Um sieben. Vielleicht besser ein bißchen früher.«

»Dann eine weitere Wagenladung, die ich am Sonntagmorgen zum Flughafen verfrachten muß, richtig? Da gibt es keine Änderungen, was das betrifft, oder?«

»Gott weiß, daß sie versucht haben, ihre Pläne zu ändern und eher wegzukommen, aber Mel hat das nicht zugelassen.«

Jane schaute zu Mel hinüber, der immer noch im Kühlschrank herumstöberte, aber er hatte sich so weit vorgebeugt, daß nur noch sein Hinterteil hervorlugte. Shelley beugte sich näher zu Jane und flüsterte: »Du solltest ihn besser dort herausholen, bevor er die Schublade für den Biologieunterricht entdeckt. Ich bin weg. Wir sehen uns dann morgen gegen eins.«

Mel tauchte triumphierend mit einem Glas Mayonnaise in der Hand aus dem Kühlschrank auf. Er verabschiedete sich sehr höflich von Shelley und begann, sich ein Butterbrot fertigzumachen. Jane setzte sich an den Tisch und schaute angewidert zu, was er da produzierte.

Er bemerkte ihren Blick und sagte: »Einer meiner Sergeants behauptet, daß Erdnußbutter ein wertvolles Ermittlungswerkzeug ist. Er sagt, daß man aus den Zutaten, die jemand seinem Erdnußbutter-Sandwich hinzufügt, ablei-

219

ten kann, woher er stammt. Schinken bedeutet, er kommt aus Philadelphia, Bananen weisen auf Memphis oder vielleicht auch Tupelo hin. Marmelade kann auf verschiedene Orte hindeuten, je nachdem, um welche Sorte es sich handelt. Weintraube steht für Omaha, glaube ich. Guave für Kalifornien und Himbeere für Connecticut.«

Jane lachte. »Und worauf lassen Mayonnaise und Salat schließen?« fragte sie, während er sich einige ziemlich schlaffe Blätter auf sein Sandwich legte.

»Daß du es mit einem Außerirdischen zu tun hast«, erwiderte er und biß mit einem fröhlichen Grinsen in sein Kunstwerk.

Nachdem Mel gegessen hatte, setzten sie sich aufs Sofa und sahen sich einen alten Jean-Harlow-Film an. Mel hatte seinen Arm um Jane gelegt, und nach einer Weile lehnte er sanft seinen Kopf an ihre Schulter. Sie zitterte in Erwartung des Nackenkusses, der da kommen würde.

Aber einen Augenblick später bemerkte sie, daß sein Atem zu regelmäßig und ruhig für einen Kuß war. Er war eingeschlafen. Sie lächelte, kuschelte sich enger an ihn und dachte, wie schön es war, wieder einmal einen schlafenden Mann neben sich zu haben. Sie hatte zwar nicht vor, es zu einer Dauereinrichtung werden zu lassen, aber zur Abwechslung war es wirklich ganz nett.

Am Samstag bekam Jane einen Anfall und wusch ihren Kühlschrank aus. Das war zwar genau so, als ob man die Stalltür verschließt, nachdem die Pferde bereits auf und davon sind, aber zumindest fühlte sie sich selbst dadurch besser. Sie würde dafür sorgen, daß Mel bei seinem nächsten Besuch einen Blick hineinwarf, damit er erfuhr, daß ihr Kühlschrank nicht immer so aussah wie am letzten Abend. Obwohl er das eigentlich doch tat.

Wie immer, wenn sie diese lästige Pflicht erledigte, entdeckte sie Sachen, an deren Kauf sie sich überhaupt nicht mehr erinnern konnte. Dieser Rotkohl, zum Beispiel. Wo waren nur ihre Gedanken gewesen, als sie ihn kaufte? Er war nach hinten in eine Ecke gerollt und mittlerweile schon ganz ausgetrocknet. Außerdem gab es da noch die üblichen treibenden Zwiebeln und Kartoffeln und eine Packung mit unbeschreiblich aussehendem Hüttenkäse. *Was wäre passiert, wenn Mel ihn entdeckt und geöffnet hätte?* dachte sie. Wahrscheinlich wäre er von Erstickungsanfällen geschüttelt umgefallen, wie es ihr selbst beinahe passiert wäre, als sie auf ihn stieß. Selbst Willard, der den Kühlschrank als ein wahres Fest von Gerüchen schätzte, war vor der Packung zurückgewichen.

»Mom, was ist das für ein *Gestank*?« rief Katie, die in ihrem Nachthemd in die Küche gestolpert kam. Sie hob Max in die Höhe und begann, mit ihm zu schmusen. Max, dessen Ansichten über das, was eßbar war, stark von Janes eigenen abwichen, miaute, um wieder dort abgesetzt zu werden, von wo aus er nach jedem Leckerbissen Ausschau halten konnte, den Jane ans Tageslicht beförderte.

»Eine Menge alter Sachen«, erwiderte Jane. »Warum hat einer von euch das Frühstücksfleisch hier hineingelegt, ohne es wieder richtig abzudecken?«

»Das muß Todd gewesen sein. Er ist der einzige, der dieses abartige Zeug ißt«, erwiderte Katie mit einem Gähnen. »Es sieht aus wie ein gescheckter Hockey-Puck.«

Sie beugte sich von hinten über Jane, fischte eine Flasche Tomatensaft aus dem Kühlschrank und verschwand damit wieder nach oben – wahrscheinlich, um sich für einen anstrengenden Tag am Telefon zu stärken.

Mike kam einige Minuten später nach unten. Er war bereits geduscht und angezogen. Er schüttete sich eine Riesenportion Müsli in eine Schüssel, und Jane reichte ihm automatisch die Milch. »Sie hängt schon wieder am Telefon«, murmelte er mit vollem Mund. Miau saß auf dem Stuhl gegenüber und beobachtete ihn beim Essen.

»Ich weiß. Gib der Katze bloß keine Milch *auf* dem Tisch! Was steht heute bei dir an?«

»Ich treffe mich mit Scott. Zuerst gehen wir zur Bibliothek und dann zu irgendeiner Schule, wo heute ein Footballspiel stattfindet, das er sich ansehen möchte.«

»Komisch, ich dachte, Scott macht sich nichts aus Football«, sagte Jane, während sie ein Fach mit Backsodalauge auswischte.

»Aber aus Cheerleadern«, erwiderte Mike. »Du hattest doch nichts vor, wobei ich dir helfen sollte, oder?«

»Nein, aber ich brauche meinen Wagen.«

»Kein Problem. Scott fährt.«

Nachdem Mike sich verabschiedet hatte und Jane mit dem Kühlschrank fertig geworden war, rief Elliots Mutter an. »Jane, ich habe heute morgen in der Zeitung etwas über eine Gemeindekirmes gelesen. Es klang sehr vielversprechend. Wir hatten vor, einen Tagesausflug daraus zu machen. Nun ja, eigentlich einen Tages- und Nachtausflug. Wir werden wohl abends auf die Kirmes gehen und dann irgendwo in der Nähe übernachten. Du hast doch nichts dagegen, wenn Todd uns begleitet, oder?«

»Im Gegenteil, das ist eine tolle Idee. Ich werde die Jungs dann nächstes Wochenende unter meine Fittiche nehmen.«

Jane ging nach oben, um den schalen Geruch von altem Gemüse unter der Dusche loszuwerden. Anschließend verabschiedete sie sich von Katie.

Katie deckte die Muschel des Telefons mit einer Hand ab. »Mom! Ich muß heute unbedingt zum Friseur!«

»Das hättest du mir eher sagen sollen. Ich habe heute keine Zeit, dich zu fahren. Ich habe dir doch gesagt, daß ich heute beschäftigt sein werde – schon vergessen?«

»Jeder wird mich anstarren. Ich sehe aus wie eine Hexe!« Sie fuhr sich mit einer dramatischen Geste durch die Haare.

»Was einen nicht umbringt, härtet ab«, versicherte ihr Jane. »Denk daran abzuschließen, wenn du rausgehst.«

Als sie am Gasthaus ankam, war verständlicherweise niemand richtig in Stimmung für ein Picknick. Aber die Frauen hatten sich entschlossen, trotzdem teilzunehmen, da sie sonst den ganzen Tag über bei Edgar festgesessen hätten.

»Es ist ein nettes Haus, aber ich bin es langsam leid!« sagte Pooky und sprach damit offen aus, was alle dachten.

»Ich möchte wieder nach Hause, wo ich meine eigene Küche und mein eigenes Bad habe.«

»Morgen ist es ja soweit«, erwiderte Jane beruhigend. »Also, wer fährt mit mir?«

Sie machte sich schließlich mit Beth, Avalon und Pooky auf den Weg. »Sie sehen alle toll aus«, sagte sie fröhlich. Beth und Pooky trugen Hosen und hübsche Pullover. Avalon hatte ein sackartiges, ausgebeultes Kleid an, das aber, im Gegensatz zu ihren anderen gelblich-braunen Kleidungsstücken, einen kräftigen Rotton besaß. Um ihr Haar hatte sie ein zusammengerolltes Tuch gebunden, und sie trug sogar ein bißchen Make-up. Gegenüber ihrem gewöhnlichen Erscheinungsbild war es wirklich ein Fortschritt. Aus dem besitzergreifenden Blick, mit dem Pooky sie betrachtete, schloß Jane, daß Pooky für diese Veränderung verantwortlich war.

Als sie im Park ankamen, war das Picknick schon im Gange. Curry Moffat, der Klassensprecher, mußte eine ähnlich starke Persönlichkeit wie Shelley besitzen, denn trotz allem, was geschehen war, lag über dem Ganzen eine fröhliche Stimmung. Er hatte den Männern an drei verschiedenen Grillplätzen die Verantwortung für das Essen übertragen. Die Frauen waren an den Picknicktischen beschäftigt und verteilten Pappteller und Plastikbestecke. Jane schätzte, daß es ihm gelungen war, ungefähr siebzig oder achtzig Leute dazu zu überreden, teilzunehmen – die Kinder nicht mitgerechnet.

»Jane, Sie bleiben doch, oder?« erkundigte sich Pooky, als sie aus dem Auto stiegen.

»Oh, ich glaube nicht. Ich werde sicher nicht gebraucht.« Sie war allerdings versucht, doch ein wenig dort zu bleiben. In der Nacht hatte es ein bißchen geregnet, und alles sah sauber und frisch aus. Ein Duft nach Herbst schien in der Luft zu hängen.

»Aber gerade deshalb sollten Sie hierbleiben. Sie können sich ein bißchen erholen, und es gibt eine Reihe von alleinstehenden Männern.«

Jane erblickte gerade einen von ihnen, während Pooky sprach. Mel stand an einem Grill ganz in der Nähe und unterhielt sich mit einem dicklichen, fröhlich aussehenden Mann, der ein fettes kleines Baby auf die Hüfte gestemmt hielt. »Vielleicht bleibe ich doch eine kleine Weile«, erwiderte Jane.

Der Park war ursprünglich einmal eine Farm gewesen. Ungefähr zu der Zeit, als Jane in diese Gegend zog, hatte die Stadt das ganze Land, das schon seit vielen Jahren vernachlässigt worden war, aufgekauft, tonnenweise Erde heranschafft und sanfte Hügel anlegen lassen. Im letzten Jahr war das alte Farmhaus als historische Anlage renoviert worden. Es bestand nur aus einem Raum, aber man hatte Ausstellungswände mit Bildern und Karten aufgestellt, um ihn optisch zu unterteilen. Das Gebäude hockte gemütlich auf der Höhe eines Hügels, inmitten eines Eichenhains, in dem auch alte Rhododendronbüsche standen. Jane war bisher erst ein einziges Mal im Inneren des Hauses gewesen und hatte immer schon vorgehabt, ihm einen weiteren Besuch abzustatten. Aber irgend etwas war stets dazwischengekommen.

Mel kam auf sie zu, als sie den Hügel hinaufspazierte. »Ich hatte keine Ahnung, daß du heute hier sein mußt«, sagte sie.

»Ich stelle immer noch meine Fragen. Bisher ist noch nichts dabei herausgekommen«, fügte er hinzu. »Jane, es tut mir wirklich leid wegen gestern abend …«

»Du hast dich doch bereits bei mir entschuldigt, und ich habe dir gesagt, daß es mir nichts ausgemacht hat. Du hast nicht einmal geschnarcht. So wie ich es sehe, muß ein Mann, der in der Gegenwart von Jean Harlow einschläft

– von mir einmal gar nicht zu reden –, *wirklich* müde sein und hat ein Nickerchen verdient.«

»Jane, laß uns irgendwo hinfahren.«

»Jetzt? Wohin denn?«

»Nein, wenn das hier vorüber ist. Irgenwohin. Nur wir beide. In Wisconsin soll es einen netten Erholungspark geben, habe ich gehört.«

Jane blieb wie angewurzelt stehen und versuchte, weder linkisch noch überrascht auszusehen. Sie hatten noch nie miteinander geschlafen, und nun lud er sie zu einem gemeinsamen Wochenende ein. Das erste, was ihr beinahe herausrutschte, war: »Was würden bloß meine Kinder denken?« aber sie konnte sich gerade noch bremsen.

»Hm – interessanter Vorschlag. Vielleicht …« Tausend Gedanken schwirrten ihr durch den Kopf. *Schwangerschaftsstreifen,* dachte sie, von Panik erfüllt. Anständige Unterwäsche. Dabei könnte ihr Suzie behilflich sein. Todd müßte sie irgendwo einquartieren und darauf vertrauen, daß sich Katie und Mike nicht gegenseitig umbringen würden, wenn sie sie allein ließ. *Wer wird die Kosten übernehmen?* fragte sie sich. Und was sollte sie den Kindern eigentlich sagen, falls sie fahren würde?

Obwohl sie die Tatsache, daß sie einige Jahre älter als Mel war, ab und zu störte, so fühlte sie sich in diesem Augenblick wie ein Kind. Was sie im Grunde ja auch war – zumindest, soweit es ihren gegenwärtigen sozialen Umgang anging. Als sie geheiratet hatte, war sie jung und unerfahren gewesen, und die Welt hatte sich schon radikal verändert, bevor sie überhaupt Witwe wurde. In gewisser Weise gehörte sie einer anderen Ära an und gab lediglich vor, ein Teil der gegenwärtigen zu sein.

»Man soll dort oben toll fischen und segeln können«, fuhr Mel fort. »Ruhe und Frieden und kein Verkehr. Wie wäre das?«

»Wie wäre es, wenn wir erst einmal das Picknick hinter uns bringen, bevor wir darüber reden?« schlug sie vor, als sie sah, daß Shelley sich näherte.

»Habe ich dich irgendwie beleidigt?« fragte er.

Sie lächelte. »Nicht im geringsten.« *Bloß einige Jahrzehnte vorwärts katapultiert,* dachte sie.

»Hallo, Mel«, sagte Shelley. »Ich würde Ihnen Jane gerne entführen, um sie einigen Leuten vorzustellen. Haben Sie etwas dagegen?«

»Worüber habt Ihr Euch unterhalten? Und warum wirst du rot?« erkundigte sich Shelley, während sie Jane den Hügel hinunter auf eine Gruppe von Leuten zuschleifte.

»Erzähl ich dir später«, erwiderte Jane.

Shelley machte sie mit einer Reihe von Leuten bekannt, deren Namen zu einem Ohr hinein und zum anderen wieder hinausgingen. Im Geiste war sie bereits in Wisconsin.

Mit Mel.

In einem Erholungspark.

Ohne Kinder.

Romantische Mondscheinnächte, vielleicht leise Musik im Hintergrund. Seetaucher ließen ihre seltsamen Rufe über das stille Wasser hinweg erklingen. Die frische, nach Kiefern duftende Luft strich über ihre bloßen Schultern hinweg …

Dann vernichtete plötzlich ein furchtbarer Gedanke ihren schönen Traum: Thelma. Ihre Schwiegermutter war bereits enttäuscht gewesen, daß Jane keinen Begräbnis-Scheiterhaufen für Steve errichtet und sich selbst daraufgeworfen hatte. Zumindest hatte sie dies im übertragenen, wenn nicht sogar sprichwörtlichen Sinne erwartet. Thelma wußte nichts davon, daß Steve Jane gerade erst wegen einer anderen Frau verlassen hatte, als sein Wagen auf dem Eis ins Schleudern geriet und in eine Leitplanke krachte. Und es hätte für sie wahrscheinlich auch keine große Rolle gespielt. Sie hätte dennoch erwartet, daß Jane für den Rest ihres Lebens in sprichwörtlicher Einsamkeit um ihn trauern würde.

»*Jane!*« Shelley kniff sie in den Arm. »Ich möchte dir gerne Curry Moffat vorstellen. Ich habe ja schon von ihm gesprochen.«

»Oh, Curry. Ich freue mich, Sie kennenzulernen«, sagte Jane und rieb sich die Stelle, wo Shelley sie in den Arm gekniffen hatte. »Sie haben das Ganze hier großartig organisiert.«

Es war der Mann, mit dem sich Mel unterhalten hatte, als Jane mit den Frauen ankam. »Und ich habe gehört, daß Sie Shelley eine große Hilfe gewesen sind.«

Während sie sich unterhielten, bemerkte Jane, daß Crispy hinter Curry vorbeiging. Sie bewegte sich mit langsamen Schritten, hielt den Kopf gesenkt und runzelte die Stirn. Das war seltsam. So tief in sich versunken, schien sie gar nicht sie selbst zu sein.

»Würden Sie mich bitte eine Sekunde entschuldigen ...?« bat Jane und hastete davon, um Crispy zu erreichen, bevor sie von einer anderen Gruppe ehemaliger Klassenkameraden verschlungen wurde.

»Was ist los, Crispy?« erkundigte sie sich ohne Umschweife.

Crispys Gesicht war blaß, und sie sah ausgesprochen mitgenommen aus. »O Jane. Ich habe etwas herausgefunden. Es ist schrecklich. So schrecklich. Aber dadurch läßt sich fast alles erklären. Es stand alles im Notizbuch, und ich habe es einfach nicht verstanden ...«

»Lilas Notizbuch? Das veschwunden ist?«

»O Jane. Das haben Sie mir nie abgekauft, stimmt's? Ich habe es natürlich nicht dort liegenlassen, wo jeder es wegnehmen konnte.«

»Sie haben es immer noch? Warum zum Teufel ...«

»Meine Damen, die Hot dogs sind fertig und könnten nicht perfekter sein!« sagte Curry Moffat und gesellte sich zu ihnen. »Sozusagen Weltbestleistung. Wer kommt mit mir?« Er scheuchte sie den Abhang hinunter.

»Warten Sie! Crispy und ich haben vorher noch etwas zu besprechen«, sagte Jane.

»Das hat Zeit«, erwiderte Crispy. Sie blickte auf ihre Armbanduhr. »Treffen wir uns um zwei Uhr. Hinter dem kleinen Haus oben auf dem Hügel«, schlug sie vor. Jane konnte sie kaum verstehen, denn Curry sang weiterhin seine Lobeshymnen auf die Kochkünste, die die Männer an den Tag gelegt hatten.

Ihr wurde ein Teller in die Hand gedrückt, und man schob sie in eine Reihe von Leuten, die sich Kartoffelsalat und gebackene Bohnen auf ihre Teller häuften. Einen Moment lang verlor sie Crispy aus den Augen, sah aber dann, daß sie sich mit Avalon unterhielt. Sie machte immer noch einen niedergeschlagenen und traurigen Eindruck. Vielleicht war sie auch einfach ärgerlich. Jane schaute sich nach Mel um, da sie ihm gerne von ihrer kurzen Unterhaltung mit Crispy erzählen wollte, aber sie konnte ihn nirgendwo entdecken.

Gerade als sie sich mit ihrem Teller an einen der Tische setzte, schleuderte eines der Kinder eine Frisbee-Scheibe über ihn hinweg, und Ketchup, Senf und andere Gewürze flogen in alle Windrichtungen auseinander. Einige Minuten lang herrschte Chaos. Und als der Übeltäter endlich gefaßt und gescholten worden war, und Jane sich den Ketchup von der Bluse gewischt hatte, war Crispy verschwunden.

Jane ließ ihren Teller auf dem Tisch zurück. Shelley war das einzige vertraute Gesicht in ihrer Nähe. Sie bahnte sich einen Weg durch die Menge und ging zu ihrer Freundin hinüber. »Shelley, hast du Crispy gesehen?«

Shelley bemerkte den alarmierten Unterton in Janes Stimme. »Vor einer Minute war sie noch hier. Ich weiß nicht, wo sie jetzt …«

»Mel. Hast du Mel gesehen?«

»Nein. Was ist denn los?«

»Ich bin mir nicht sicher. Aber ich mache mir Sorgen. Crispy hat etwas herausgefunden. Sie ist ziemlich durchgedreht deshalb. Und jetzt ist sie verschwunden. Ich muß Mel finden.«

Shelley erhob sich. »Wir werden ihn schon finden. Wir werden beide finden. Lauf dort hinüber und schau nach, ob einer von beiden bei der Gruppe unten am Grill neben den Basketballplätzen ist. Ich werde bei dem anderen am See suchen.«

Sie machten sich in entgegengesetzte Richtungen auf den Weg. Jane war klar, daß man ihr seltsame Blicke zuwarf, während sie sich einen Weg durch die Menge hindurch bahnte und dabei, mit zunehmender Panik suchend um sich schaute. Aber das war gleichgültig. »Entschuldigen Sie. Haben Sie Crispy gesehen? Haben Sie Detective VanDyne gesehen?« fragte sie immer wieder.

Aber niemand wußte, wer Jane war, und nur wenige erinnerten sich an Crispy, und keiner, den sie fragte, konnte sich an irgendeinen Detective erinnern. Als Jane sich wieder einmal umdrehte, sah sie Shelley und Mel auf sie zueilen. Sie rannte ihnen entgegen. »Ich kann Crispy nicht finden.«

»Jane, was ist passiert?« erkundigte sich Mel mit einer Ruhe, die eine hypnotische Kraft auszustrahlen schien. »Warum suchst du sie?«

Jane atmete einmal tief durch. »Ich habe vor einigen Minuten mit ihr gesprochen. Sie gestand mir, sie habe nicht die Wahrheit über das Notizbuch gesagt. Sie hat es immer noch, und inzwischen hat sie auch herausbekommen, was eine bestimmte Notiz darin bedeutet. Sie sagte, es handele sich um etwas Schreckliches.«

»Was denn?« fragte Shelley.

»Es war nicht genug Zeit, um es mir zu erzählen. Curry kam in diesem Augenblick und zerrte uns praktisch hier herunter zum Essen. Wir haben vereinbart, uns später zu treffen.«

»Wo?« erkundigte sich Mel.

»Hinter dem Besucherzentrum – dem kleinen Farmhaus –, oben auf dem Hügel.«

Bevor Jane ausgeredet hatte, rannten sie schon alle drei den Hügel hinauf. »Crispy! Sind Sie hier?« rief Jane atemlos, als sie oben angekommen waren. Sie liefen um das Haus herum.

Mel, der in besserer Form war, hatte die Führung übernommen. »Hier ist sie nicht!« rief er ihnen zu. Jane, die am Schluß lief, änderte die Richtung und stürmte auf die Eingangstür an der Ostseite des Gebäudes zu.

Crispy lag auf dem Boden. Ihre Arme und Beine waren so verdreht wie bei einer Puppe, die ein Kind in einem Wutanfall zu Boden geworfen hatte.

 **Jane rief kreischend** Mels Namen, während sie sich neben Crispy auf den Boden warf. Vorsichtig, um sie nicht zu bewegen und auch nicht in die Nähe der Blutlache neben ihrem Kopf zu kommen, preßte Jane ihre Finger an Crispys Hals. Sie hatte den Eindruck, einen Puls zu fühlen, aber es konnte sich dabei genausogut um das Klopfen ihres eigenen Herzens handeln, das in ihren Fingerspitzen widerhallte.

»Laufen Sie zum Polizeifahrzeug unten auf dem Parkplatz«, befahl Mel Shelley. »Sagen Sie dem Beamten, er soll einen Krankenwagen rufen und eine Einheit herbeiordern, um den Tatort zu sichern.« Er kniete sich auf die andere Seite von Crispy und berührte, wie Jane es bereits getan hatte, mit seinen Fingern ihren Hals.

»Lebt sie noch?« flüsterte Jane mit gepreßter Stimme.

»Ja, aber der Puls ist sehr schwach.« Er legte seinen Kopf fast auf die Fliesen des Bodens und blickte Crispy genau an. Dann sagte er: »Sie hat einen kräftigen Schlag auf die Seite des Kopfes erhalten.«

»Mein Gott!« sagte Beth vom Eingang an der Westseite her. Wegen der Trennwände hatten sie sie erst bemerkt, nachdem sie um die Kurve gebogen kam.

Im selben Augenblick kam Pooky zur Tür an der Ostseite hereingelaufen und starrte keuchend auf die Szene, die sich ihr darbot. »Wir haben gesehen, wie Sie hier hinaufliefen. Was ist geschehen?«

»Man hat versucht, Crispy umzubringen«, erwiderte Jane.

»Meine Damen, gehen Sie bitte zur Seite. Jede von Ihnen wird sich an einen Eingang stellen und niemanden, außer den Sanitätern, hereinlassen. Sofort, bitte!« ordnete Mel an.

Jane wußte, daß sie Crispy nicht berühren sollte, aber sie nahm trotzdem ihre Hand. »Crispy, halten Sie durch. Hilfe ist unterwegs«, sagte sie in der Hoffnung, daß Crispy ihre tröstenden Worte hören oder den Druck ihrer Hand spüren konnte. Sie legte Crispys Handrücken an ihre Wange. Sie fühlte sich so kalt an wie Marmor.

Crispys Augenlider flatterten, und ihre Lippen bewegten sich, als versuche sie, Worte zu formen. »Mmmm …« murmelte sie.

Jane beugte sich näher zu ihrem Mund. »Wer hat Ihnen das angetan, Crispy?«

»Curry«, stieß Crispy mit großer Anstrengung hervor.

»Sie haben Curry hier getroffen?«

Crispy versuchte, ihren Kopf zu schütteln, aber ihr Gesicht verzerrte sich bei diesem Versuch vor Schmerz. »Curry in B...«, zwängte sie hervor.

»Curry steht in Lilas Buch, und sie haben ihn zur Rede stellen wollen?«

»N-e-i-i-i…« Es begann wie ein Wort, endete aber als wimmerndes Stöhnen.

Jane hörte Sirenen in der Ferne und das Durcheinander aufgeregter, alarmierter Unterhaltungen draußen vor dem Gebäude. Darüber hinweg erklang Shelleys Stimme, die sehr laut und nachdrücklich sagte: »Bitte zurücktreten! Aus dem Weg! Die Sanitäter müssen durch. Macht den Weg frei! Harry! Sylvia! Hört auf, wie kleine Kinder herumzubibbern, und geht verdammt noch mal aus dem Weg!«

Plötzlich war der Raum voller Leute mit weißen Mänteln, die gegen Ausstellungswände stießen, Befehle erteilten und mit glänzenden, gefährlich aussehenden Geräten herumhantierten. Jane wurde vom Boden hochgezogen und beinahe in die Ecke geschubst. Mel fing sie auf, als sie gegen einen Abfalleimer aus Plastik taumelte. Sie ließ es zu, daß er sie einen Augenblick lang festhielt, lehnte sich dann gegen die Wand zurück und versuchte, nicht auf das zu achten, was sie mit Crispy anstellten.

»Komm mit, Jane. Hier gibt es nichts, wobei du helfen könntest«, sagte er.

»Ich kann sie nicht alleinlassen«, erwiderte Jane.

Eine drahtige, kleine, blonde Frau in Weiß hatte ihre Hand zu einer Faust geballt und schlug Crispy damit gegen das Brustbein. Jane fühlte, wie sich ihr Magen zusammenkrampfte, und sie beugte sich über den Abfallcontainer, um sich zu übergeben.

Aber außer einem bitterem Geschmack im hinteren Teil des Halses und einem Stoß kalten Schweißes, der plötzlich auf ihrem Gesicht und im Nacken ausbrach, kam nichts. Aus Angst, daß sie umfallen könnte, wagte sie nicht, sich zu bewegen. Mel trat von hinten an sie heran und legte seinen starken Arm um ihre Taille, ließ aber zu, daß sie weiterhin, von Furcht und Scham geschüttelt, vornübergebeugt stehenblieb.

Sie schloß die Augen, atmetete tief durch und zwang sich, ruhig zu werden. Einen Moment später riskierte sie es, ihre Augen wieder zu öffnen. Die Welt um sie herum war nicht mehr verschwommen und wackelig. Noch einen kurzen Augenblick, und sie würde in der Lage sein, sich aufzurichten …

Zwischen dem Picknickabfall, den weggeworfenen Broschüren und den leeren Limonadendosen lag im Abfalleimer auch etwas Rotes. Glänzend und rot war es. Bevor sie ihre Hand überhaupt hineingetaucht hatte, um es hervorzuziehen, wußte sie bereits, worum es sich handelte.

Lilas Notizbuch!

Sie richtete sich taumelnd auf und reichte es Mel. »Das Notizbuch«, sagte sie, ohne großes Vertrauen in das Funktionieren ihrer Stimmbänder.

Er schlug es hastig auf. Die gelben Seiten waren herausgerissen worden, und es war nur noch ein ausgefranster Rand übriggeblieben. »Scheiße!« sagte er, während er es in seine Jackentasche stopfte.

»Bitte machen Sie den Weg frei.« Einer der Sanitäter schob sie auf den östlichen Eingang zu. Vier andere hoben Crispy vorsichtig auf eine Trage. Sie hatte einen Schlauch im Hals und weitere Schläuche steckten in ihren Armen – ein wirres Durcheinander von Drähten schien über sie hinwegzulaufen. Die drei stämmigsten Männer versammelten sich um die Bahre und begannen, sie aus dem Westeingang hinauszutragen. Einer von ihnen hielt zwei Flaschen mit Flüssigkeit in die Höhe. Ein anderer rannte nebenher und preßte mit rhythmischen Bewegungen einen Gummiblasebalg, der mit einem Schlauch verbunden war, welcher in Crispys Hals verschwand.

Jane lehnte sich an Mel und schluchzte.

»Mir geht es gut«, sagte sie gereizt zu Shelley. »Ehrlich! Und jetzt hör auf, dich wie eine Glucke aufzuführen.«

»In Kampfstimmung, hm?« erwiderte Shelley und stellte eine frische Tasse Kaffee vor ihr ab. Sie saßen an Janes Küchentisch.

»Ich gebe es nur ungern zu, aber ich weiß nicht ganz genau, wie ich nach Hause gekommen bin«, sagte Jane.

»Ich habe dich gefahren.«

»Das dachte ich mir schon, war mir aber nicht sicher. Wo ist mein Wagen? Was hast du mit dem Rest der Truppe angestellt?«

»Dein Wagen wird vorbeigebracht, sobald ein Beamter frei ist. Mit Hilfe der Polizei habe ich die anderen in Taxen verfrachtet und zurück zu Edgar geschickt. Ich habe ernsthaft in Erwägung gezogen, sie allesamt zu ertränken, um dem Ganzen ein Ende zu setzen, aber es waren zu viele Bullen in der Nähe.«

»Edgar dürfte mittlerweile halb wahnsinnig sein. Zumindest muß er heute abend nicht diese Party ausrichten. Aber wahrscheinlich hat er eh schon das ganze Essen dafür vorbereitet.« Jane war sich bewußt, daß ihre Gedanken sich auf Wanderschaft begaben, aber es schien eine angenehme Alternative zu sein, zur Abwechslung einmal nicht über Crispy nachdenken zu müssen.

Shelley rührte in ihrem Kaffee. »Der Fall mit der Party liegt etwas anders.«

»Shelley! Du willst doch nicht ernsthaft sagen, daß diese Party stattfinden soll!? Ist Curry verrückt geworden?«

»Nein, Curry steht kurz davor, verhaftet zu werden. Und die Party hat sich zu einer Befragung oder einem Verhör oder sonstwas entwickelt. Jedenfalls ist es keine Party mehr, sondern ein Termin, zu dem sich alle Verdächtigen und Zeugen und mögliche Zeugen zu versammeln haben, wenn ihnen an ihrer Freiheit etwas liegt.«

»Curry«, sagte Jane. »Crispy stammelte Currys Namen. Entweder hat sie sich mit ihm getroffen oder wollte mir damit sagen, daß ich mich mit ihm treffen soll. Ich weiß nicht genau, was sie ausdrücken wollte.«

»Ich konnte sie gar nicht verstehen«, antwortete Shelley. »Wie genau lauteten ihre Worte?«

Jane nahm einen Schluck von ihrem Kaffee. Einen zu

großen Schluck. Er war so heiß, daß sie sich ein wenig den Mund verbrühte. Aber der Schmerz schien ihren Kopf freier zu machen. »Sie sagte ›Curry‹, und ich fragte, ob sie sich mit ihm getroffen habe. Und sie erwiderte ›Curry in B...‹, dann versagte ihr die Stimme. Und ich fragte schließlich etwas in der Art wie: ›Curry erscheint also in Lilas Buch und Sie wollten ihn zur Rede stellen‹, und sie antwortete: ›Nein‹. Und das war alles, was sie gesagt hat. Shelley, lebte sie noch, als sie weggebracht wurde?«

»Ich habe keine Ahnung. Wahrscheinlich ja, denn sonst hätten sie sich nicht mehr bemüht, sie so schnell ins Krankenhaus zu bekommen.«

»Könnten wir nicht das Krankenhaus anrufen und uns erkundigen? Weißt du, wohin man sie gebracht hat?«

»Ich habe schon dort angerufen, während du im Badezimmer warst und alles losgeworden bist, was du jemals in deinem Leben gegessen hast. Sie wollten mir nicht den kleinsten Hinweis geben. Sie sagten lediglich, daß es eine Polizeiangelegenheit sei und ich meine Fragen an sie richten solle.«

»Dann laß es uns versuchen.«

»Jane, du weißt doch, daß Mel dich anrufen wird, sobald er die Zeit dazu hat. Und von den anderen in der Abteilung wird dir niemand etwas verraten. Erzähl es mir noch einmal. Was genau hat Crispy gesagt?«

Jane wiederholte erneut, was sie bereits gesagt hatte, und fügte hinzu: »Ich verstehe das einfach nicht. Als ich sie fragte, ob sie Curry zur Rede stellen wollte, versuchte sie, den Kopf zu schütteln, und antwortete definitiv mit ›nein‹. Warum also hat sie Curry überhaupt erwähnt? Was könnte er mit der Sache zu tun haben?«

»Ich kann es mir nicht vorstellen.«

»Vielleicht wollte sie ja, daß *ich* mich mit ihm treffe. Möglicherweise hat sie ihm etwas mitgeteilt, was ich wissen sollte und von dem sie hoffte, daß ich es auf diese Weise erfahren würde. Sie selbst hatte in dem Moment wohl nicht mehr die Kraft dazu.«

»Ich glaube nicht, daß es so ist. Als ich die Befragung belauschte, bestritt Curry Mel gegenüber sehr nachdrücklich, daß er überhaupt mit ihr gesprochen habe.«

»Aber das stimmt doch gar nicht«, widersprach Jane. »Ich unterhielt mich gerade mit ihr, als er rüberkam und uns zum Essen scheuchte. Er sprach mit uns beiden. Er schleifte uns in dem Moment zu den anderen hinunter, als Crispy mir ein Treffen hinter dem Besucherzentrum vorschlug.«

»Hmmm. Also hat er entweder gelogen oder euch beide einfach geschnappt, ohne großartig darauf zu achten, wen er da gerade mit sich zog. Das erscheint mir wahrscheinlicher.«

»Warum?«

Shelley dachte nach. »Weil er zu dusselig und zu nett ist, um gut zu lügen. Und weil er aufrichtig schockiert war, als man ihn vernahm, und sich bei jeder Frage fast in die Hose machte. Und weil er Pfarrer ist.« Den letzten Satz begleitete sie mit einem ironischen Lächeln. »Ich bin mir durchaus bewußt, daß auch Pfarrer lügen können. Aber ich finde, bei ihnen ist die Bereitschaft, es zu tun, verhältnismäßig geringer.«

»Hat uns denn keiner zusammen gesehen? Woher wußten sie denn überhaupt, daß sie ihn befragen sollten?«

»Ich weiß es nicht. Vielleicht, weil er für die Organisation des Picknicks verantwortlich war. Oder es hat doch jemand beobachtet, wie er euch beide zu den Tischen gezerrt hat. Die Befragungen waren schon im Gange, als ich kam, und einer von Mels Gesetzeshütern hat mich beim Schnüffeln erwischt und davongescheucht, ehe ich mehr herausfinden konnte.«

Das Telefon klingelte, und Jane kippte beinahe ihren Stuhl um, als sie hinübersprang, um den Hörer abzunehmen. »Oh, Katie. Ja. Nein, es ist alles in Ordnung. Ich bin nur gestolpert. Okay, aber hole dein Zeug bitte jetzt, während ich im Haus bin, damit ich nachher abschließen kann.«

»Sie bleibt über Nacht bei Jenny«, erklärte sie Shelley. Sie warf einen Blick auf die Küchenuhr. »Viertel nach drei. Um wieviel Uhr muß ich wieder bei Edgar sein?«

»Gar nicht mehr.«

»Warum? Hat er eine andere Aushilfe angeheuert?«

»Nein, ich werde aushelfen. Wir schaffen das schon.«

»Shelley, ich bin doch keine Invalidin. Es geht mir wirklich gut.«

»Und warum siehst du dann *so* aus?«

»Tu ich das?« Sie dachte eine Minute lang nach. »Ich habe dieses seltsame Gefühl, als wüßte ich irgend etwas, ohne daß es mir bewußt ist. Ich habe es schon seit unserer Unterhaltung gestern abend.«

»Wann genau hat es angefangen?« erkundigte sich Shelley. Es sprach für die Tiefe ihrer Freundschaft, daß Shelley den Zustand verstand, mit dem Jane sich konfrontiert sah.

»Ich glaube, es begann in dem Moment, als wir uns darüber unterhielten, was die Frauen zu verlieren hätten, und wir eine Minianalyse jeder einzelnen durchführten. Es gibt etwas, das du über eine von ihnen gesagt hast, und ein paar Minuten später dachte ich noch: ›Das ist nicht wahr, und ich weiß auch warum.‹ Aber ich kann es mir einfach nicht mehr ins Gedächtnis zurückrufen …«

»Um welche der Frauen ging es denn?« fragte Shelley.

»Das ist ja gerade das Problem. Ich kann mich nicht erinnern. Aber es war so eine Sache wie zum Beispiel die Annahme, daß Pooky etwas dämlich ist.«

239

»Ist sie es denn nicht?«

»Es war ja nur ein Beispiel! Ich weiß nicht, ob es sich dabei um Pooky oder jemand anderen gedreht hat. Und da ist auch noch diese Sache mit dem Jahrbuch, das Mimi mitgebracht hatte, die mir irgendwie im Kopf herumgeht. Wenn ich noch einmal einen Blick darauf werfen könnte, dann …«

»Denk nicht mehr dran«, riet ihr Shelley. »Wenn du dir nicht bewußt Mühe gibst, darauf zu kommen, fällt es dir bestimmt wieder ein. Das ist meistens so.«

»Ich wünschte nur, wir wüßten, wie es Crispy geht. Oje, da kommt Katie. Falls Hazel sie an die Tür begleiten sollte, sage ihr doch bitte, daß ich unter der Dusche bin, ja? Ich bringe es jetzt einfach nicht über mich, mit ihr zu reden.«

Glücklicherweise blieb Jennys Mutter im Auto sitzen, und Katie rannte durch das Haus die Treppe hinauf, ohne unterwegs Hallo zu sagen. Einen Augenblick später war sie wieder auf dem Weg nach draußen und hatte genug Klamotten bei sich, um einen ganzen Monat bei Jenny kampieren zu können. »Jenny wird mir die Haare schneiden, Mom«, rief sie im Vorüberfliegen.

»Keine Sorge, das wächst wieder raus«, beruhigte Shelley Jane, nachdem Katie die Haustür hinter sich zugeknallt hatte. »Und falls nicht … Perücken kosten heutzutage auch nicht mehr die Welt.«

»Ist das nicht mein Auto, das da die Straße heraufkommt?«

»Und Mels Wagen fährt hinterher.«

Als Janes Kombi sich über den Bordstein wälzte und zum Stehen kam, befanden die beiden Frauen sich bereits draußen in der Einfahrt. Ein Beamter stieg aus und reichte Jane die Schlüssel, aber sie hatte ihre Aufmerksamkeit bereits Mel zugewandt.

240

»Erzähl schon«, forderte sie ihn auf.

»Sie lebt noch, aber sie wird künstlich beatmet.«

»Aber sie lebt noch!« erwiderte Jane.

»Jane, mach dir nicht zu große Hoffnungen. Es sieht so aus, als habe sie schwere Gehirnverletzungen davongetragen. Ihre Chancen, durchzukommen oder jemals wieder aufzuwachen, sind sehr gering.«

»Darf ich zu ihr?«

»Natürlich nicht«, antwortete er schnippisch. Dann fügte er hinzu: »Es tut mir leid. Aber das geht nicht. Ich muß mich wieder auf den Weg machen.« Der andere Beamte hatte seine massige Gestalt auf den Beifahrersitz von Mels rotem MG gehievt und schien sich dort nicht besonders wohlzufühlen.

»Ich weiß«, entgegnete Jane. »Geh ruhig.«

Beinahe hätte sie hinzugefügt, daß sie sich später bei Edgar sehen würden, überlegte sich dann aber, daß es besser sei, dies im Moment nicht zu erwähnen.

Als Jane zur Küchentür des Gasthauses eintrat, begegnete sie Shelley. Hector hatte sie schon in der Einfahrt begrüßt und war zwischen ihren Füßen ins Haus geschossen. »Du hast dich also gegen das Seidenkleid entschieden, wie ich sehe«, sagte Shelley mit sarkastischem Unterton.

»Es schien eine Spur zu festlich für die Gelegenheit.« Jane trug einen Jeansrock und einen beigefarbenen Pullover, aus dem Mike herausgewachsen war.

»Du siehst aus wie eine Obdachlose.«

»Nein, ich sehe aus wie Avalon.« Sie schob ihre Handtasche in den Schrank neben der hinteren Tür. Hector versuchte, sich hineinzuquetschen und den Schrank zu untersuchen, aber Jane zog ihn trotz seiner lauten Proteste wieder hervor. »Also, wie schlimm ist es?« erkundigte sie sich bei Shelley.

»So schlimm, wie zu befürchten stand. Mel ist im Speiseraum und befragt Leute. Alle anderen lümmeln sich im Aufenthaltsraum herum. Ungefähr fünfzehn von uns sind da, von den Polizeibeamten einmal abgesehen. Aber nur die fünf übriggebliebenen Schaflämmchen werden verdächtigt.«

»Das stimmt nicht ganz«, erwiderte Jane. »Ich habe auf dem Weg hierher darüber nachgedacht. Wir beide sind offiziell auch auf der Liste, obwohl Mel mit Sicherheit weiß, daß wir es nicht getan haben. Und da sind noch zwei andere, die während der Dauer des Treffens anwesend waren. Setzen wir uns einen Augenblick. Ich kann dem Ganzen noch nicht gegenübertreten.«

Jane spazierte geistesabwesend in der Küche herum und betrachtete das Essen, das fast zum Servieren bereit war. Trotz der traurigen Umstände hatte Edgar ein Festtagsessen gezaubert. Es gab gefüllte Putenbrust, überbackene Kartoffeln, die leicht nach Rosmarin dufteten, pikant gewürzten Reis, geschmorten Sellerie, einen kalten Rote-Bete-Salat mit Sauerrahm und Dill und eine Blumenkohlkreation, die aussah, als sei der Kohl halb gargekocht und in einem würzigen Dressing mariniert worden. Für diejenigen mit einem weniger ausgeprägten Appetit hatte er Melonenschiffchen, kalten Braten, Käse und Roggenbrötchen vorbereitet. Das Essen roch wunderbar, aber Jane wußte, daß sie keinen Bissen herunterbringen konnte.

Shelley goß ihnen zwei Tassen von Edgars bemerkenswertem Kaffee ein, und sie nahmen am Küchentisch Platz. Jane zündete sich eine Zigarette an. Hector, der sich auf dem Stuhl gegenüber zusammengerollt hatte, warf ihr einen verächtlichen Blick zu.

»Wer sind die anderen beiden?« erkundigte sich Shelley. »Was hast du damit gemeint?«

Jane senkte ihre Stimme zu einem Flüstern. »Edgar und Gordon.«

»Du glaubst doch wohl nicht …«

»Nein. Aber es ist ziemlich dumm von uns gewesen, sie überhaupt nicht mit einzukalkulieren, und du weißt so gut wie ich, daß Mel sie nicht ausschließen kann.«

243

»Aber sie hatten doch noch nie vorher Kontakt zu den Schaflämmchen.«

»Bist du dir da hundertprozentig sicher?«

»O Jane. Ich wünschte, du hättest das nie erwähnt. Ich glaube, ich drehe langsam durch! Ach, übrigens, das hier wird dir gefallen: Zwei Paare sind tatsächlich gekommen, weil sie dachten, es handele sich um eine Party. Sie sind freiwillig erschienen!«

»Nicht möglich.«

»Doch. Ein Buchhalter und irgendein Trottel, der für eine Verbraucherberatungsgesellschaft arbeitet, sind mit ihren Frauen da. Sie haben ihre cleveren kleinen Köpfchen zusammengesteckt und sind zu dem Ergebnis gekommen, daß sie für ein Bankett bezahlt haben, und, bei Gott, an dem wollen sie nun auch teilhaben, komme, was wolle. Die Frau des Buchhalters sieht aus, als sei sie auf der Suche nach einem Stein, unter dem sie sich verstecken kann. Oh, und dieser plastische Chirurg, mit dem Pooky sich angefreundet hat, ist auch erschienen. Er mußte nicht, ist aber um Pookys willen gekommen, was ich sehr nett von ihm finde.«

»Sieht ganz so aus, als würde es zumindest für eine Person einen glücklichen Ausgang geben. Das freut mich. Hat Mel irgendetwas Neues über Crispys Zustand gesagt?«

»Nur, daß sie immer noch durchhält. Er hat allerdings erwähnt, daß sie die Waffe gefunden haben. Ein schwerer Ast aus dem Wald hinter dem Gebäude. Es muß der perfekte Schlagstock gewesen sein – schwer, direkt bei der Hand und leicht wieder loszuwerden.«

»Fingerabdrücke?«

»Nein. Die Rinde war zu rauh.«

»Irgend etwas über das Notizbuch?«

»Mel sagte, daß die Fingerabdrücke abgewischt wurden«, berichtete Shelley.

»Shelley, ich versuche mir andauernd vorzustellen, was wohl geschehen ist, bevor wir eintrafen. Crispy muß das Notizbuch bei sich gehabt haben, um jemandem mit dem, was sie herausgefunden hatte, zu konfrontieren.«

»Wahrscheinlich.«

»Aber wer hat die Seiten herausgerissen?«

»Die Angreiferin! Wer sollte es sonst gewesen sein? Sie ist wahrscheinlich in diese kleine Toilette im Besucherzentrum gelaufen und hat sie hinuntergespült.«

»Das glaube ich nicht. Denk einmal an die zeitlichen Umstände. Hätte die Angreiferin genug Zeit zur Verfügung gehabt, dann wäre sie sichergegangen, daß Crispy auch wirklich tot ist.«

»Da hast du recht. Und warum hat sie das nicht getan?«

»Vielleicht, weil wir schreiend den Hügel hinaufgelaufen kamen. Und selbst wenn sie uns nicht gehört haben sollte, mußte sie damit rechnen, daß jeden Augenblick jemand hereinkommen konnte, um sich umzusehen. Sie hatte nicht viel Zeit. Gerade einmal genug, um Crispy mit dem Ast zu schlagen, sich das Notizbuch zu greifen, die Fingerabdrücke abzuwischen, und es in den Abfall zu werfen. Dann hat sie sich direkt aus dem Staub gemacht. Seiten herauszureißen und in der Toilette herunterzuspülen hätte noch mehr Zeit gekostet. Und ich erinnere mich nicht, eine Toilettenspülung laufen gehört zu haben, als wir ankamen, obwohl ich auch zugeben muß, daß ich bis auf Crispy nicht viel anderes wahrgenommen habe. Und möglicherweise hätte ich auch wegen der ganzen Ausstellungswände in dem Gebäude gar nichts hören können.«

»Ja, aber zu welcher Schlußfolgerung bringt dich das, Jane? Daß die Angreiferin die Seiten herausgerissen und dann eingesteckt hat?«

»Das ist eine Möglichkeit. Sie hätte sie später mit Leich-

245

tigkeit in eins der Grillfeuer werfen können. Aber ich dachte eher an Crispy selbst. Schau, Shelley, aus irgendwelchen dummen Gründen hat Crispy das Notizbuch versteckt. Vielleicht sogar, um es jemandem unter die Nase zu halten, wer weiß? Aber würde sie nicht zuerst die verdächtigen Seiten entfernen und an einem sicheren Ort unterbringen?«

Shelley lehnte sich auf ihrem Stuhl zurück und legte ihre Fingerspitzen gegeneinander. »Hmmm. Willst du damit andeuten, daß Cripsy Lilas Notizbuch ebenfalls zu einer Erpressung benutzen wollte?«

»Nicht gerade eine Erpressung. Zumindest nicht, um irgend etwas dabei herauszuschlagen. Aber Crispy hatte Spaß daran, Leute bloßzustellen. Erinnere dich doch nur einmal an das, was ich dir über ihre Ankunft am Flughafen erzählt habe, als sie mir beichtete, daß sie vorhabe, die anderen Schaflämmchen zu quälen. Sie an dumme Sachen zu erinnern, die sie einmal getan haben. Sie dazu zu bringen, sich töricht vorzukommen. Ich glaube, es sollte eine Art Rache sein, weil sie sie früher in der Schule nicht gemocht haben und sie sich wie eine Außenseiterin vorkam.«

»Okay, nehmen wir also einmal an, daß sie das Notizbuch behalten hat – du magst recht haben, es ist ohne weiteres möglich, daß sie selbst die Seiten herausgerissen hat. Aber wo hat sie sie wohl hingelegt? Die Polizei hat ihr Zimmer gründlich durchsucht. Sie waren immer noch dabei, als ich hier ankam.«

»Nein, nicht dort. Sie wußte ja, daß sich die Zimmer nicht abschließen lassen und zwei bereits durchsucht worden waren.«

»Wo könnte sie sie dann versteckt haben?«

»Ich habe keine Ahnung.«

»Jane. Da sind Sie ja. Dem Himmel sei Dank«, sagte

Edgar, der gerade mit einem Tablett dreckiger Gläser in die Küche platzte.

Jane sprang auf die Füße. »Es tut mir leid. Ich sollte längst da draußen sein, um Ihnen zu helfen.«

»Würden Sie bitte die Aschenbecher ausleeren?« sagte Edgar. Er spülte die Gläser mit klarem Wasser aus und stellte sie in die Spülmaschine.

Jane hob den dekorativen Metallkanister auf, den Edgar benutzte, um Aschenbecher zu leeren, und ging in den Aufenthaltsraum hinüber.

Es war so ziemlich die trübsinnigste Zusammenkunft, in die Jane jemals hineingeplatzt war. Obwohl irgend jemand die Terrassentür geöffnet hatte, war die Luft blau vor Rauch. Leute saßen niedergeschlagen in Grüppchen zusammen, und kaum einer sagte ein Wort. Es gab lediglich zwei Lichtpunkte inmitten all dieser Düsterkeit. Einer davon war Pooky, die mit ihrem neuen Freund auf dem Sofa saß und sich fröhlich mit ihm unterhielt. Der andere war die Gruppe, die sich um Curry Moffat, seine hübsche Frau und das juchzende Baby versammelt hatte. Die Frau hielt es auf dem Arm, während Curry sich mit ihm unterhielt und durch sein Kitzeln zum Lachen brachte. Sein Lachen war so ansteckend, daß die Leute rings um die drei herum zu lächeln begannen.

Jane wanderte umher, hob Aschenbecher auf und lauschte auf das, was besprochen wurde. Mimi unterhielt sich mit einer anderen Frau über die Termine einer Wanderausstellung. Beth diskutierte mit einem Mann, der wohl auch Rechtsanwalt war, über den Stundenlohn von Rechtsreferendaren. Kathy sprach mit dem Buchhalter über Kapitalanlagen. Avalon saß mit ihrer Handarbeit alleine da und strickte, als hinge ihr Leben von der Fertigstellung dieses Pullovers ab.

Jane trug den Kanister durch die Küche und stellte ihn

draußen vor der Hintertür ab. Edgar war dabei, das Essen zu servieren. Er hatte schon vorher den langen Tisch aus der Bibliothek an das nördliche Ende des Aufenthaltsraumes gestellt und eine weiße Spitzendecke darübergelegt. »Habe ich schon die Servietten hingelegt?« erkundigte er sich, während er einen riesigen Behälter mit Teufelseiern aus dem Kühlschrank hervorzog.

»Ich werde einmal nachschauen«, erwiderte Jane. Sie warf einen Blick durch die Tür. »Ja, sie liegen auf dem Tisch.«

»Okay, ich werde jetzt die Melone hinübertragen. Halten Sie mir bitte die Tür auf, und bringen Sie dann am besten zuerst den Curry-Reis hinein.«

Jane hielt ihm die Tür auf und hob dann die Schüssel in die Höhe. Sie schob sich vorsichtig durch die Tür. Das Ding war verdammt schwer. Sie folgte Edgar durch das Zimmer und fragte: »Wo soll ich den Curry-Reis abstellen?«

»Ganz ans andere Ende.«

»Curry-Reis ...«, wiederholte Jane. »*Curry*-Reis!«

Sie hätte die Schüssel beinahe fallen gelassen.

Bestand die Möglichkeit, daß Crispy das Gewürz gemeint hatte und nicht etwa den Klassensprecher?

Und wenn ja, was zum Teufel hatte das zu bedeuten?

Jane murmelte vor sich hin, während sie wieder in die Küche zurückging, um weitere Gerichte zu holen. »Curry in B...«, hatte Crispy gesagt, bevor ihr die Stimme versagte. Wofür mochte wohl das »B...« stehen? Sie brachte noch ein drittes und viertes Mal Schüsseln in den Aufenthaltsraum hinüber und ging dann wieder in die Küche zurück. Die Arbeitsplatte war nun leer. Nichts mehr da, was sie hinübertragen mußte. Einen Moment lang lehnte sie sich gegen den Kühlschrank und dachte wie verrückt nach.

Plötzlich riß sie ihre Augen auf, drehte sich nach rechts und starrte auf die Schranktür, hinter der Edgar seine

Gewürzvorräte aufbewahrte. Sie ging zum Schrank hinüber und öffnete die Tür. Viele Gewürze waren noch in Jutebeuteln und Papiertüten verpackt. Edgar schien sie nach dem Einkauf erst einmal hier zu lagern. Und sie waren sogar alphabetisch geordnet! Jane griff nach dem Beutel mit der Aufschrift »Curry« und holte ihn herunter. Er war mit einem Plastikdraht verschlossen, wie sie ihn gewöhnlich für Tiefkühlbeutel verwendete. Sie öffnete ihn mit zitternden Fingern und warf einen Blick hinein. Es war nichts Außergewöhnliches zu erkennen. Sie ließ ihre Hand in den Beutel gleiten, tauchte sie vorsichtig in das sandige Gelb. Ihre Finger berührten etwas, und sie zog es hervor: Es war ein kleiner Stapel gelber Blätter.

Jane warf einen hastigen Blick darauf und stopfte sie dann in ihre Rocktasche. Danach verschloß sie hastig den Beutel, stellte ihn in den Schrank zurück und schloß die Tür. Sie ging zurück in den Aufenthaltsraum, wo sich die Leute inzwischen um den Bibliothekstisch drängten und mit Essen bedienten. Shelley und Curry waren von dem Buchhalter und dem Verbraucherberater in einer Ecke festgenagelt worden. Sie mokierten sich über die Art des »Banketts« und über das Geld, das sie dafür ausgegeben hatten.

»Entschuldigen Sie«, unterbrach sie Jane. »Shelley, ich muß mit dir reden.«

»Also, einen Augenblick mal, junge Frau«, erwiderte der Buchhalter. »Wir haben hier etwas Geschäftliches mit Shelley zu regeln. Sie müssen ihre Pferde noch einen Augenblick im Zaum halten.«

Jane trat einen Schritt zurück, fischte die Blätter aus ihrer Tasche und hielt sie in die Höhe, damit Shelley sie sehen konnte. Shelley bekam Kulleraugen. »Ich fürchte, du bist derjenige, Lloyd, der seine Pferde im Zaum halten muß«, sagte sie und schob sich an ihm vorbei. »Steck sie wieder ein, bevor sie jemand sieht«, zischte sie, als sie Janes Arm ergriff und sie in die Bibliothek zerrte. Sie knallte die Tür hinter ihnen zu und sagte: »Zeig her!«

**Jane breitete die Blätter** auf einem Couchtisch vor dem Sofa aus und knipste die Lampe an. Auf den ersten Blick schienen sie erst einmal gar nichts zu bedeuten. Immer wieder Namen, Nummern und Dinge, die durchgestrichen waren. Einige trugen ein Sternchen.

»Ich muß sie sofort an Mel weitergeben.«

»Unbedingt!« erwiderte Shelley. Sie ging in die Ecke, wo der Kopierer und das Faxgerät standen, und schaltete den Kopierer ein. »Leg sie hier drauf«, sagte sie.

Sie machten zwei Kopien, und Shelley blieb zurück, während Jane ins Speisezimmer hinüberging. Sie klopfte an die Tür und öffnete sie. »Detective VanDyne ...«

Mel saß am Tisch gegenüber von Curry Moffats Frau, die wie ein Kaninchen aussah, das von einem Autoscheinwerfer erfaßt worden war. »Mrs. Jeffry, ich bin gerade sehr beschäftigt«, antwortete Mel scharf. »Wenn Sie vielleicht einen Moment lang vor der Tür ...«

»Es tut mir leid, aber das hier kann wirklich nicht warten.« Jane betrat das Zimmer und reichte ihm die Blätter.

Er blickte auf sie hinab und dann zu Jane hinüber. »Wo haben Sie die her?«

»Sie waren im Gewürzschrank. Im *Curry*.«

Er warf ihr ein strahlendes Lächeln zu. »Gut. Gut! Vielen Dank, Mrs. Jeffry.«

Beinahe wäre sie aus der Bibliothek herausgetanzt. Shelley saß auf dem Sofa und starrte auf eine der beiden Kopien, die sie gemacht hatten. Es war ihnen gelungen, die sechs kleinen, gelben Papierseiten auf ein Blatt zu kopieren.

Shelley reichte Jane die zweite Kopie hinüber. »Sie hat sich alle Mühe gegeben, die Bedeutung ihrer Notizen im unklaren zu lassen. Wenn man nicht weiß, daß es überhaupt etwas zu bedeuten hat, würde man wohl auch nie dahinterkommen. Einige Eintragungen sagen mir immer noch nichts.«

Jane studierte ihr Blatt. »Es gibt keine Seite für Crispy.«

»Wahrscheinlich hat Crispy sie vernichtet.«

Unter Avalons Namen stand eine lange Nummer, gefolgt von der Abkürzung »ARK«, wohl für Arkansas, und einem Datum. Eine Reihe von Telefonnummern waren durchgestrichen worden. »Das muß die Nummer einer Gerichtsakte sein oder irgend etwas, das mit der Anklage wegen der Drogen zu tun hat«, sagte Jane. »Möglicherweise das Datum, an dem der Fall zu den Akten gelegt wurde oder das Datum, an dem man Anklage gegen Avalon und ihren Mann erhob.«

»Und die Telefonnummern sind möglicherweise die der Agenturen, die sie wegen der Pflegekinder kontaktierte. Ich wette, die Nummer mit dem Sternchen ist die Nummer, unter der sie dann tatsächlich die Informationen bekommen hat, nach denen sie suchte. Keine der Seiten hat mehr als eine Nummer, die mit einem Sternchen versehen ist.«

»Pookys sieht ziemlich ähnlich aus.«

»Kathys Seite ist am einfachsten«, sagte Shelley. »Es ist

eine Liste von Kürzeln für verschiedene Aktien, und die nachfolgenden Zahlen stellen wohl die Zahl der Anteile dar, die Kathy an diesen Aktien besitzt. Was haben wohl die Telefonnummern zu bedeuten? Wahrscheinlich Börsenmakler. Auch wenn nichts weiter dabei herauskommen sollte, so kann die Polizei diesen Leuten zumindest einige unangenehme Fragen darüber stellen, wie Lila an derartig vertrauliche Informationen gelangen konnte.«

»Was mögen wohl die Notizen über Beth zu bedeuten haben?« fragte Jane.

Unter Beths Namen stand: »S. Francisco – Dr. Page – Aufnahme« und eine Telefonnummer in Kalifornien.

»Scheint sich um ein Krankenhaus zu handeln. Was könnte Beth wohl mit einem Krankenhaus zu tun haben?« erkundigte sich Shelley.

»Vielleicht handelt es sich um eine psychiatrische Klinik. Möglicherweise hatte sie einmal einen Nervenzusammenbruch«, grübelte Jane.

»Und was sagt uns wohl der Eintrag bei Mimi?« Dort war zu lesen: »St. Vincent's – Aufnahmedatum? – G.urk.«, dann folgten einige durchgestrichene Telefonnummern. »Wenn die Nummern, die mit einem Sternchen versehen sind, bedeuten, daß sie mit deren Hilfe an die Informationen gekommen ist, die sie haben wollte, dann ist sie bei Mimi nicht erfolgreich gewesen«, sagte Shelley.

»Shelley, bitte rede du doch noch einmal mit Lloyd!« sagte Curry Moffat von der Tür aus. Er schaukelte das Baby, das langsam müde und quengelig wurde, auf dem Arm hin und her.

Sie hatten nicht gehört, wie die Tür geöffnet wurde. Jane und Shelley falteten hastig die Blätter zusammen. »Oh, Curry, kleb ihm doch einfach eine!« erwiderte Shelley kurz angebunden. »Diese Party ist dein Problem, nicht meins.«

253

»Komm schon, Shelley! Die Polizei quetscht gerade meine Frau aus! Ich könnte eine kleine Hilfestellung vertragen!« Currys Gutmütigkeit schien langsam die Puste auszugehen.

»Okay, aber es wird dir nicht gefallen, was ich ihm zu sagen habe«, entgegnete Shelley, stand auf und ging wieder zu den anderen in den Aufenthaltsraum. Jane war nicht besonders darauf erpicht, eine Zeugin des drohenden Blutvergießens zu werden und blieb in der Bibliothek sitzen. Sie faltete ihr Blatt wieder auseinander und las es noch einmal genau durch, ohne daraus schlauer zu werden. Sie steckte es schließlich in ihre Rocktasche und spazierte wieder in den Aufenthaltsraum zurück.

Lloyd saß mit einem Teller voller Essen auf den Knien neben dem Fernseher. Seine Frau bemutterte ihn, wobei es ihr nicht ganz gelang, sich ein Grinsen zu verkneifen. Er sah so aus, als habe ihm jemand einen Ziegelstein an den Kopf geknallt. Shelley schien ihn mehr als brutal mit der Wahrheit geschlagen zu haben. Shelley selbst bediente sich in aller Seelenruhe mit Kartoffelauflauf und unterhielt sich dabei freundlich mit Avalon und Edgar. *Ganz so wie Attila der Hunnenkönig nach einem arbeitsreichen Tag voller Raubzüge und Plünderungen,* dachte Jane im stillen.

Mrs. Moffat befand sich nicht mehr in den Händen der Polizei, und sie schien darüber ausgesprochen erleichtert zu sein. Sie saß neben Curry auf dem Sofa, spielte Backe, backe Kuchen mit dem Baby und stieß dabei gurrende Laute aus. Pooky saß lachend auf der anderen Seite von Mrs. Moffat. Ihr neuer Freund stand vor ihr und hatte seine Hand auf ihre Schulter gelegt. Jane fühlte sich von diesem freundlichen Kreis angezogen. Sie setzte sich in den Sessel, der im rechten Winkel zum Sofa stand.

Sie hatte es. Sie wußte, daß irgendwo tief in ihrem Unterbewußtsein all dies einen Sinn ergab. Wenn sie doch nur die richtigen Stücke hervorziehen und zusammenfügen könnte!

»Ob er wohl auch die Pfarrerslaufbahn einschlagen wird?« wandte sich Pookys Freund fragend an Curry.

»Wenn er sich dazu berufen fühlt, warum nicht«, erwiderte Curry, legte seinen Arm um seine niedliche Frau und warf dem Baby ein einfältiges Lächeln zu. »Oder auch zu den Rechtswissenschaften oder der Medizin. Meine Aufgabe besteht lediglich darin, ihm die Möglichkeit zu verschaffen, auf das beste College zu gehen – und wenn ich dafür eigenhändig den Dekan bestechen muß!« Er lachte polternd.

»Was haben Sie da gesagt?« fragte Jane und rutschte so plötzlich in ihrem Sessel nach vorne, daß sie beinahe mit den Knien den Couchtisch mit ihren Knien umgeworfen hätte.

»Oh, das war nichts weiter als ein kleiner Scherz, Mrs. Jeffry!« entgegnete Curry, offensichtlich erschrocken, daß sie seine Worte vielleicht ernst genommen haben könnte. Ihm schien erst jetzt klar zu werden, daß Pfarrer keine Witze über illegale Machenschaften reißen sollten.

»Ja. Ich weiß. Das beste College …«

»Fühlen Sie sich nicht wohl?« erkundigte sich Curry.

»Doch, doch. Alles in Ordnung. Mir kam nur gerade ein … Pooky, wie lautete der Vorname von Teds Vater?«

»Teds Vater? Der Richter? Keine Ahnung. Das heißt doch, warten Sie mal – Samuel, glaube ich. Oder Steven. Nein, es war Samuel. Warum?«

»S. Francisco …«, murmelte Jane.

Wenn sie doch nur genauer zugehört hätte, als ihr Sohn Mike sich mit ihr unterhalten hatte! Dann wäre dieser Fall schon längst gelöst!

Wenn sie recht hatte …

Wenn *Lila* recht hatte.

Jane fischte das gefaltete Blatt aus ihrer Tasche, entschuldigte sich und ging in die Küche. Glücklicherweise war niemand dort außer Hector, der seinen Hals reckte, um einen Blick auf die Arbeitsplatte zu erhaschen. Jane griff zum Telefon und wählte die kalifornische Nummer mit dem Sternchen. Nach vier endlosen Freizeichen meldete sich ein Anrufbeantworter. »Sie haben das Sekretariat der Universität Stanford erreicht. Aufnahme und Rückmeldungen für das Wintersemester sind in unseren Bürozeiten möglich und zwar montags bis freitags von ...«

Jane legte den Hörer auf. Hector gab ein lautes »Brrrr!« von sich. Geistesabwesend kraulte sie seine Ohren. Ja. Also kein Krankenhaus. »Aufnahme« bedeutete gar nicht Krankenhaus. Es bezog sich auf ein College. Und »S. Francisco« hieß nicht San Francisco, sondern Samuel Francisco, und damit war der Richter gemeint, dem es nicht gefallen hatte, daß Beth mit seinem Sohn liiert war, der ihr aber unerklärlicherweise trotzdem ein ausgezeichnetes Empfehlungsschreiben ausgestellt hatte und damals für Beth die letzte Hürde zu einem Vollzeitstipendium aus dem Weg räumte.

Das zumindest hatte Lila irgend jemandem erzählt.

Jane lief einen Moment lang auf und ab und blieb dann abrupt stehen. Ihr Verstand bewegte sich in sechzehn verschiedene Richtungen gleichzeitig. *Ganz ruhig*, ermahnte sie sich und schloß die Augen. *Eins nach dem anderen.*

Das Empfehlungsschreiben war eine Fälschung gewesen, genau wie es Mike scherzhafterweise vor einigen Tagen für sich selbst vorgeschlagen hatte. Ted, der damals wohl immer noch in Beth verliebt gewesen war, hatte wahrscheinlich für sie einige Bogen vom Briefpapier seines Vaters gestohlen und vielleicht sogar die Unterschrift seines Vaters gefälscht. Und Beth kam auf diese Weise an ein Vollzeitstipendium. Nicht, daß sie es nicht verdient hätte, aber eine Richterin, die zumindest zum Teil aufgrund eines gefälschten Dokuments in den Genuß ihrer Ausbildung gekommen war, käme wohl kaum für eine Berufung an den Obersten Gerichtshof in Frage. Mit großer Wahrscheinlichkeit würde sie sogar aus der Anwaltschaft ausgeschlossen. Aber es gab keine Möglichkeit, dies zu beweisen. Richter Francisco war mittlerweile tot. Dennoch ließe sich mit Hilfe von Handschriftenexperten der Fall auch ohne ihn vor Gericht bringen. Selbst wenn ein Beweis nie möglich wäre, würde der Skandal ihr Lebenswerk zerstören.

Jane mußte Mel ihre Entdeckung sofort mitteilen.

Sie drehte sich um und starrte direkt in das Gesicht von Beth.

»Ich glaube, wir sollten besser nach draußen gehen«, sagte Beth mit ruhiger Stimme.

Sie hielt eins von Edgars Tranchiermessern in der Hand und drückte die Spitze in Janes Pullover.

»Sie haben das Empfehlungsschreiben gefälscht, nicht wahr? Darum geht es doch bei dieser ganzen Sache, oder etwa nicht?«

»Stand das etwa auf diesen kleinen gelben Zetteln, die Sie mit sich herumtragen? Crispy war dumm genug, sie herauszureißen und herumliegen zu lassen, damit eine Wichtigtuerin wie Sie darauf stoßen konnte. Geben Sie sie mir.«

»Ich habe sie nicht mehr.«

»Dann werden wir jetzt nach draußen gehen, und Sie können mir dort sagen, wo Sie sie hingetan haben.« Ihre Stimme war schrecklich ruhig.

Wenn es ihr gelingt, mich nach draußen zu schaffen, bin ich so gut wie tot, dachte Jane. *Ich muß sie aufhalten. Aber wie?* Eine Idee schoß ihr durch den Kopf, und sie klammerte sich daran. Es war keine besonders gute Idee, aber die einzige, die ihr einfiel.

Hector, der sich der Gefahr nicht bewußt war, drängte sich gegen Janes Beine.

»Sie hätten sie doch…«. Sie stoppte. Hustete. »… für ihr Schweigen bezahlen können, (hust, hust). Und selbst wenn nicht, hätte es zwar Ihre Karriere zerstört, aber Sie (hust) wären nicht ins Gefängnis gewandert (hust, hust, hust), nur weil sie ein Empfehlungsschreiben gefälscht haben.«

»Und hätte Lila ein Leben lang bezahlen müssen. Nein, danke. Wir werden jetzt nach draußen gehen und alles im Kutschenhaus weiter besprechen. Los!« Sie preßte das Messer durch den Pullover hindurch und in die Haut direkt unter Janes Brustbein.

Jane preßte die Zähne zusammen. *Das Kutschenhaus!*
Es war nicht boß die Fälschung, wurde ihr plötzlich klar. Es war mehr als das. Viel mehr! Ob Lila wohl zu demselben Schluß gekommen war? Oder ob Beth einfach nur Angst gehabt hatte, daß sie mit der Zeit dahinterkommen könnte?

Inzwischen fiel es ihr schon gar nicht mehr schwer, den Husten vorzutäuschen. Aus lauter Angst konnte sie eh kaum atmen. »Als Sie mit Ted Schluß machten (hust, hust, hust), fühlte er sich gedemütigt und drohte (hust), seinem Vater alles zu erzählen, nicht wahr? (hust, hust) Sie konnten das nicht (hust) zulassen. Sie sind diejenige, die den Wagen gestartet hat (hust, hust), nachdem er betrunken aufs Bett (hust) gefallen war. Sie haben Ted umgebracht.«

»Wer hätte das gedacht? Sie sind klüger als Sie aussehen! Und jetzt los, bewegen Sie sich!«

»Warten Sie! Ich (hust, hust) werde Ihnen sagen, wo die Zettel sind. Lassen Sie mich (hust) nur eben (hust, hust, hust) ein Glas Mineralwasser trinken. Es ist diese Katze (hust). Ich bin allergisch. Bitte.«

»Aber machen Sie schnell!«

Immer noch röchelnd und hustend, öffnete Jane die Kühlschranktür einen Spalt breit und schob Hector gleichzeitig mit dem Fuß zur Seite. Die Tür schwang in Beths Richtung auf. Jane warf einen Blick ins Innere und keuchte vor Entsetzen.

Instinktiv beugte sich Beth nach vorne, um zu sehen, was Jane erschreckt hatte, und als sie das tat, riß Jane mit aller Kraft die Tür weiter auf. Sie schwang herum und erwischte Beth mit voller Wucht im Gesicht.

Als Beth zurücktaumelte und ihre Hände vor das Gesicht hielt, fiel das Messer klappernd zu Boden. Blut schoß aus ihrer Nase. Sie gab einen gurgelnden, kreischenden Laut von sich, als sie auf dem Boden aufprallte und sofort nach dem Messer zu tasten begann.

Jane ließ sich ebenfalls zu Boden fallen und erreichte das Messer als erste. Beth schlug nach ihr, Blut spritzte durch die Gegend.

Türen flogen auf, und der Raum war plötzlich voller schockierter Zeugen. Shelley sprang mit langen Schritten über Beth hinweg auf Jane zu.

»Mein Gott! Jane, ist das dein Blut?« fragte sie, während sie sich auf den Boden neben sie hockte.

Jane nahm einen tiefen, zitternden Atemzug und klammerte sich an Shelley. »Ich weiß es nicht. Ich glaube nicht.« Mel hatte sich einen Weg durch die Menge gebahnt, hielt Beth am Arm fest und belehrte sie mechanisch über ihre Rechte, wobei sein Blick aber keinen Moment von Janes Gesicht wich.

Jane schaute zu Beth hinüber, deren Gesicht vor Wut und Verzweiflung verzerrt war. »In gewisser Weise ist es Teds Blut …«

259

»**Nicht schon wieder** Windbeutel«, stöhnte Jane. »Ich habe diese Woche bestimmt eine Tonne zugenommen. Also wirklich, Edgar. Aber stellen Sie sie doch ruhig ein bißchen näher, ja?«

Es war Sonntagabend. Außer Shelley hatten alle Schaflämmchen das Gasthaus verlassen. Edgar, der eigentlich eine verdiente Pause hätte machen sollen, hatte sich nicht davon abbringen lassen, Jane und ihre Familie, Shelley und die Kinder und auch Mel zu einem großen Abendessen einzuladen. Die Mahlzeit bestand fast ausschließlich aus den Resten des letzten Abends, aber Edgars Reste schlugen Janes frischzubereitete Gerichte um Längen, wie sie ihm versicherte.

Das Abendessen war nun vorüber, und die Kinder beschäftigten sich im Wohnzimmer mit dem Nintendo. Edgar war nicht nur der bessere Koch, er hatte auch eine bessere Auswahl an Spielen als Jane. Es gab einige, die sie selbst am heutigen Abend noch ausprobieren wollte.

Mel hatte zwischen Hauptgericht und Dessert den Speiseraum verlassen und kam nun wieder zurück. »Sie haben Crispy vom Beatmungsgerät genommen«, verkündete er.

»Nein! Wer hat das angeordnet?« fragte Jane.

»Beruhige dich. Es ist nicht so, wie du denkst. Man hat sie vom Gerät genommen, weil sie allein atmen kann. Der Arzt sagte, daß sie entweder einen unglaublichen Lebenswillen besitzt oder ein gußeisernes Gehirn. Es könnte sogar sein, daß sie das Bewußtsein wiedererlangt.« Er schob sich einen Miniwindbeutel in den Mund und schluckte ihn praktisch in einem Stück hinunter. »Ich sollte mir wohl keine falschen Hoffnungen machen, daß du diese Dinger fabriziert hast, oder, Jane?«

»Ich fürchte nein.«

»Schade. Das Seltsame ist«, fuhr er fort, »daß nicht nur einer, sondern gleich zwei von Crispys Exehemännern vor ihrem Zimmer auf und ab marschieren und die Schwestern verrückt machen. Wie haben sie nur davon erfahren? Und warum haben sie sich gegenseitig verständigt?«

»Wahrscheinlich haben sie schon vor Jahren eine Selbsthilfegruppe gegründet«, sagte Shelley. »Mit einer gebührenfreien Telefonnummer.«

»Ich nehme nicht an, daß Beth ein Geständnis abgelegt hat?« erkundigte sich Jane.

»Sie hat uns lediglich daran erinnert, daß es unsere Aufgabe ist, ihr etwas nachzuweisen, und daß sie nicht geneigt sei, unsere Bemühungen zu unterstützen. Seitdem schweigt sie«, erwiderte Mel. »Aber das dürfte kein Problem sein. Wir haben auf ihrer Kleidung, die sie an dem Abend trug, als sie Lila umbrachte, Fasern von den Putzlappen aus dem Kutschenhaus entdeckt. Das beweist, daß sie am Tatort war und in Kontakt mit den Stofflappen gekommen ist, mit denen Lilas Körper abgedeckt war. Falls Crispy tatsächlich aufwachen sollte, können wir außerdem noch auf ihre Aussage rechnen. Allerdings bin ich mir nicht sicher, ob wir jemals in der Lage sein werden, zu klären, welche Rolle Beth bei Ted Franciscos Tod gespielt hat. Das Ganze ist zu lange her, und die Beweise sind zu alt. Aber für den Mord an Lila werden wir sie ganz bestimmt festnageln. Außderdem hat sie noch Splitter im Handballen, die mit dem Ast übereinstimmen werden, den sie als Schlagstock benutzt hat. Im Augenblick liegen sich die Gesetzesverdreher allerdings noch in den Haaren, ob es rechtens ist, sie zu entfernen.«

»Jane, erinnerst du dich noch, daß du während einer Unterhaltung sagtest, daß wir bei der Einschätzung einer bestimmten Person falsch liegen würden?« fragte Shelley. »Ist dir wieder eingefallen, um wen es sich dabei handelte?«

»O ja. Und zwar genau in dem Augenblick, als Beth meinen Pullover ruinierte. Es war ihre Selbstbeherrschung. Fast schon legendär. Alle, uns eingeschlossen, waren beeindruckt davon, daß sie niemals die Fassung verlor. Aber ich hatte erlebt, wie sie doch einmal völlig die Nerven verlor.«

»Das Deodorant!« rief Edgar und rümpfte bei der Erinnerung an den Gestank die Nase.

»Richtig. Sie rannte praktisch nackt oben im Flur herum und benahm sich vollkommen hysterisch. Ich kann mir nicht einmal vorstellen, daß *ich* derartig ausgeflippt wäre. Also klaffte ein Loch in ihrer legendären Selbstbeherrschung.«

»Du bist also der Ansicht, daß sie durchdrehte, als sie Lila umbrachte?« erkundigte sich Shelley.

»Vielleicht. Es war ein gewalttätiger Akt, sie mit dem Farbkanister zu schlagen. Und auch Crispy mit dem Stock anzugreifen.«

»Wie kam es eigentlich, daß Mrs. Morgan allein mit der Mörderin in dem Haus war?« fragte Gordon. Bisher hatte er während des Essens und der gesamten Diskussion geschwiegen.

»Das wissen wir nicht«, antwortete Shelley. »Vielleicht

ist sie lediglich zu früh dorthin gegangen, um Jane zu treffen, und Beth ist ihr gefolgt.«

»Aber es ergibt immer noch keinen Sinn. Das Gebäude hat zwei Eingänge. Warum hat sie nicht einfach ihre Beine in die Hand genommen und ist rausgerannt?« fragte Shelley.

»Wahrscheinlich, weil sie aus dem gefälschten Empfehlungsschreiben dieselbe Schlußfolgerung gezogen hatte, wie ich – nämlich, daß Beth Ted getötet hat, um die Sache geheimzuhalten. Crispy liebte Ted«, sagte Jane. »Es war kein bloßes Anhimmeln wie bei dem Rest der Schaflämmchen, sondern echte Liebe, denke ich. Tief in ihrem Inneren liebt sie ihn wahrscheinlich immer noch und hat sich ihrer diversen Ehemänner aus dem einfachen Grund entledigt, daß keiner von ihnen wie Ted war. Wahrscheinlich hat sie sich all die Jahre wegen seines ›Selbstmordes‹ Vorwürfe gemacht. Dachte wohl, daß sie es hätte vorhersehen oder ihm ausreden können, wenn sie ihm nur eine bessere Freundin gewesen wäre. Die Menschen reagieren gewöhnlich so, wenn jemand, den sie lieben, sich das Leben nimmt.«

Shelley nickte. »Und wenn sie herausbekommen hatte, daß Beth seine Mörderin war …«

»Dann war sie wahrscheinlich so furchtbar aufgebracht, daß sie jegliche Vorsicht in den Wind schlug. Vielleicht vergaß oder ignorierte sie in ihrer Begierde, Beth zu sagen, was für ein abscheulicher Mensch sie ist, die Gefahr, in die sie sich begab.«

»Aber das Notizbuch zu behalten war so dumm«, sagte Edgar. »Warum hat sie es nicht einfach der Polizei gegeben?«

Shelley antwortete ihm. »Meiner Ansicht nach wollte sie zuerst selbst herausbekommen, was die Eintragungen zu bedeuten haben. Es ist ihr wahrscheinlich gar nicht in den Sinn gekommen, daß es im Haus einen Kopierer gab. Sie hatte die Bibliothek lediglich zu unserer Versammlung betreten und saß dabei mit dem Rücken zum Gerät.«

»Es ergibt aber trotzdem noch keinen Sinn«, warf Gordon ein. »Warum wollte sie es denn unbedingt allein herausbekommen? Die Polizei bearbeitete den Fall doch bereits.«

»Ich denke, es lag teilweise daran, daß sie wirklich der Überzeugung war, schlauer als die Polizei zu sein«, erwiderte Jane.

»Diese Ansicht teilt sie mit einer Menge Leute«, fügte Mel hinzu.

Jane ignorierte seinen Sarkasmus. »Und ich glaube, es lag auch daran, daß sie ihre Nase ausgesprochen gern in die Angelegenheiten anderer Leute steckt. Sie wollte herausfinden, was Lila gegen die anderen in der Hand hatte. Sie beabsichtigte vielleicht nicht einmal, die Informationen zu benutzen, um die anderen bloßzustellen, aber sie *mußte* einfach wissen, um was es dabei ging.«

»Wie meine Schwägerin Constanza«, sagte Shelley.

»Genau. Mel? Weiß du schon, was die Notizen über Mimi zu bedeuten haben?«

»Ja, das war einfach. Ihr erstes Kind ist in einem Heim. Der Junge ist schwer geistig behindert.«

»Wollte Lila das etwa gegen sie verwenden?«

»Vielleicht hätte sie es·versucht, aber sie ist nie dazu gekommen oder hat die Fakten nicht rechtzeitig zusammentragen können«, sagte Mel. »Sie wäre unangenehm überrascht gewesen, wenn sie es versucht hätte. Mrs. Soong redet ganz offen darüber, aber sie sagt, sie selbst würde es vermeiden, das Gespräch darauf zu bringen, da die meisten geschockt reagieren und nicht wissen, was sie antworten sollen. Aber es ist nie ein Geheimnis gewesen.«

Edgar schob das Tablett mit den Sahnewindbeuteln

ein Stück näher an Jane heran, und sie griff noch einmal zu. Edgar fragte: »Ich weiß, daß Sie und Shelley im Besitz der Notizen waren, die Lila gemacht hatte, aber wie sind sie nur darauf gekommen, was die Eintragungen bei Beth zu bedeuten hatten?«

So sehr Jane auch die Möglichkeit genoß, ihre Klugheit zu präsentieren, so wünschte sie doch, die anderen würden aufhören, Fragen zu stellen, damit sie sich endlich auf ernsthafte Art und Weise den Sahnewindbeuteln widmen konnte. »Ich hörte, wie Curry Moffat einen Witz darüber machte, daß Bestechung eine der Möglichkeiten sei, sein Baby später einmal auf ein gutes College zu bekommen.«

»Also ich hätte daraus sicherlich nicht auf die Vorgänge von damals geschlossen«, wandte Edgar ein.

»Das liegt daran, daß Sie keine Höllenqualen dabei leiden, Ihr Kind aufs College zu bekommen. Erst kürzlich bedauerte mein Sohn Mike lauthals die Tatsache, daß er niemanden kenne, der bedeutend und einflußreich sei und ihm ein Empfehlungsschreiben geben würde. Scherzhaft fügte er dann hinzu, daß er eigentlich nur das entsprechende Briefpapier benötige. Sowohl mein Sohn als auch Curry Moffat sind beide hochanständige Menschen, aber selbst sie haben erkannt, daß es möglicherweise weniger anständiger Mittel bedarf, um an einem guten College angenommen zu werden. Dann erinnerte ich mich an eine Unterhaltung, die ich mit Mimi geführt hatte. Sie sagte, Lila habe erwähnt, daß Beth von Richter Francisco ein großartiges Empfehlungsschreiben fürs College bekommen habe. Mimi überraschte das, denn ihrer Ansicht nach hatten die Franciscos die Beziehung zwischen Beth und ihrem Sohn nie gutgeheißen.«

»Ich hatte damals gar nicht mitbekommen, daß es dieses Empfehlungsschreiben überhaupt gegeben hat«, sagte Shelley.

»Nein, das hat wahrscheinlich keine von euch. Beth war keine Angeberin und sehr verschlossen, was Privatsachen anging. Selbst wenn alles mit rechten Dingen zugegangen wäre, hätte sie euch niemals von dem Schreiben erzählt. Daher ging ich davon aus, daß Lila dies bei den Vorbereitungen zu ihrer Erpressungskampagne selbst herausgefunden hatte. Dann ergaben auch die Notizen, die sie sich über Beth machte, einen Sinn.«

»Da mögen Sie wohl recht haben«, gab Edgar zu. »Aber warum dann diese dummen Streiche? Warum sollte jemand wie Beth so etwas anstellen?«

»Nur zwei waren von ihr. Und diese beiden waren weit davon entfernt, Streiche zu sein.«

Mel blickte sie überrascht an. Sie hatten sich am vorigen Abend zwar über den Mord unterhalten, aber nicht mehr über die Streiche. »Was willst du damit sagen?«

»Also, dies ist lediglich eine Vermutung, aber ich denke, Beth war besorgt wegen Avalons Zeichnung.«

»Die Zeichnung, die sie mir geschenkt hat?« fragte Edgar beunruhigt.

»Avalon erzählte, sie habe das Bild in der Nacht angefertigt, als Ted starb. Und es war voller kleiner, versteckter Gestalten. Ich vermute, Beth hatte Angst, daß irgendwo in dem Bild eine Anspielung auf sie versteckt sein könnte. Daß Avalon möglicherweise beobachtet hatte, wie sie aus der Garage kam, nachdem sie den Wagen gestartet hatte. Avalon sagte, sie habe gehört, wie das Auto angelassen wurde, und daraufhin sei sie weggelaufen. Was aber, wenn sie doch nicht sofort verschwunden wäre? Deshalb wollte Beth es herausfinden und die Zeichnung zerstören.«

»Und deshalb hat sie Avalons Zimmer durchsucht!« rief Shelley. »Aber warum hat sie so lange damit gewartet?«

»Weil sie zuerst Pookys Zimmer durchsucht hat. Erinnerst du dich noch, mit welcher Entschlossenheit Pooky versuchte, in den Besitz des Bildes zu kommen? Ich war selbst erstaunt, als Edgar es mir zeigte. Ich war davon ausgegangen, daß Pooky es geschafft hatte, Avalon die Zeichnung abzuluchsen. Von dieser Annahme ist Beth höchstwahrscheinlich auch ausgegangen. Deshalb hat sie Pookys Zimmer auf den Kopf gestellt.«

»Und die Antiquität gestohlen?« fragte Mel mit zweifelnder Stimme.

»Ja, aber bloß, um das Ganze wie einen weiteren Streich aussehen zu lassen. Wir sollten nicht vergessen, daß sie das Ding an einer Stelle ›versteckte‹, wo wir es einfach finden mußten.«

»Und als sie sich schließlich über Avalons Zimmer hermachte, war sie schon so verzweifelt, daß sie sich keine Mühe mehr gab, ihre Suche zu vertuschen«, warf Shelley ein.

»Wahrscheinlich.«

Gordon stand auf und begann, Teller aufeinanderzustapeln, um sie in die Küche zu tragen.

»Und wer von den Schaflämmchen hat die anderen Streiche gespielt?« fragte Mel. Er blickte immer noch skeptisch drein.

»Gordon, warten Sie noch einen Augenblick, ehe Sie die Teller in die Küche bringen«, sagte Jane. »Kommen Sie zurück. Das hier wird Sie interessieren.«

»Meinen Sie wirklich?« erwiderte er mit einem Lächeln.

Jane wandte sich Shelley zu. »Wer von deinen Klassenkameraden in der High-School spielte gerne Streiche?«

»Niemand, soweit ich mich erinnern kann.«

»Bist du dir da sicher? Was ist mit Gloria Kevitch?«

»Gloria wer? Ach, ja. Jetzt entsinne ich mich. Sie steckte ständig wegen irgendwelcher Sachen in Schwierigkeiten. Woher kennst *du* denn ihren Namen?«

Edgar tat einen überraschten Ausruf und blickte Gordon an. Mel schaute ebenfalls zu ihm hinüber.

»Ist sie ein weiteres Mitglied der Schaflämmchen?« erkundigte sich Mel.

»Nein, sie gehörte nicht dem Klub an«, antwortete Shelley.

»Sie ist das Mädchen, dem das High-School-Jahrbuch gewidmet war«, erläuterte Jane. »Mimi erzählte, daß Gloria Kevitch um die Aufnahme in den Klub gebeten hatte, aber abgelehnt worden war. Sie starb dann später bei einem Autounfall. Vielleicht war es Selbstmord, vielleicht auch ein Unfall.«

»Jane, du mußt den Verstand verloren haben«, sagte Shelley. »Was um Himmels willen sollte das wohl mit den Vorgängen hier zu tun haben? Es sei denn, du bist der Ansicht, daß die arme kleine Gloria wieder zurückgekehrt ist, um die Schaflämmchen heimzusuchen. Es wird dir allerdings kaum gelingen, mich davon zu überzeugen!« fügte sie lachend hinzu.

»Oh, aber sie hat dich tatsächlich heimgesucht. Nicht wahr, Gordon?«

Er hatte sich neben Edgar gesetzt und malte mit den Zinken seiner Gabel Muster auf das Tischtuch. Schließlich schaute er auf und blickte Jane an. »Sie sind mir ein wenig unheimlich«, sagte er. »Woher wußten Sie es?«

»Ich habe einmal Ihre Post mit reingebracht und in verschiedene Stapel sortiert.«

Gordon nickte. »Und ein Brief war an Gordon Kevitch adressiert. Ich verstehe.«

»*Kevitch?*« rief Shelley.

»Ich nehme an, Kane ist nur ihr Künstlername?« erkundigte sich Jane.

»Ja, ich habe nie rechtliche Schritte eingeleitet, um ihn offiziell ändern zu lassen. Aber seit meiner ersten Ausstellung habe ich Kane benutzt. Gloria war so verletzt, als sie von den Schaflämmchen abgewiesen wurde! Ich würde nicht so weit gehen zu behaupten, daß sie sich deshalb umgebracht hat, aber es war sicher einer der vielen Faktoren, der mit dazu beitrug. Und sie hatte immer großen Spaß an Streichen.« Er lächelte. »Als Edgar mir sagte, um wen es sich bei dieser Gruppe handelte, nun ja – es schien so etwas wie ausgleichende Gerechtigkeit zu sein.«

»Ich verstehe! Deshalb waren die Streiche nicht besonders gelungen«, sagte Shelley. »Tut mir leid, Gordon, aber das waren sie wirklich nicht. Denn sie wurden von jemandem ausgeheckt, der nicht das richtige Gespür für diese hohe Kunst besitzt. *Sie* sind aber nicht mit uns zur Schule gegangen, oder etwa doch?«

»Ich habe dieselbe Schule besucht, aber sechs Jahre vor Ihnen.«

»Gordon!« rief Edgar. »Wie konntest du nur?«

»Ich habe niemanden verletzt und nichts kaputt gemacht. Und ich hatte wirklich Spaß dabei!«

»Ich meine, wie konntest du das für dich behalten?« Edgars Gefühle waren wirklich verletzt.

»Weil du mich nur gebeten hättest, vernünftig zu sein und mit dem Unfug aufzuhören.«

»Nein, das hätte ich nicht …«

Mel blickte Jane an und deutete auf die Tür.

Als er Janes Hand nahm und sie an den Kindern vorbei auf die Terrasse hinausführte, war die Diskussion immer noch in vollem Gange, und auch Shelley hatte sich kopfüber hineingestürzt. Sie setzten sich auf eine Holzbank, die um den Stamm eines alten Eichenbaumes gebaut war.

»Meine Mutter würde dich ein gescheites Früchtchen nennen«, sagte Mel.

»Würde sie das? Und wie würdest du mich nennen?«

Er lehnte sich gegen den Stamm. »Eine Idiotin vielleicht. Eine kleine Wichtigtuerin, deren Selbsterhaltungstrieb nicht ausgeprägter ist als der eines Lemmings.« Ohne sie anzusehen, griff er nach ihrer Hand und drückte sie. »Jane, du weißt, daß ich eine Menge schrecklicher Dinge gesehen habe. Aber ich schwöre, daß mich nichts so sehr mitgenommen hat wie der Anblick gestern abend, als ich die Küche betrat und dich blutüberströmt auf dem Boden liegen sah.«

»Es tut mir leid. Wirklich.«

»… und deshalb ziehe ich meine Einladung, zusammen mit dir nach Wisconcin zu fahren, zurück.«

»Oh … ich verstehe …«

»Nein, das tust du nicht. Das wäre nur ein Spaß für mich gewesen. Ein bißchen Sex, dazwischen Angeln gehen und anderer ›Männerkram‹. Ich habe mich wie ein selbstsüchtiger Mistkerl benommen.«

Jane wußte nicht, was sie darauf antworten sollte, und ausnahmsweise besaß sie einmal in ihrem Leben die Geistesgegenwart, den Mund zu halten.

»Ich möchte also noch einmal ganz von vorne anfangen. Ich möchte dich irgendwohin mitnehmen, wo es *dir* gefällt. Wie wäre es mit New York? Wir könnten uns einige Theaterstücke und Musicals ansehen. Die Freiheitsstatue besichtigen. Bummeln gehen.«

Jane war erleichtert und fühlte sich geschmeichelt, sah sich aber immer noch mit denselben Problemen wie bei der ursprünglichen Einladung konfrontiert. »Mel, das würde ich gerne, aber ich habe ein wenig Angst.«

Er blickte sie erstaunt an. »Angst vor mir?«

»Angst, dich zu enttäuschen. Ja, das ist eine der Sachen, vor denen ich Angst habe.«

»Jane, du könntest mich überhaupt nicht enttäuschen, selbst wenn du dir jede Menge Mühe geben würdest.«

»Mel, ich habe zwanzig Jahre in einer zeitlosen Kapsel verbracht. Ich weiß absolut nichts darüber, wie es ist, eine … eine Affäre zu haben. Ich besitze nicht einmal die passende Unterwäsche für so etwas«, fügte sie mit einem nervösen Lachen hinzu. »Ich kann nicht einmal mehr tanzen. Ich habe in meinem ganzen Leben nur mit einem Mann geschlafen, und der war ein ziemlich phantasieloser Mann. Und außerdem bin ich zu alt für dich.«

Er grinste. »Nein, so, wie es sich anhört, bist du wohl eher zu jung für mich. Aber das macht nichts. Ich tanze nicht gerne, und ich beurteile die Menschen gewöhnlich nicht nach ihrer Unterwäsche. Und ich bin verdammt froh, daß du unerfahren bist.«

»Was soll ich meinen Kindern sagen? Ich habe mir alle Mühe gegeben, sie davon zu überzeugen, daß Sex nur etwas für verheiratete Leute ist.«

Er lachte. »Ich werde dir ein Geheimnis erzählen, Jane. Wahrscheinlich glauben sie dir kein Wort. Und du wirst ihnen einfach sagen, daß, wenn sie erst einmal siebenunddreißig sind …«

»Neununddreißig.«

»… neununddreißig sind, sie auch tun und lassen können, was sie wollen. *Les miserables* oder *The Fantasticks*?«

»Wie bitte?«

»Welches Stück würdest du lieber sehen?«

Jane legte ihren Kopf auf seine Schulter und schwieg eine Weile. Ihre Schwiegermutter würde einen Anfall bekommen, wenn sie sich für ein Wochenende mit Mel aus dem Staub machte.

»*The Fantasticks*«, sagte sie mit sanfter Stimme.

Todd kam einige Minuten später durch die Terrassentür gepoltert, um sich über seinen Bruder zu beschweren. »Mom, Mike hat gesagt – Oh, iiiiigitt! Sie knutschen!«